Assia Djebar

Nächte in Straßburg

Zu diesem Buch

Thelja fährt nach Straßburg, um neun Nächte mit François zu verbringen. Neun Liebesnächte voll sinnlicher Trunkenheit, aber auch geteilter Erinnerungen. In den frühen Morgenstunden flaniert sie durch die Gassen und an den Ufern entlang, wo der Nebel sich langsam lichtet. Stets ist das Straßburger Münster im Zentrum ihrer Gedanken, ihrer Spaziergänge, während sie in die Geschichte dieser Stadt und ihrer Menschen eintaucht. Unter der Oberfläche erkennt sie beklemmende Schatten der Vergangenheit. Sogar in den lustvollen Stunden der Leidenschaft können sie aufbrechen wie schlecht verheilte Wunden.

Die Autorin

Assia Djebar, 1936 in Algerien geboren, Schriftstellerin, Historikerin, Filmemacherin, ist die bedeutendste Autorin des Maghreb. 1996 wurde ihr der Neustadt-Literaturpreis verliehen, 2000 der Friedenspreis des Deutschen Buchhandels. Assia Djebar lebt in Paris und New York.

Die Übersetzerin

Beate Thill wurde 1952 in Baden-Baden geboren und wuchs zweisprachig, nämlich französisch und deutsch, auf. Nach dem Studium der Anglistik und Geographie arbeitete sie als Redakteurin. Seit 1983 ist sie als freischaffende literarische Übersetzerin und Dolmetscherin bei Filmfestivals, Funk und Fernsehen tätig.

Im Unionsverlag sind lieferbar:
»Durst«, »Fantasia«, »Fern von Medina«, »Die Frauen von Algier«, »Oran – Algerische Nacht«, »Die Schattenkönigin«, »Die Ungeduldigen«, »Weißes Algerien« sowie »Weit ist mein Gefängnis«

Assia
Djebar

Nächte in Straßburg

Aus dem Französischen von
Beate Thill

Unionsverlag
Zürich

Die Originalausgabe erschien 1997
unter dem Titel *Les Nuits de Strasbourg*
bei Actes Sud, Arles.
Die deutsche Erstausgabe erschien 1999 im Unionsverlag, Zürich.

Die Übersetzung aus dem Französischen wurde unterstützt durch die Gesellschaft zur Förderung der Literatur aus Afrika, Asien und Lateinamerika e.V. in Zusammenarbeit mit der Schweizer Kulturstiftung PRO HELVETIA.

Im Internet
Aktuelle Informationen
Dokumente, Materialien
www.unionsverlag.ch

Unionsverlag Taschenbuch 220

Rieterstrasse 18, CH-8027 Zürich
Telefon 0041-1-281 14 00, Fax 0041-1-281 14 40
mail@unionsverlag.ch

Umschlaggestaltung: Heinz Unternährer, Zürich
Umschlagbild: Mahir Güven,
»The Dream of one Summer Night« (Ausschnitt), 1997
Druck und Bindung: Clausen & Bosse, Leck
ISBN 3-293-20220-9

Die äußeren Zahlen geben die aktuelle Auflage
und deren Erscheinungsjahr an:
1 2 3 4 5 – 05 04 03 02

Prolog
Die Stadt

Eine Leere erfüllte dich wie
das Echo der blauen Tongefäße.
Forough Farroukhzad

I

Die Bewohner der Stadt wurden vertrieben. Vertrieben? Nein, denn die Räumung der gesamten Bevölkerung war monatelang, eigentlich schon seit zwei, drei Jahren geplant worden. Seit dem Massaker, das die deutschen Messerschmitts in Guernica angerichtet hatten.

Die Stadt, um die sich wie ein Kranz vierzig Dörfer gelegt hatten, befand sich nämlich außerhalb der Befestigungslinien. Sie selbst faßte 150 000 Einwohner, doch möglicherweise waren es zu diesem Zeitpunkt zehn- bis zwanzigtausend weniger, denn viele hatten sie schon beim ersten Kriegsalarm im August verlassen; zusammen mit den Dörfern waren etwa 400 000 Menschen von der Räumung betroffen. Sie alle wurden mit einem Schlag auf die Gasse oder vielmehr auf die Landstraße gesetzt, eine riesige Schar heimatloser Menschen. Ein wahrer Exodus.

Die Kasernen hingegen waren brechend voll von Soldaten, die meist von auswärts stammten. Ein kleiner Stab von städtischen Angestellten – diejenigen, die zu alt waren, um zum Militär eingezogen zu werden – mußte ebenfalls zurückbleiben. Diese dreihundert Bediensteten sollten die notwendige Versorgung mit Strom und Gas und die Bewachung gewährleisten, wenn die Bewohner die Stadt verlassen hätten.

Schließlich mußten die Soldaten und Offiziere in den Kasernen ernährt werden. Dazu waren zwei oder drei Versorgungszentren vorgesehen – die Aufgabe fiel den beiden größten Gaststätten der Stadt und einer Kantine zu. Eine militärische Einheit sollte in einem geschlossenen Kreislauf, das hieß soviel wie im geheimen, die notwendigen Lebensmittel beschaffen.

Und so sollte das geplante Szenario aussehen: Die Zurückgebliebenen werden zunächst auf den Feind warten; zwei Tage, eine Woche, vielleicht auch länger. Die stattliche Brücke über den Rhein wurde von einem Soldaten direkt über den Fluten bewacht. Und er wird es sein, dieser Infanterist aus Bronze, der als erster den Feind am anderen Ufer auftauchen sieht.

Wenig später werden dann hinter seinem Rücken, hinter seinem behelmten Kopf die Panzer rollen (ihr dumpfes Dröhnen hat er gewiß nicht gehört), gefolgt von der Kavallerie. Kurz darauf wird hoch über allem das Geschwader der Bomber den Himmel schlagartig verdunkeln, dasselbe wie in Guernica, sie werden sehr hoch fliegen, jedenfalls zu Beginn. Der schon dämmerige Himmel wird wieder schwarz werden, wenn sie mit dem ersten Tageslicht kommen.

Kaum eine Stunde später werden die Kämpfe auf die leere Stadt übergreifen. Die Soldaten, die allzu lange kampfbereit haben warten müssen, werden ausrufen: »Endlich!« und gut genährt, fast fröhlich, im Gefolge ihrer Offiziere und Unteroffiziere die Kasernen verlassen. Das Warten wird ein Ende haben. Sie werden ihre jungen, kräftigen Leiber in den Kampf stürzen, froh, endlich losstürzen zu können – für viele wird es wohl die allererste Schlacht sein. Die Soldaten werden voller Ungeduld auf den ersten Zusammenprall hinausstürmen.

Die Kriegsfurie: Gleich hinter der Brücke, der Himmel schwer vom Gewitter der Bomber, die mit einer trügerischen Langsamkeit heranfliegen wie Geier oder Adler. Der Bronzesoldat über den Wogen des Rheins wird dann endlich den Kriegslärm vernehmen, dieses nervtötende Sägen und Brummen.

2

Gleichgültig gegenüber dem Schicksal der Menschen werden die Kirchenstatuen, ja selbst die Brücken über der Ill verharren, ebenso wie die engen, kleinen Plätze, die, seit sie verlassen sind, warm und heimelig wirken. Die Piloten in den Messerschmitts werden auf dieses Niemandsland herabschauen.

Sogar die Kathedrale wird in einer solchen Umgebung nicht mehr so feierlich aussehen: ohnehin verschwinden ihre Portale hinter hölzernen Gerüsten. Als hätte man dort eine fremdartige Liturgie vorbereitet, die aber ihren Zweck nicht erfüllte. Es fehlen die Glasfenster, man hat sie in Sicherheit gebracht; alle Öffnungen des stolzen Glokkenturms sind abgedeckt: wie aus rotem Stein geklöppelt, bildet er doch sonst das durchbrochene Herz der Stadt, man erwartet, ihn im Licht flirren zu sehen, aber die Piloten werden ihn plump und künstlich finden, wie erkaltet.

Sie können lang um die Turmspitze kreisen, angezogen von ihrer vielgerühmten steinernen Eleganz; das Brummen der feindlichen Flieger wird dennoch am Boden keine Bedeutung haben (Keiner wird in Verzweiflung rufen: »Warum nur gehört der ganze Himmel nun ihnen?«). Keine Angst wird herrschen wie 1870, als sich die Bewohner in den Kellern einschlossen, fast siebzig Jahre ist es her, aber es schien, als wären es nur siebzig Tage. Doch bei der Belagerung vor drei Generationen gab es noch keine Flugzeuge.

Der Himmel wird voller Stahl und Gedröhn sein, am Boden aber werden ihnen nur die Steine zuhören. (»Durchhalten, wir müssen die Stadt halten!« hatten die Bewohner früher gerufen, die Soldaten, aber auch die alten Männer, die Frauen und die Kinder.) Es wird sich kein Schrecken mehr ausbreiten, nicht das kleinste Zittern vor dem Gewitter wird zu spüren sein. Auch kein Widerstand, keine Tränen, keine Schreie. Nichts.

Die Bomberpiloten, die vor ihren Schalttafeln sitzen, können kreisen und kreisen. Eine Flugschau ohne Publikum, denn die Einladungen sind nicht angekommen, die Briefe flattern im Wind wie tote Blätter. Es ist Herbst, er ist zu früh gekommen.

2. September 1939. Die Messerschmitts, die Panzer, die deutsche Kavallerie und Infanterie werden erwartet. Doch wann, in drei Tagen, in einer Woche?

Die Kasernen bersten fast unter dem Erwartungsdruck der Soldaten. Einige wenige von ihnen sind aus den Hügeln und umliegenden Gemeinden gekommen, die allerwenigsten stammen aus der Stadt selbst. Und der Bürgermeister ist plötzlich Kapitän auf einem verlassenen Schiff! Er gehört der Sozialistischen Partei an. Ihm stehen seine Stellvertreter und, mit dem Wachpersonal, dreihundert Angestellte zur Seite.

Die Statuen, sie haben Augen. Sie schauen. Sie wundern sich: Die Luft hat sich unmerklich verändert. Das Licht, das einst jeden Tag glitzerte und tanzte, um dann nach und nach schwächer zu werden und sich unter der Erde zu verkriechen, hat sich plötzlich gewandelt: Es erscheint ganz abwesend, wie umhüllt von einem reglosen Zittern, das nur in kurzen Momenten irisiert. Und jedesmal am hohen Mittag läßt der Glanz des Tages die Zeit vergessen.

Ja, die Statuen schauen. Des Schweigens werden sie sich nicht sogleich bewußt. Wenn der Abend nahte, glitt früher ein Knistern wie von Seide herab und ließ Lebewesen und alles andere unmerklich erstarren. Auch dieses Schweigen schwand jedesmal kurz vor dem Erröten der Morgendämmerung und trat mehrere Schritte in den Hintergrund: Dann wandelte es sich, während der Tag sich ausbreitete, in ein Geheimnis, das einige Bewohner mit geübtem Gehör vernahmen, unter ihnen natürlich die Blinden …

Sind die Statuen an diese Art des gleichzeitigen Herannahens und Zurückweichens gewöhnt? Ihr Rhythmus ist im Herbst etwas ausgeprägter, mit dem Frost des Winters zeigt er Höhen und Tiefen, sobald das Frühjahr anbricht, wird er wieder leicht, fast graziös, und mit der Last der Hitze schwillt er an zu einem Stakkato, mit einem martialischen Beginn, begleitet von Gewittern und der Schwüle des Sommers.

An diesem ersten Tag sahen sich die Statuen einer ungewohnten Stille gegenüber, als müßte sie in den leeren Raum, also vergebens, gehauen werden. Als galt es, gegen einen unsichtbaren Feind zu kämpfen; oder gegen einen, der allzu sichtbar, allzu allgegenwärtig ist. Er ist gekommen, ohne daß man ihn erwartet hätte, unabhängig von der Jahreszeit, den großen, aufgetürmten Wolken am Himmel über ihren Häuptern.

Ein Schweigen, das jedoch nicht auf der Umgebung lastete, sondern das sich über den Raum erhob, ihn ignorierte, und sich dennoch ausdehnte, eingrub, als müßte ein Geheimnis unbedingt gewahrt werden, das schon gelüftet ist … oder war es eine Lüge, die sich hier überall und nirgends verbarg? Es war keinesfalls so, als wäre überhaupt nichts geschehen. Etwas war zum Stillstand gekommen, durch wen? Wer hat diese Stätten leergefegt, ohne sie vorher eingenommen zu haben? Die Statuen auf den wichtigsten Plätzen (sie wußten nicht, daß sie später abgeschraubt, zerlegt, in Abstellkammern gebracht, deportiert werden würden!), aber auch die der bescheidenen Anlagen, der kleinen vergessenen Winkel, auch die geflügelten Figuren auf den Dächern, selbst die ruhmreichsten, die jede auf einem Sockel thronen, alle ohne Ausnahme sind bereit zu bezeugen, daß die Stille sich hier niedergelassen hat in ihrem neuen Reich.

Die Stadt tauchte ein in die bleierne Leere.

3

Während der zwei oder drei Tage der schrittweisen Räumung herrschte weder Alarmstimmung, noch kam es zu Gefühlsausbrüchen. In dieser ernsten Stadt griff keine Panik um sich, es war eher, als würde langsam ein unsichtbares Leichentuch über sie gelegt.

Das Lesen der ersten Bekanntmachung. Leute mit emporgereckten, verschlossenen Gesichtern. Plötzlich die Schultern gesenkt beim Nachhausegehen, um schnell zu packen. Eine erste, eine zweite Gestalt: Weder Geschlecht noch Alter sind erkennbar. Man sieht nur Anzeichen des ersten Schrecks.

Weitere Bekanntmachungen tauchen in der folgenden halben Stunde an den größeren Avenuen auf. Der Kleister ist noch frisch, er läuft am grauen Stein der Hauswand hinunter. Es sind nun Gruppen von zwei oder drei Passanten, selten mehr, die zusammenstehen und zwischen den Zähnen schimpfend lesen, das ist ihre Art, sich wie zufällig über die Befehle auf dem Plakat auszulassen: ein alter Mann, eine halb geschlossene Aktentasche in der rechten Hand, neben ihm eine füllige Hausfrau mit ausladenden Hüften, ihr Gesicht umrahmt von einem breiten gestärkten Kragen, die leere Einkaufstasche ist ihr vor die Füße gefallen. Sie liest mit geweiteten Augen, bewegt ihre Lippen. Etwas weiter, an einer anderen Ecke, eine sehr junge, elegante Frau mit einem Kind an jeder Hand. Sie erstarrt vor dem noch feuchten Plakat, dann geht sie auf ihren hohen Absätzen schwankend davon, die beiden Jungen hinter sich herziehend und das Gesicht nach vorne gereckt, damit die Kinder ihre Tränen der Verzweiflung nicht sehen.

Unter demselben Plakat schnüffelt ein streunender Hund am Boden herum, um herauszufinden, welcher Art die Gefahr ist, die da plötzlich droht. Wenig später nähert sich ein älteres Paar mit kleinen Schritten, sie kommen von der anderen Straßenseite herüber und bleiben stehen. Gleichzeitig heben sie ihre kugelförmigen Köpfe. Sie sind klein und gedrungen, versinken in Capes oder vielmehr unförmigen Mänteln von einem verblichenen Schwarz. Eine seltsame Ähnlichkeit verbindet sie, sie wirken nicht unbedingt wie ein Rentnerehepaar, sie könnten auch Geschwister sein. Die Bewegung ihrer runden, hutlosen Köpfe wiederholt sich mehrmals, Nase und Kinn werden in die Höhe gereckt, dann wieder gesenkt. Der Mann trägt eine Brille. Sie sprechen leise miteinander.

Der Hund ist geflohen vor ihren Geräuschen. Sie haben ihn gestört, ihn und sein sicheres Gespür. Jetzt kann er die unbekannte Bedrohung nicht mehr erkunden, sie hängt gewiß mit dem Geruch des Kleisters zusammen, aber bestimmt auch mit den unbekannten Männern, die das Papier kurz vor Tagesanbruch an die Mauer geklebt haben. Jetzt sind sie fort.

Jeder darf dreißig Kilo Gepäck mitnehmen. Was zuerst auswählen? Die notwendigsten Kleidungsstücke, mindestens eine Decke gegen die Kälte, das wichtigste aber sind die Papiere (natürlich die Heirats- und Geburtsurkunden, das war eigens aufgeführt, aber auch die Unterlagen für das Haus – warum eigentlich, die Wände der Wohnung würden doch stehenbleiben? Es sei denn, die Bombardierungen fingen an und zerstörten alles, ja, man mußte also die Besitztitel mitnehmen, als eine Sicherheit im Hintergrund). Die alten Fotos der verstorbenen Großmutter heraussuchen, die Bilder von den Ferien in der Kindheit, vom einzigen Onkel, der auf dem Dorf geblieben ist.

Einer, sein Gesicht im Halbdunkel, wühlt mit fiebrigen Händen in einer Ecke des Schreibtisches. Er spricht mit sich selbst: »... die Briefe, ihre vielen Liebesbriefe, auch wenn sie mich verlassen hat und zu ihrem Mann zurückgegangen ist! All die zärtlichen Worte ... und unser einziges gemeinsames Foto!« Die ungeduldigen Finger finden etwas, halten es fest. Fortgehen mit schwerem Herzen. »Dreißig Kilo? Mir reichen fünf ... Ich will nie mehr zurückkehren, das ist meine Chance, die erste, die mir diese Stadt der Trennung endlich bietet!«

Die junge Mutter sitzt mit den beiden Jungen in ihrer Wohnung, das niedrige Sofa steht inmitten eines Durcheinanders von Taschen und Bergen von Stoffen. Bereits im voraus hat sie den Mut verloren. Was sind wohl »die wichtigsten Kleidungsstücke«? Die Mäntel für die Jungen, ihre eigenen Kleider, aber welche auswählen? Gab es im Herbst noch warme Tage? Räumung, hieß das, immer im Freien zu sein? Würden die Kinder denn nicht frieren? Wo sollten sie morgen, übermorgen schlafen? Die Dokumente sind in der Lade, neben dem Schmuckkästchen: die Papiere des Vaters, der schon zwei Monate zuvor einberufen worden war, als einer der ersten. Er hatte fast täglich geschrieben, wie schlecht es ihm ging: Er sprach dort mit niemandem, er haßte die Uniform ... Bei seinem letzten Foto hatte sie gedacht: »Das Gesicht eines

Opfers, er wird umkommen, das ist sicher!« Sie läßt den Kleinen, der quengelt, sich in ihren Rock kuscheln. Sie sieht sich schon als Kriegerwitwe. »Ich werde allein sein auf der Landstraße, hier oder woanders. An einem anderen Ort werden sie sich wenigstens um uns kümmern!« Sie denkt an ihren Schwiegervater in Nancy, der sich gegen die Heirat gestellt hatte. Nun würde er zumindest seine Enkel aufnehmen müssen. Aber sie würde um nichts bitten, sie würde gehen, wohin das Schicksal sie verschlug! Jetzt weint auch das andere Kind: Die beiden brüllen im Chor. Einen kurzen Moment lang denkt sie daran, beim Priester der benachbarten Abtei um Rat zu fragen: Ob sie bei ihren Schwiegereltern in Nancy Zuflucht suchen oder sich dazu durchringen soll, als Namenlose mit ihrem Gepäck auf die Landstraße zu gehen. Sie rafft sich auf, belebt von einer fieberhaften Energie.

Draußen schlägt eine Turmuhr. Die Kinder hören auf zu weinen. Die Stille der Dinge kehrt ein: Die behagliche Wohnung wartet darauf, verlassen zu werden, die Schränke sind geschlossen, die Schubläden überprüft. Ruhe tritt ein, für längere Zeit. Während ihrer letzten Mahlzeit in der Küche summt die Mutter ein Lied und spricht wieder zärtlich mit den Kindern. Die Hast ist von ihr abgefallen, der Sturm ist vergessen. Nach dem Mittagessen bleibt noch genug Zeit …

Die beiden Alten, die Geschwister sein könnten, stehen auf der Terrasse ihres Hauses, die auf einen kleinen Garten blickt. Eine große Hündin liegt in einer Ecke. Die Frau kauert sich neben das Tier: Seit zwei Tagen ist es krank, trinkt nur, frißt aber nichts. Manchmal stellt es sich auf seine hohen Läufe, aber dann zittern die Flanken, und es fällt wieder zu Boden. Der Mann neigt sich zu ihnen hinunter und sagt: »Über die Leute unseres Alters heißt es in der Bekanntmachung doch ausdrücklich: ›Sollen sich am nächsten Bahnhof einfinden‹ … Wir werden doch nicht zu Fuß gehen müssen!«

Die Frau schweigt. Sie legt ihre fleckige Hand auf den Bauch der Hündin und streichelt ihn. »Wir gehen nicht fort,

Gräfin«, sagt sie zu dem Tier, »wir lassen dich nicht im Stich! Für dich holen sie nämlich keinen Krankenwagen. Deshalb kommt es für uns nicht in Frage ... Laß dir ruhig Zeit mit dem Sterben.«

»Sterben!« brüllt der kleinwüchsige Alte mit einer theatralischen Geste, als hätte er einen tödlichen Schlag erhalten. »Bei dir sind es immer gleich die großen Worte«, knurrt er, »Katastrophen!«

»Wir gehen nicht fort!« wiederholt die heisere Stimme der Frau unbeirrt.

Der Alte hat der Terrasse den Rücken gekehrt, er eilt direkt zu seinem Zimmer im ersten Stock. Zu seinem Schreibtisch. Er öffnet nacheinander Schubläden mit Karten, da sind seine alten Medaillen, die Pfeifen, die wohlgeordneten alten Briefe. Seine Finger wühlen in ihnen herum und bringen sie in Unordnung. Wo soll er beginnen? Alles mitnehmen, doch vor allem fort von hier, fort von der Alten mit der Hündin. Plötzlich wirft er sich auf das Sofa an der Wand und bricht in Schluchzen aus.

Er ist allein, ganz allein! Ein plötzlich einsetzendes Glokkengeläut draußen läßt den Raum erbeben. Der Alte steht wieder auf, seine zitternden Hände versuchen die Ohren zuzuhalten. Der Lärm wird schwächer. Draußen sind bestimmt die ersten Kolonnen der Wanderer unterwegs! ... Sie würden zu spät kommen, nur wegen der Hündin. Er spricht laut zu sich: »Ich gehe zum Bahnhof, wie sie es für Leute unseres Alters vorgesehen haben! Ich bitte um einen Krankenwagen und einen Pfleger, dann komme ich zurück, um sie abzuholen, sie und das Tier!«

Er geht hinaus, ohne einen Blick auf die Unordnung zu werfen, die er zurückläßt. Er leidet, er bemitleidet sich selbst: »Ich werde es sein, der unterwegs oder im Zug stirbt! Aber keine von ihnen, weder die Frau noch die Hündin!« So gern würde er um sich selbst weinen! Und die anderen müßten auf jeden Fall um ihn weinen! Sie hatten nur einen Sohn. Er war zusammen mit denen, die für ein unabhängiges Elsaß kämpften, verhaftet und verurteilt worden. Er schrieb seinen Eltern keine Briefe mehr. Er hatte sie im Stich gelassen, sie, die ihn gerade jetzt brauchten. Wie undankbar von ihm. Er immer mit seinen großen »politischen« Ideen. Schon fünf Jahre war er interniert. Und was hatte es schon genutzt? Die lange Zeit der Festungshaft hatte nur dazu geführt, daß sie, seine Eltern, nun völlig verwaist waren.

Er geht auf die Terrasse zurück. »Sie hat recht«, denkt er, plötzlich ruhiger geworden. »Bei Gräfin bleiben. Sich verstecken. Die Fenster zur Straße hin verrammeln. Und nach hinten hinaus, zum Garten, leben.« Trotz seines Knieleidens würde er wieder im Garten arbeiten, er würde Gemüse ziehen. Sie würden autark leben, zwei Wochen, zwei Monate, wenn es sein muß.

Draußen hat das Geläut noch nicht aufgehört. Wieder stimmen kräftige Glocken in die höherklingenden, feineren ein: ein wahres Konzert, das ihn aufheitert. Er geht zu der Frau hin, sie ist eingeschlafen, hingekauert neben das leise ächzende Tier, das seinen Herrn aus wäßrigen Augen anschaut. »Die Hündin bewacht meine Frau«, sagt er sich, nun milde gestimmt. »Es bleibt uns nichts anderes übrig, als hier zu bleiben. Sie werden uns vergessen! Es ist sicher schon nach Mittag.«

Der erste Tag der Abreise, an dem sie nicht abreisen.

4

Draußen ziehen die Vertriebenen in einem seltsamen, beinah düsteren Aufmarsch vorüber. Wie ein Zug Ameisen führt er im Zickzack zunächst in ungleich breiten, ungeordneten Reihen durch die kleinen Gassen. Nicht alle gehen zu Fuß. Manche haben Handkarren, einige nur ihre Fahrräder beladen. Hier und dort folgt ihnen ein alter Lastwagen, oder ein überfrachtetes klappriges Auto fährt vor ihnen her.

Zwischen den Leuten zu Fuß kann man allerlei Mobiliar

erkennen: Unförmige Gegenstände aus Holz oder Metall schwanken wie stolze Skulpturen über den Köpfen.

Kleinkram, Werkzeug, seltsame Gerätschaften, manche in grellen Farben. Und mitten unter ihnen blicklose Gesichter voller Verzweiflung. Einer trägt auf der Schulter eine riesige Egge, so daß hinter ihm eine Lücke entsteht. Sein in die Stirn gezogener Hut verbirgt die Augen, dafür spuckt der Mann von Zeit zu Zeit aus wie ein Tölpel aus dem hintersten Dorf. Dort eine Bürgersfrau, die so unförmig aussieht, als hätte sie mehrere Garderoben übereinandergezogen. Direkt hinter ihr wird eine Singer-Nähmaschine einhergetragen, ein kleiner stämmiger Junge hält sie mit beiden Armen vor seiner breiten Brust: Er präsentiert das Gerät wie eine Heiligenstatue und geht mit kleinen Schritten wie auf einem Kreuzweg, mit zitterndem Eifer. Und weiter hinten, mitten in einem anderen Zug, stellt ein Mann, ein wahrer Koloß, eine in seiner Armbeuge liegende Uhr zur Schau, wobei ein gerührtes Lächeln sein rötliches Gesicht überzieht, als wollte er sagen: »Das ist mein einziger Schatz, mein Andenken!«

All diese Gegenstände geben den Anschein, als ginge es zu einem Volksfest oder einer Dorfhochzeit, als sollte dieser ganze Trödel, als sollten all diese Erinnerungsstücke an dem Fest teilnehmen, wenn da nicht die Gesichter gewesen wären, die Blicke der Menschen, ihre mechanischen Schritte.

Der Rhythmus hatte sich schnell eingestellt, verfestigt, schon seit der erste Zug sich gebildet hat. Die Vertriebenen ordnen sich unwillkürlich in Gruppen.

Die Kinder schreien und rufen zwar, aber ihre Stimmen verlieren sich. Da schreitet eine Perserkatze, oder vielmehr scheint sich, in einem Korb liegend, durch die Luft zu bewegen: Zwei Mädchen, Zwillinge, tragen ihn gemeinsam mit der Miene verliebter Frauen. Dann rollen Ballen heran in Höhe der Männerschultern: Sie haben allerlei Formen, einige sind riesengroß. Die Säuglinge, die Kleinsten, hingegen sind auf den ersten Blick kaum zu erkennen auf den nackten Armen ihrer schweigsamen Mütter, oder hier, in einer Wiege, die von einer Heranwachsenden getragen wird; offenbar ist sie froh, fortzugehen.

Der Bursche dort ist höchstens zwölf Jahre alt, er ist schmächtig und hat etwas von einem Clown. Ein riesiges, gut verschnürtes Bündel Bettwäsche balanciert er auf seinem schmalen Nacken. Er lächelt strahlend in die Gegend, obwohl sein Kopf von der Riesenlast fast erdrückt wird, und behält seinen wiegenden Schritt, als ginge er mitten durch den afrikanischen Urwald, ganz wie ein Abenteurer.

So kommt die zusammengewürfelte Menge voran, häufig im Gleichschritt, scheinbar ein Marsch ohne Ende: Ist heute der zweite oder gar schon der dritte September?

Die Nacht zwischen diesen beiden Tagen hatte etwas Ungewisses; eine unwirkliche Zeit, die sich verflüchtigt. Blieben einige nicht deshalb bis zuletzt, weil sie noch eine Nacht zu Hause verbringen wollten?

»Im Haus meines Vaters …«

»Wohin soll nur mein Sohn heimkehren, wenn er aus der Armee entlassen wird? Was ist, wenn er kommt und ich noch nicht zurück bin, um ihn zu empfangen? Da sind auch keine Nachbarn mehr, bei denen man den Schlüssel hinterlegen könnte! Sogar die Concierges werden gezwungen fortzugehen …«

Die letzte Nachtwache der Säumigen verging in Stoßseufzern, nur halb ausgesprochenen, zerstreuten Befürchtungen, ihre Körper drehten und wälzten sich zwischen den Laken, die später weggeworfen oder eingepackt wurden.

Die wenigsten, unter ihnen die Kinder, schliefen ohne aufzuwachen durch, wie wenn man durstig zu einer vertrauten Quelle kommt.

Wie schön ist es, die Augen beim ersten Lichtstrahl aufzuschlagen, der schräg in das Kinderzimmer fällt! In dem Haus, wo im letzten Winter oder im Frühjahr davor die Eltern gestorben sind oder der achtzigjährige Großvater … Jetzt hieß es die Koffer schließen und möglichst schnell aufbrechen, nicht mehr länger zögern, damit man nicht in der letzten Reihe des Zuges gehen mußte. Nicht mehr grübeln: Der ganze Raum öffnete sich.

Frankreich ist groß. »Sie werden uns überall aufnehmen, auch im Westen, der sich bis zum Atlantik dehnt.«

»Sie.«

»Sie?«

5

Kurz danach sind die Vögel weggeflogen, als wollten sie den Auszug der Menschen krönen.

Am ersten Morgen, als das Herbstlicht sich an den Steinen zwischen dem Himmel und dem tönenden Pflaster brach, ohne einen Passanten oder Spaziergänger zu treffen, fielen auf den nun noch größer wirkenden Plätzen der Innenstadt (Kleber-Platz, Gambetta-Platz und natürlich auf der großen Fläche um das Münster) fast gleichzeitig mehrere Schwärme von Tauben ein. Sie stolzierten herum wie erhabene und unbefleckte Königinnen an diesen Orten, die ihre Unberührtheit zurückerhalten hatten.

Die thronenden Statuen schauten den Turteltäubchen zu, die in Gruppen hier und dort ein wenig pickten, zu gurren wagten sie nicht, und immer umeinander im Kreis trippelten, als hätten sie einen geheimnisvollen alten Ritus wiederbelebt.

Am nächsten Morgen kamen wieder viele verschiedene Taubenschwärme, wie nach einem geheimen Plan, in recht niedrigem Flug, ohne sich jedoch niederzulassen, mit einem letzten Kreischen, ganz aufgeregt, daß sie die Stille störten, zeichneten zunächst einen großen Kreis, dann einen weiteren, höher oben, bis sie fast die Spitze des Münsterturms erreichten: Der letzte Schwall ihres Flügelschlags klang wie das Rascheln von Stoff.

Plötzlich, in einem einzigen Schwung, gewannen sie an Höhe, überspannten die Stadt in einer riesigen schrägen

Linie, flogen in Richtung des Flusses und bogen dann direkt nach Süden ab, wo sie verschwanden.

Unter dem gewölbten Blau des Himmels schwammen, nachdem eine undurchdringliche Stille wiedereingekehrt war, Knäuel weißer Wolken wie Watte.

Die Vögel haben sich also als erste aufgemacht; nach den Tauben und Lerchen folgten ihnen etwas später auch die Störche. Sie schienen von oben die letzten Scharen von Menschen zu bewachen, die sich zu den sogenannten »Sammlungszentren« begaben. Von dort fuhren die Züge und Autobusse ab, die mehrere Tage hintereinander ohne Unterbrechung Elsässer in den Westen und ins Landesinnere brachten.

Die Störche in trapezförmigen, dicht unter den Wolken fliegenden Schwärmen schienen den auswandernden Menschen die Richtung ihres künftigen Exils anzuzeigen, dann verließen sie diese plötzlich, um sich zum Mittelmeer zu wenden, dieses ohne Aufenthalt zu überqueren und schnell das warme Afrika zu erreichen.

Nachdem alle Vögel ausgezogen waren, erschien der blanke Himmel wieder unermeßlich: eine riesige, umgestülpte Höhle von einem unbestechlichen Blau, das am Abend kaum dunkler wurde, nur zuerst einen violetten, dann einen grauen Ton annahm.

Später sollten die Katzen und Hunde durch die Straßen irren. Und die Ratten. Die ersten Kämpfe fanden zwischen den Katzen und Hunden statt, auf den großen Avenuen. Nach einigen Tagen zogen sich die Hunde zurück, versteckten sich, ihr Heulen war manchmal in den kleinen Gassen zu hören. Sie flohen möglichst schnell, einige von ihnen fanden über Schleichwege aufs Land zurück, in die kleinen Dörfer, die ebenfalls verlassen dalagen, aber wo die Scheunen noch Nahrungsmittel bargen, und auch die Plünderungen begannen schon.

Die Katzen hielten in lauten Banden die Innenstadt besetzt, spazierten herum, ließen es sich wohl sein, tänzelten nach

Herzenslust und schliefen mitten auf den leeren Gassen. Die Tage vergingen, schon war es eine, waren es zwei Wochen. Die Tiere mußten nun ihr Überleben sichern: Ihre Sinne schärften sich, ihre Krallen glitzerten in der Sonne. Fernhin schallte das Echo ihres Gekreischs in der klaren Herbstluft, auch das der Katzenjungen, welche die alten Stadtbewohner bereits vergessen hatten: Ihre Freiheit machte sie zu Raubtieren in dem Maß, wie der Hunger wuchs. Da kamen die Ratten aus ihren Löchern ... Weitere Kämpfe in den Avenuen folgten, wenn der Abend einkehrte. Die Ratten vertrieben nun ihrerseits die Katzenhorden. Manchmal stellten diese sich ihnen entgegen und gingen blutüberströmt aus der Schlacht hervor. Sie flohen auf die Umgrenzungsmauern, die Bäume, auf die höchsten Balkone. Dort oben lagen sie auf der Lauer, wurden immer magerer, gar kurzatmig im erkaltenden Schein der Wintersonne, und verhungerten schließlich.
Zuvor waren zwei Wachleute mit Gewehren in den Zoo eingedrungen, der sperrangelweit offenstand. Sie hatten die alten Löwen und den Königstiger getötet. Die Affen hatten das Glück, freigelassen zu werden. Keiner hat sie je wiedergesehen, außer am ersten Tag, als sie auf der einen oder anderen Statue in einem kleinen Park saßen. Ein Wachtposten hat sie später angeblich am Flußufer entdeckt, danach auf einem Weg in der Orangerie. Anscheinend wurde an einem der folgenden Tage die alte Äffin gesehen, die hinter den Käfiggittern so viel Erfolg bei den Kindern gehabt hatte – ganz allein und verlassen irrte sie umher.

Den Tieren fiel es offenbar auf ihrer Flucht nicht schwer, Nahrung und sogar Leckerbissen zu finden. Sie mußten nur im Viertel Robertsau einige Zäune überklettern, denn dort hatten die Häuschen meist einen Garten und Vorrat an getrockneten Früchten für den Winter.

Mitte November. Abgesehen von der Gegend um die Kasernen liegt die Stadt schon seit zwei Monaten leblos da und ist den Horden der Ratten ausgeliefert, die nun die einzigen

Herren der nächtlichen Straßen sind. Da hält Seine Herrlichkeit der Frost mit seinem Gefolge reichen Schneefalls Einzug – mit Griesel und Graupel, mit knisterndem Eis, das bald eine dicke Schicht bildet –, färbt mit einem Schlag alle Steine und die hohen Fassaden der Wohnhäuser bis unters Dach – die Klinkersteine scheinen an manchen Stellen noch rot durch den weißlichen Belag. Ja, der Frost läßt sich nun nieder und will nicht mehr gehen, monatelang.

Das weiß geschminkte Straßburg gleicht dem Bühnenbild einer gespenstischen Tragödie, behält unter dem Eis und trotz seiner geplatzten Wasserrohre noch das Aussehen einer beleidigten Majestät. Für eine unbestimmte Dauer leer, versinkt Straßburg in Schweigen und Warten. Es stellt sein Unglück zur Schau, auch wenn kein Zuschauer es sieht.

Die Stadt und das Gewicht ihrer Leere. Mehr als neun Monate werden ohne Unterbrechung vergehen, bis das Ende des folgenden Frühlings einkehrt.

6

Am 15. Juni 1940 passieren die ersten Panzerwagen der erwarteten Armee den Rhein, nehmen aber nicht die Brücke mit dem Bronzesoldaten. Der Feind überquert den Rhein weiter südlich, bei Colmar.

In Straßburg wird dem Bürgermeister und dem Kommandanten befohlen, die Stadt zu verlassen. Der Bürgermeister hat im letzten Moment verhindert, daß die Brücken in der Altstadt zerstört werden – der Hafen war bereits niedergerissen, die wichtigsten Industrieanlagen waren weggeschafft worden.

Vier Tage später zieht die deutsche Armee kampflos in Straßburg ein.

Am 22. Juni kapituliert die französische Regierung in der Nähe des bereits besetzten Paris.

Neun Nächte

Fünfzig Jahre später

Ich kann gehen, wohin ich will,
immer tanzen die lockenden Bilder
vor meinen Augen.
Mein Schlaf ist nicht einmal sicher
vor solchen Trugbildern.
Vierter Brief, Heloisa an Abaelard

I. Thelja

Ihre Stadt kenne ich nicht. Ich bin dort aber auch keine Fremde.

Wir begegneten uns das erste Mal in Paris. Doch Ihre vielen Briefe der letzten Monate schickten Sie mir regelmäßig von Straßburg ab, von hier also. Ich las sie mit stockendem Herzen, und danach sprach ich mit Ihnen, wie auch jetzt, während ich durch die Straßen ging, in meinem Inneren. Alles, was ich Ihnen sagen müßte, was ich Ihnen sagen möchte, auch das, was ich im letzten Moment nicht würde zu äußern wagen, auch Ihre Antworten auf meine Geständnisse und auf mein Schweigen, all das kam in meinem Inneren zur Sprache.

Wir trafen uns noch drei- oder viermal wieder, immer im gleichen Straßencafé gegenüber dem *Jardin du Luxembourg*. Bei diesen Gelegenheiten sprach ich nicht von mir, fast nie. Statt dessen erforschte ich Sie. Sobald Sie Ihren Blick abwandten, beobachtete ich, rasch, nur ein oder zwei Sekunden lang, das Licht auf Ihrem Gesicht, das mir Sicherheit einflößte, Ihren Blick, der in die Ferne schweifte, die Falten auf Ihren Schläfen, die wie ein Fächer ausstrahlten.

Ich beantwortete Ihre Fragen in wenigen kurzen Worten. Ich hörte Ihnen lieber zu. Was ich in Paris nicht preisgegeben habe, werde ich Ihnen hier, in dieser Stadt, sagen, das weiß ich.

Ist es wirklich Ihre Stadt? Haben Sie Ihre Jugend in diesen engen, kühlen und dunklen Gassen verbracht, durch die ich nun gehe? Die »Jungferngasse«, die »Himmelsgasse«, die »Knoblochgasse«? ... »Ihre Jugend«, werde ich diese Worte aussprechen? Wie soll ich verheimlichen, daß, als wir uns das erste Mal gegenüberstanden und ich erkannte, daß sie mindestens zwanzig (oder fünfundzwanzig) Jahre älter waren, ich mit melancholischer Zärtlichkeit dachte: »Er ist eigentlich schon fast alt.« Wie soll ich den Zweifel verheimlichen, der mich befiel, als ich Sie im Café beim *Luxembourg* allmählich näher kennenlernte: »Ist es etwa das Alter, das mich an diesem schönen, reifen Männergesicht fasziniert?« Ich stellte mir überrascht diese Frage, ohne genauer zu bestimmern, was daran traurig oder unangenehm war.

Haben Sie als Kind hier gelebt? Oder in einem Dorf in der Nähe? Ist es nicht eher die Jugendzeit, über die ich gerne etwas hören möchte? Ich weiß, daß Sie hier an der Universität studiert haben, Sie haben es in Paris zufällig einmal erwähnt, Sie sagten, daß die elsässische Universität nach dem Krieg von Clermont-Ferrand wieder nach Straßburg gezogen ist. Ich verstand das damals nicht, erkundigte mich aber nicht weiter danach. Wenn ich Sie jetzt fragte, sähe das lediglich nach banaler Neugierde aus. Ich möchte die Tatsache ein wenig abmildern, daß Sie mir »auf dem Lebensweg« so weit vorausgegangen sind und daß dies in mir zwiespältige Gefühle einerseits der Anziehung, andrerseits der Nostalgie auslöst. In welcher Sprache rede ich mit Ihnen? Ist es Französisch, wie in Paris, dann sieze ich Sie natürlich: Sie sind mindestens zwanzig Jahre älter als ich, ich könnte Ihre Tochter sein.

Bei unserem zweiten Treffen sagte ich im Scherz: »Ich bin dreißig Jahre alt, habe Mann und Kind verlassen, sie sind in meinem Land geblieben. Und nun lebe ich seit zwei Jahren in Paris, lebe sozusagen in der Schwebe! (Ich werde Ihnen irgendwann die berberische Redensart ›Frau in der Schwebe‹ erklären, die ich aus dem Dorf meines Vaters kenne.) Wenn ich zurückgehen würde, würde ich mir alt vorkommen!«

»Alt?« haben Sie gelacht, und Ihr Blick, der belustigt auf mir lag, gab mir wieder das Gefühl, ein junges Mädchen zu sein.

»Alt«, erwiderte ich, »das heißt, als Frau ohne eine Zukunft, ohne zweites Leben. Verstehen Sie das?«

»Ich verstehe!« antworteten Sie in leicht spöttischem Ton. »Und wie ist es jetzt?«

»Jetzt bin ich hier in Paris endgültig zum Wildfang geworden!«

Das war in Paris unser längster Austausch von Worten. Ansonsten waren Sie es, der lange redete. Sie erzählten von Ihren Reisen in der Vergangenheit, von den europäischen Städten, die Sie lieben und wohin die Arbeit Sie häufig führt. Ich hörte Ihnen zu, zumindest am Anfang. Später fiel mir ein gewisser Akzent auf, in regelmäßigen Abständen dehnten Sie die Endkonsonanten: Ich gewöhnte mich an Ihre Musik. Eine Leere in meinem Inneren ließ alles um uns herum verschwinden, bis auf Ihre Züge, Ihren Blick, bis auf eine fast gezierte Geste, mit der Sie Ihre Hand an Stirn und Haare führten, immer wenn Sie ganz in dem aufzugehen schienen, was Sie sagten.

Dann verstummten Sie. Sie schauten mich aufmerksam an, bemerkten erst jetzt mein Schweigen und versuchten es vermutlich zu deuten. Ihre Augen leuchteten auf, voll Güte und zugleich mit einer etwas naiven Überraschung. (Einmal durchzuckte mich dabei der Gedanke: »Was müssen Sie vor zwanzig Jahren für ein verführerischer junger Mann gewesen sein!«)

Ich strengte mich nicht an, das Gespräch wieder in Gang zu bringen. Sie schauten mich unverwandt an. Daran denke ich jetzt, während ich mich in Ihrer Stadt auf ein Treffen mit Ihnen vorbereite. Wenn Sie mich so ansahen, ergriff ein seltsames Begehren von mir Besitz: Ich strich mir dann langsam mit meiner rechten Hand über das Gesicht, als müßte ich etwas wegwischen, es verschwinden lassen oder zumindest vor Ihnen verbergen. Zugleich fragte ich mich aber auch, beinah erleichtert: »Sieht dieser Mann wirklich mich?« Es war das erste Mal, das erkenne ich jetzt – vielleicht werde ich es Ihnen heute abend sogar sagen (in Ihren Armen?) –, das erste Mal, daß der Blick eines Fremden nicht unsicher wurde, bevor er mich erreichte.

»Eines Fremden?« werden Sie mir entgegnen, falls ich mich Ihnen heute abend eröffne.

Dann müßte ich, um der Wahrheit willen, ein wenig verlegen hinzufügen: »Das heißt, der Blick … eines Franzosen.«

Ich würde mich selbst beruhigen, indem ich mir sage, mich halb frage: »Kann der Blick eines Mannes überhaupt unvoreingenommen sein?«

In Paris schwieg ich also lieber. Selbst als Sie mir in wenigen Worten erzählten, was Sie in den letzten Jahren erlebt hatten. Ich erinnere mich nur an Bruchstücke: Sie hatten keine Kinder gewollt und sich mit Ihrer Ehefrau so sehr darüber gestritten, daß … ich hörte nicht mehr zu. Es war mir peinlich. »Ich will nicht, daß er sein ganzes Privatleben vor mir ausbreitet«, sagte ich mir. »Ich will nicht so weit in seine Intimsphäre eindringen!« Als ob für mich Ihre Anziehung eben in Ihrer ausgeprägten Sachlichkeit bestanden hätte. Ich wollte auf keinen Fall in die Banalität der vertraulichen Gespräche absinken! …

Ein anderes Mal hatten Sie erwähnt, daß Ihre Frau bei einem Autounfall ums Leben gekommen war, am Tag bevor Sie zu einer Indienreise aufbrechen wollten, auf die Sie sich beide gefreut hatten – mit belegter, veränderter Stimme hatten Sie hinzugefügt: »Nach der langen Zeit des Zwists hatten wir uns wirklich versöhnt!« Ich vermied es, Sie anzusehen, wechselte schnell das Thema. Mir war der gemeinsame Freund eingefallen, der uns ganz am Anfang miteinander bekannt gemacht und dabei erwähnt hatte, daß Sie Ihre Frau unter so dramatischen Umständen verloren hatten.

»In den nächsten zwei Jahren«, fuhr ich zögerlich fort (ich wartete, bis Sie zur Gegenwart, zu diesem Winterabend in Paris zurückgekehrt wären), »muß ich meine Doktorarbeit in Kunstgeschichte schreiben. Ob ich zurückwill? Natürlich werde ich in mein Land zurückkehren!« – Und fügte freudig hinzu: »Wegen des Stipendiums ist meine Aufenthaltsgenehmigung gerade um ein Jahr verlängert worden!« Ich streckte das Papier in die Höhe, als wollte ich mich selbst davon überzeugen, daß ich nur vorübergehend in Paris lebte. »Um ein Jahr!« Aber wenn ich zurückkehrte, wollte ich wirklich wieder »dort« hin?

Ich glaube, bei diesem Treffen erwähnte ich auch, daß eine Freundin aus meiner Kindheit im Elsaß lebt.

»Sie ist Algerierin. Eine algerische Jüdin. In der Grundschule waren wir unzertrennlich! ... Dann zogen ihre Eltern endgültig weg, sechs oder sieben Jahre nach der Unabhängigkeit. Ich traf sie später in Marokko wieder. Seither telefonieren wir ab und zu. ... Sie lebt in einer anderen Stadt und in einem anderen Land. (Ich lachte.) Der letzte Brief hat sechs Monate gebraucht, bis ich ihn erhielt!«

Eve, meine Freundin, war für mich wie eine Schwester, hatte mich nun in Ihre Stadt eingeladen, glaubte immer noch, ich würde aus Algerien, von »dort drüben«, dem anderen Ufer, anreisen. Ich wollte sie bestimmt einmal besuchen, ich wußte nur noch nicht, wann.

»Wenn Sie Ihre Freundin besuchen«, fügten Sie mit einem Lächeln hinzu, »im Elsaß, was für ein glücklicher Zufall!, dann könnten wir uns täglich sehen, über eine längere Zeit hinweg!«

Schweigen. Wir standen auf und verließen das Café. Wir hatten bereits die Gewohnheit angenommen, im Park spazierenzugehen, um das Senatsgebäude herum, und uns später am Eingang auf der Seite von Montparnasse zu verabschieden, wo ich gerne allein die Abende verbringe. Ich beobachte immer die Liebespaare, die auf einer Bank oder auf einem der verschwiegenen Wege die Zeit vergessen, und es überkommt mich dabei der lebhafte Eindruck, daß ich erst am Tag zuvor aus Algerien angereist bin. Ich habe es Ihnen schon gestanden: »Den Liebespaaren in Paris zuzusehen, erfüllt mich mit Heiterkeit ...« Ich zögerte, sprach weiter: »Früher, als prüdes junges Mädchen, hätte ich weggesehen und mich für sie geschämt, daß sie ihre Verliebtheit so zur Schau stellten!«

Ich zog eine Grimasse: »Mit mir war damals nicht zu spaßen! Sie wären nicht einmal auf die Idee gekommen, mich anzusprechen.«

Da haben Sie sich über mich lustig gemacht. »Was für eine

einschüchternde und unnahbare Dame Sie doch sind!«, und mich ganz natürlich am Arm genommen. Ich mußte mich anstrengen, um meine instinktive Abwehr zu überwinden.

Zum Schluß sagten Sie mir – wir hatten uns auf eine Bank gesetzt, gegenüber dem schon verlassenen Musikpavillon, während ein junger Mann mit einem Tennisschläger an uns vorbeirannte, die Parkwächter würden bald mit einem Pfiff anzeigen, daß der Park geschlossen wurde: »Leider schreiben Sie keine ausführlichen Briefe zur Antwort auf meine endlosen Litaneien!«

Ihre Stimme war sehr leise, es wirkte auf mich fast wie ein Geständnis, berührte mich.

»Es sind keine Litaneien!« rief ich. »Wenn ich Ihre Briefe lese, ist es so, als ob Sie da wären, wie jetzt, als ob Sie neben mir sitzen würden!« (Zum ersten Mal legte ich meine Hand auf die Ihre, und Sie hielten sie fest.) »Wirklich!« bekräftigte ich und entzog vorsichtig meine Finger Ihrem Griff.

»Sich über eine längere Zeit hinweg kennenlernen«, ich weiß nicht, haben Sie oder habe ich diesen Ausdruck zuerst gebraucht? Ich betrachtete wieder die Falten an Ihren Schläfen, sie verliehen Ihrem blaugrauen Blick etwas Zärtliches, vielleicht aber auch Geistesabwesendes …

Als wir uns das nächste Mal trafen, kündigte ich an, daß ich vielleicht im darauffolgenden Monat ins Elsaß kommen könnte. Zehn Tage im Frühling. Ich konnte mich gerade noch beherrschen auszusprechen, was mir plötzlich auf der Zunge lag, ich aber schnell zurückhalten mußte: »Ich komme neun Nächte! Ihretwegen!«

Die Straßen von Straßburg kurz vor Tagesanbruch. Ich habe im Nachtzug nicht schlafen können: Der Liegewagen zweiter Klasse war unbequem. Um fünf Uhr im Taxi, Nebel an den Ufern entlang der Ill, und das Wasser in grauer Kräuselung. Die Nacht glitt zum Horizont, verweilte noch, bevor sie plötzlich verschwand. Reste hingen noch an den tief herabgezogenen Ziegeldächern … Ein mildes Licht, als sei sie verhüllt, umgab die Gebäude der Stadt, die ich nun zum ersten Mal erblickte.

Ich stellte nur meinen Koffer im Hotelzimmer ab, dann ging ich hinaus, ging durch die Straßen. Da ich Sie (ich spreche wieder zu Ihnen) erst zum Abendessen treffen werde (vor zwei Tagen haben Sie sich am Telefon mehrmals entschuldigt, da ich gerade an dem Tag ankommen sollte, an dem Sie so viele Termine hatten! Ich mußte lachen, als ich auflegte), wollte ich schnell Straßburg kennenlernen, ohne Menschen, da es ja ohne Sie sein würde. Ich wollte die Steine und die Statuen ansehen, die mich ihrerseits zu mustern begannen, die Plätze und Kirchen, die mir vorkamen wie riesige Throne, die vor mir, dem Eindringling, erstarrten. Um das Münster machte ich noch einen Bogen.

»Warum suchen Sie gerade die menschenleeren Straßen?« werden Sie mich fragen (denn ich werde Ihnen ganz bestimmt noch heute abend oder morgen mein Umherstreifen in dieser Einöde beschreiben).

Darauf werde ich keine Antwort wissen. Im Gespräch mit Ihnen werde ich dann vielleicht verstehen, wonach ich so fieberhaft suche. Dann wird die Wahrheit, die sich mir entzieht, enthüllt werden, wenn ich mit Ihnen zusammen bin.

(Jedesmal, wenn wir uns begegnen, ist mir, als ob sich unmerklich etwas in mir sammelte, als ob sich etwas Unausgesprochenes immer mehr verfestigte und dann ein unterschwelliges Schweigen hervortreten ließe, wie wenn plötzlich ein inneres Licht mich erfüllte ... Als würde mir bei jedem Mal mehr über mich selbst klar, sobald ich mit Ihnen zusammen bin. Ist dies der Beweis – oder sagen wir, die Prüfung – für eine »Seelenverwandtschaft« zwischen uns? Der Ausdruck klingt möglicherweise abgedroschen, aber ich finde keinen anderen für eine so unerklärliche Anziehung! Das alles geht mir immer wieder durch den Kopf, während ich mich auf das Treffen mit Ihnen vorbereite: Diese seltsame Empfindung, sobald ich Ihnen begegne, dieses Aufleuchten in mir – ohne Ihr Zutun oder meines –, wird es mich auch heute abend wieder überkommen, aber ich werde es Ihnen nicht zeigen. Vielleicht später einmal.)

Während ich hier durch die erste Morgenfrische gehe und mich selbst befrage, fällt mir auf, je mehr ich mich als flüchtige Besucherin einer europäischen Stadt fühle, desto stärker erinnere ich mich wieder an die gewaltige Begeisterung, die mich vor etwas mehr als einem Jahr erfaßte: Als ich auf einmal meine sonnige Heimat, eine zerbrochene Liebe und meinen kleinen Sohn verließ, der mich mit großen, vorwurfsvollen Augen anschaute, ja, als ich mit dreißig plötzlich aufbrach, kam es mir vor, als würde ich einem Grab entsteigen ... unter freiem Himmel zwar, aber dennoch ein Grab! Es war wie ein Rausch, umhergehen zu können, wohin es mich trieb, erfüllt von einem intensiven Lebensgefühl! Solange ich nur weiterging, würde ich mich immer leichten Herzens fühlen!

Ich führe Selbstgespräche, aber immer an Sie gerichtet. Nach einer Stunde des Umherwanderns (ich las die altertümlichen Namen der mittelalterlichen Gassen, blieb in den Torbögen stehen, um heimlich einen Blick in die Innenhöfe zu werfen, kam immer wieder auf kleine Plätze und ging auf den Brücken über die Ill) kehrte ich – die ersten Busse begannen eben in einem weiten, raunenden Gürtel zu verkehren, auch die ersten kleinen Gruppen von Passanten eilten vorbei – ins Hotel zurück, um zu schlafen.

Völlig bekleidet lag ich auf dem noch unbenutzten Bett, den ungeöffneten Koffer zu meinen Füßen, und schlief ein. Erst eine ganze Zeit später schreckte ich aus einem Traum auf, es war ein tiefer Abgrund vorausgegangen, ein Aufblitzen, dann fand ich mich halb aufgerichtet und mit geöffneten Augen in diesem Zimmer wieder, das ich erst nach einer Weile erkannte. Obwohl es heller Mittag war, blieb ich noch liegen, denn die Bilder des seltsam deutlichen Traumes wollten nicht weichen, sondern wurden größer und dehnten sich scheinbar bis zur Decke des Raums. Ich hielt die Augen geöffnet, ich schaute und sah:

Das Antlitz eines Mannes oder einer Frau, ich weiß nicht, das Gesicht eines Liegenden unter einem Tuch aus weißem Leinen verborgen, eine Hand – die meinige – erforscht zögerlich die Züge des Gesichts unter dem angehobenen Tuch. Ein Blick – der meinige – verweilt fasziniert auf dem Schlafenden oder der Schlafenden und stellt fest, daß er oder sie tot ist. Die schmerzerfüllte Krümmung meines Oberkörpers nimmt immer mehr vom morgendlichen Raum ein, das Antlitz der mir nahestehenden, geliebten Person (ist es mein Vater, den ich nie gekannt habe?) hier direkt unter meiner zitternden Hand, ein einziger Schluchzer zerreißt lautlos meine Kehle.

Das Läuten der Glocken draußen zerstreut mit einem Mal meine Vision. Sehen Sie, ich beschreibe Ihnen, wie ich am Mittag aufwachte, und sage mir, sage Ihnen, immer nur Ihnen, mit einem Anflug von zurückhaltender Zärtlichkeit: »Ich bin zu Ihnen gekommen, hierher ins Elsaß, und ich werde, was immer auch geschehen mag, die erste Nacht hier mit Ihnen verbringen!«

Erste Nacht

Die Zeit steht still. Eine, zwei volle Stunden. Schweigen und Atmen. Das Fenster halb geöffnet.

»Hörst du die Glocke?«

»Ich erkenne sie, es ist die von Jung-Sankt-Peter.«

»Warum flüstere ich, als hätte ich Angst? Ich zittere ...«

»Ist dir kalt?«

»Es ist nicht die Kälte ... (Ein Zögern) Ich liege nackt in deinen Armen und sage endlich ›du‹ zu dir!«

Der Mann antwortet nicht. Seine Finger betasten das Gesicht der Sprechenden, fahren langsam zuerst über die Oberlippe, dann über die Unterlippe ...

»Es ist nicht die Kälte! (Sie atmet lange, während sie seine Finger spürt, blitzartig eröffnet sich ihr die Wahrheit:) Ich erlebe den Beginn ... (Sie atmet tief, seufzt wie vor Wohlbehagen oder auch Erleichterung.)

Du bist Franzose, noch nie ...«

Er wartet. Sie will sagen, sie denkt selbst jetzt noch: »Der Fremde«. Er streckt zutraulich seine Hand nach ihr aus, faßt sie an der Schulter, sie schweigt und sucht ... Mit seinen Fingern fährt er hinab zu ihren Brüsten, streicht über ihre Konturen, sie legt sich mit dem Rücken auf seinen Oberkörper. Sie atmet schwer, drückt ihre Schulterblätter auf die Muskeln seiner Brust. Sie beginnt erneut: »Ich bin geboren, bevor der Krieg zu Ende war ... Drei Jahre davor.«

»Der Algerienkrieg«, ergänzt er ihre Worte. Seine Hände streicheln sie, pressen sie wieder an sich, lassen sie los. Sie liegt immer noch gekrümmt mit ihrem ganzen Gewicht auf ihm, sagt leise: »Wo warst du damals?« (Ihre Frage ist eindringlich.)

»Als Krieg war in deinem Land? Damals war ich weder im Elsaß noch in Algerien. (Er ist wie geistesabwesend, dann fügt er rasch mit einem bitteren Tonfall hinzu, der sie überrascht:) Ich war nicht einmal in Frankreich!«

Sie läßt sich bis zur Hüfte streicheln. Ihr Oberkörper, der aus dem Bettzeug ragt, wird auf einmal vom Mond beleuchtet. Sie wundert sich: »Ich schlafe mit dir, und du bist Franzose! Vor zehn Jahren, als ich nach Algier kam, um an der Universität zu studieren, wäre für mich eine solche ... Nähe zu einem Franzosen völlig undenkbar gewesen! (Sie träumt.) Wenn du damals als Experte oder Tourist nach Algerien gekommen wärst und ich dich bei Freunden getroffen hätte oder in der Vorlesung oder ... Ich hätte dich nicht wirklich wahrgenommen! (Sie lacht, ihr fällt eine nicht ganz ehrliche Begründung dafür ein.) Damals warst du ja kein freier Mann! Du hättest mich ebensowenig wahrgenommen!«

Sie macht mit dem Arm eine abrupte Bewegung. Dann legt sie sich wieder hin. Ganz automatisch sucht er sie und drückt sie an sich. Er hängt im Dunkeln seinen eigenen Träumen nach, als hätte er ihren letzten Einwand nicht gehört: »Nein, ich war nicht im Algerienkrieg. Es war vielleicht Glück, denn mein Einberufungsjahrgang war 1956 oder 1957. Im Jahr 1960 verbrachte ich in München acht Stunden am Tag im Archiv der

Stadt. Später lebte ich in den USA: ein paar Monate in New York, dann fast ein Jahr in Chikago ... Ich forschte ...«

Er hält inne. Seine Arme umfangen die Geliebte und bleiben liegen.

»München«, murmelt sie. (Wie schön mußte es sein, an ihn geschmiegt mit ihm zu reisen! Sie atmet seinen Geruch ein.)

»Einer meiner Cousins ist emigriert, er hat während ›unseres‹ Krieges Lothringen verlassen und ist nach München gegangen. Irgendwann kehrte er zurück. Ich erinnere mich: Eines schönen Tages kam er in unser Dorf, mit einer deutschen Frau und drei oder vier Kindern ... Ich selbst war noch keine zehn Jahre alt. Die Deutsche machte in den ersten Tagen ein ganz verängstigtes Gesicht. Danach machte sie Antrittsbesuche in jedem Haus: Die Frauen feierten sie, kleideten sie in unsere alten Gewänder – jeden Tag war sie mit einem Zeremonienkleid geschmückt –, ich erinnere mich daran, als wäre es gestern!«

Sie lacht. Dann füllt sich der Raum mit einer flüssigen Stille. Über ihren Köpfen fällt aus einer unsichtbaren Quelle Tropfen für Tropfen auf sie herab, denkt die Frau im Arm des ... nicht des Fremden, nicht des Franzosen, sondern einfach des Mannes.

Er, geistesabwesend und gegenwärtig zugleich, er, auf dessen Haut meine Finger träumerisch entlangfahren, es sind nämlich meine Finger, die träumen – sie sagt es zu sich, während sie in seinen Armen liegt.

Sie schließt die Augen und sammelt sich: Später wird sie an diesen Augenblick ihrer ersten Nacht denken. Da sie es liebt, »mit den Fingerspitzen zu sehen«, wird eben dieser Moment ihr in Erinnerung bleiben, in dem ihre ineinanderverschlungenen Körper quer über dem Bett liegen. »Ich lerne dich immer wieder ein bißchen mehr kennen.« Sie sagt es mit leidenschaftlicher Stimme, ihr Mund fährt mit kleinen Zungenschlägen an seinen Flanken hinab. Sie legt ein Bein über ihn, läßt sich zwischen seine Schenkel gleiten, kauert sich zusammen und streichelt seine Lenden. Ihre Körper finden zueinander. Er dringt in sie ein, diesmal hält sie die Augen offen; der Schatten lichtet sich.

Lange Zeit später. Der Atem hat sich beruhigt. Ihr Gespräch im wiederkehrenden Dunkel.

»Sag einmal!«

»Was denn?«

»Du weißt, in Paris habe ich dich mehrmals nach der Bedeutung deines Vornamens gefragt. Du sagtest immer: ›Das sage ich Ihnen später einmal!‹ Und dann lachtest du, als ob du dich lustig machen wolltest … in Wirklichkeit aber wichst du mir aus!«

Sein Ton, auf einmal ganz geduldig! Sie lacht wieder, ihre Stimme rieselt im durchscheinenden Schatten wie zerbrochenes Glas. Da ist wieder ihre Koketterie, sie zeigt sich ansonsten weder in ihrem Benehmen (am hellichten Tag und draußen gibt sie sich eher zurückhaltend) noch in ihrem Äußeren (ihre Kleidung hält sie so neutral wie möglich, um nicht zu sehr »aufzufallen«), nur wenn sie spricht, oder vielmehr, wenn sie etwas nicht sagen will.

»Thelja«, beharrt er, »wenn ich ›meine Thelja‹ sage, muß ich doch wissen, was das bedeutet!«

»Wie du weißt«, beginnt sie, »bin ich in einer Oase geboren, gewissermaßen vor den Toren der großen Wüste.« (Thelja hält inne, erinnert sich an den Aberglauben der Wöchnerinnen von einst, die sieben Tage und sieben Nächte lang den Namen des Neugeborenen verschwiegen, aus Angst vor dem »bösen Blick«. Schließlich sagt sie es doch:) »Mein Liebster, Thelja heißt ›Schnee‹ … Ich kann nichts dafür, ich bin eine Frau, die in einer Oase geboren ist und ›Schnee‹ heißt.«

Sie löst sich aus seiner Umarmung und zieht sich auf die andere Seite des Bettes zurück. An jenem anderen Ort hätte sie sich von der Matratze auf ein Schaffell fallen lassen, das auf dem Fliesenboden lag; dort, in ihrer früheren Wohnung.

Er nähert sich ihr wieder, möchte sie wieder nehmen, diesmal in Hast oder im Fieber.

Sie überläßt sich ihm, zunächst mit einem Wunsch nach Behutsamkeit, der aber allmählich schwindet und einer leidenschaftlichen Heftigkeit Platz macht, die sie beide überflutet:

Irgendwann ist die Woge verrauscht, sie hat die Augen geschlossen, und ihr Körper ist wach bis in die Fingerspitzen hinein, bis hin zu den Füßen, den Haaren ... Sie stellt sich ihre beiden Körper als einen Baum vor, der sich über ihnen erhebt, nur ihre Augen liegen flach auf dem Bett wie auf einem riesigen Sandstrand, sie sind nur noch zwei losgelöste, vereinzelte Blicke. Sie sieht, wie ihre aufgerichteten, verschlungenen Körper hinausfliegen, sich bis zu den Dächern erheben, über den Kirchtürmen schweben, selbst über dem höchsten Wachturm, während sie in einem Aufbranden ihrer beider Begierden ihn umklammert, seine Hüften, seine Lenden, seine Beine, und dann in einem lauten Stöhnen versinkt. Das Ein- und Ausatmen eines unsichtbaren Stroms, die rhythmischen Stöße ihres Geliebten, die sich tief in ihrem Inneren fortsetzen und sie emportragen ... Sie entfaltet sich, ist ganz erfüllt und versinkt in der leuchtenden Flut. Eine Woge pocht an ihren Schläfen, sie taucht schließlich ein in das Bett der Lust, die sich allmählich erschöpft.

Thelja fühlt sich gereinigt, zerschlagen, vermehrt, sie möchte nur noch schlafen, unter der Führung des anderen Körpers, der sie zu sich holt, hinübergleiten ...

»Laß mich schlafen!« bittet sie.

»Was heißt hier Schnee!« seufzt er. »Glut, die mich verbrennt!«

II. Die Freundin aus Tebessa

Siehst du, Eve, jetzt bin ich schon am zweiten Morgen zu dir gekommen. Frag nicht, was ich am Tag meiner Ankunft in Straßburg getan habe oder in meiner ersten Nacht.

Du stammst aus meinem Land, daher nenne ich dich Hawa. Du bist eine Nomadin, Eve, vor bald fünfzehn Jahren hast du die Stadt deiner Ahnen verlassen, Cirta-la-haute, das Adlernest. Wir hatten unsere gemeinsame Kindheit nicht weit entfernt davon verbracht, in Tebessa. In wie vielen Städten und Ländern hast du seither gelebt? Zuerst in Marokko, dort hast du geheiratet. Um dich zu besuchen, bin ich einmal im Winter nach Marrakesch gekommen. Von Sonnenaufgang bis -untergang bin ich durch alle Gassen der Medina gestreift, habe mich dort in den Staub gesetzt, mich auf dem Frauenmarkt anrempeln lassen, mit den Bauersfrauen, die zum Markt in die Stadt gekommen waren, zwischen den Gebetsstunden vor der Medersa eines einfachen Heiligtums oder in einer einfachen Moschee des Viertels lange Gespräche geführt.

Einen ganzen Monat habe ich jeden Abend das Wunder meiner ersten Freiheit gepriesen (»Es ist, als wäre ich zu Hause, und doch bin ich ständig unterwegs!« schwärmte ich). Wenn ich zur Wohnung Omars, deines Mannes, zurückgekommen war, saßen wir und schwatzten bis tief in die Nacht hinein: vom Maghreb, der ein einziges Land werden sollte, von alter Musik, von zeitgenössischer Malerei. Welche Begeisterung erfüllte mich in jenem Winter, und wie stolz war ich, daß ich das marokkanische Arabisch so schnell gelernt hatte! Mitten unter den Musikern des Viertels wurden wir still, während sie auf einer der Terrassen endlos weitersangen, manchmal bis zum Morgengrauen.

Voll neuer Kraft kehrte ich nach Hause zurück; kurz darauf verlobte ich mich ebenfalls, als hättest du mir insgeheim den Schatz einer ansteckenden, aber unsichtbaren Heiterkeit weitergegeben.

Im darauffolgenden Jahr seid ihr nach Holland ausgewandert. Von dort schicktest du mir ständig Karten, eine Botschaft nach der anderen. Ich teilte dir nur kurz meine bevorstehende Heirat in Oran mit und begleitete dich von weitem, wenn auch mit Unterbrechungen. Warum ihr, du und Omar, euch ein oder zwei Jahre später getrennt habt, erfuhr ich nicht. Warum du es zugelassen hast, daß er mit eurer Tochter Selma (zwei Jahre alt, wie konntest du ein Kind von zwei Jahren verlassen?) wieder nach Marokko zog? »Ich werde jeden Sommer mit ihr zusammen sein, und dann wird es überall, wo ich hinkomme, ein Fest geben«, hast du mich damals beruhigt. »In Marrakesch hat sie eine Großmutter, die erst vierzig Jahre alt ist, drei sehr junge Tanten und Dutzende von Cousins und Cousinen! Sie werden mich in reichem Maß ersetzen! Ich denke dabei zuallererst an das Kind!«

Du erzähltest mir von deiner Begeisterung für die Fotografie. Jetzt schriebst du mir nicht mehr Karten, sondern Briefe auf Zeichenpapier, die ich nur mühsam entziffern konnte.

»Ich werde weder nach Constantine noch nach Tebessa zurückkehren!« schriebst du mir mit schwarzem Filzstift in schrägen und in gebogenen Linien auf das Blatt, an dessen Rand Landschaftsskizzen eilig hingeworfen waren (ein Minarett, ein römischer Bogen, eine Schar Bauern im Burnus … eine Frau in maurischer Tracht, ihr Schleier im Wind …). »Du weißt, warum!«

Ich wußte es: Du hattest gerade deine Mutter verloren, die es nicht ertragen konnte, in eine Pariser Vorstadt verpflanzt zu werden (»verpflanzt« hattest du in dem Brief geschrieben, aber am Telefon wurde deine Stimme hart, und du sagtest »deportiert«, jedoch nicht im großen Exodus von 1962, sondern zehn Jahre später. Sie fühlte sich so entwurzelt, daß sie nicht darüber hinwegkam).

»Nie wieder«, schrieb der in alle Richtungen driftende schwarze Filzstift. »Ich werde nie wieder in die Stadt zurückkehren, in der meine Mutter geboren ist. Sie hatte auch auf dem jüdischen Friedhof liegen wollen, neben ihrem Mann, ihrem Vater und ihren Brüdern!«

Du teiltest mir nicht mit, was ich von gemeinsamen Freunden erfuhr, nämlich, daß dieses Begräbnis nicht gestattet oder vielmehr »nicht genehm« war: Die städtischen Behörden hatten sich schon nach den beiden Jahrzehnten, in denen keine Bestattung beantragt worden war, ausgerechnet, den jüdischen Friedhof anderswohin verlegen und so des Grundstücks habhaft werden zu können, das in der Zwischenzeit wertvolles Bauland geworden war.

Du schriebst mir aus Amsterdam von deiner Lust an Bildern, deinem Hang zu historischen Stätten, obwohl sie so weit im Norden lagen, »den Orten von Lachen und Tränen«, wie du sie nennst, und du erzähltest mir: »Ich habe angefangen, jede Nacht im Traum Tebessa zu sehen, die Gäßchen rund um den alten Markt und die Treppen am Caracalla-Bogen. Weißt du noch, wie gerne wir uns als kleine Mädchen zwischen die Bettlerinnen und Kräuterweiber setzten, Beduinenfrauen, die ihre Köpfe schüttelten, so daß die bunten Fransen an ihrer Kopftracht noch schöner aussahen, wenn sie mit frechem Blick die europäischen Damen oder die wenigen Touristinnen musterten, die vorüberstolzierten... Ich würde gerne Tebessa fotografieren, damit ich nicht mehr davon träumen muß, aber würde ich es wiedererkennen, wenn ich tatsächlich zurückkehrte? ... Wenn du mich einmal hier besuchst, mache ich lieber zehn Porträts von dir: alle in Schwarzweiß, du immer in deiner strengen Bluse. Das Licht Vermeers würde auf deinen hohen, flachen Wangenknochen spielen, deiner kurzen, geraden Nase und deinem vollen, beweglichen Mund. (Ich werde verlangen, daß du deine Lippen violett, grün und gelb anmalst und daß du dir im Nacken einige Strähnen herausziehst. Sind deine Haare noch immer so lang?)«

Ich antwortete dir, von dort, aber fern von Tebessa, nämlich aus Oran, wohin ich mit Halim gereist war. Aus dieser Stadt, die ich gerade kennenlernte, schickte ich dir eine Postkarte von so trostloser Häßlichkeit, daß sie fast schon anrührend war: »Liebe Hawa! Ich habe meine Haare ganz kurz schneiden lassen, und mein Nacken ist frei. Heute, im Jahr 1987, ist noch etwas von Bedeutung: Ich trage kein Kopftuch mehr, nicht einmal, wenn es regnet. – Halim und ich werden uns nächsten Monat in Algier niederlassen.«

Du schicktest mir keine einzige von den Fotografien, die doch deine ganze Zeit beanspruchten. Du schriebst, du hättest eine Ausstellung in Rotterdam. Am Telefon schildertest du mir den Hafen und die Kais; wenn du eine Landschaft aufnahmst, verschwamm in diesen Bildern alles, die Menschen, die Passanten, die Kinder … »Unbewegt sind bei mir nur der Himmel, das Wasser, die sich ins Unendliche hinziehenden Kais und ab und zu ein Dampfer im Nebel!«

Ein anderes Mal beklagtest du dich am Telefon über Amsterdam: »Wie soll man hier arbeiten, die Museen sind voller schöner Bilder, und überall regen sich die Gespenster der berühmten Maler! In dieser Stadt kann man höchstens Musiker oder Tänzer werden, sie ist bestimmt nicht der richtige Ort für jemand, der seine eigenen Bilder finden will! Nur ein Blinder könnte in so einer Stadt noch träumen … Und dennoch (deine Stimme klang so nah und eindringlich in der Nacht – in jener Zeit riefst du immer nachts an) habe ich hier ständig das Gefühl, im Raum zu schweben!«

»Hawa, was willst du eigentlich?« erwiderte ich, ratlos oder auf zärtliche Art ironisch.

Du hieltest inne, zögertest, dann sagtest du plötzlich: »Ich gehe fort, gehe fort von hier … Nach der Ausstellung in Rotterdam ziehe ich um! Rat mal, wohin?«

Ich wartete ab und schwieg.

»Ins Elsaß. Ich glaube, diesmal ist es für immer!«

»Bist du sicher? Gibt es etwas Neues bei dir?«

»Ich schreibe es dir, versprochen, und zwar in einem langen Brief!«

Ich erfuhr es dann ein Jahr später. (Nachdem dein Brief mir in Algerien von einer Stadt zur anderen nachgesandt worden war, erreichte er mich schließlich in Paris.) Du schriebst, du hättest »die letzte Liebe« deines Lebens gefunden, und machtest dich selbst lustig über die melodramatische Ausdrucksweise. »Warum ich sie die ›letzte Liebe‹ nenne?« nahmst du meine Frage vorweg. »Die letzte, weil es ein Deutscher ist!«

Und du fügtest hinzu (immer noch in deiner schrägen oder gebogenen Schrift, auf dem gleichen grauen Chiffonpapier, das du für deine Skizzen benutztest): »Wenn es diesmal wieder nicht klappt, gehe ich ins Kloster. Natürlich in ein katholisches, nur dort wird erklärtermaßen Keuschheit verlangt! Würde dafür sogar konvertieren! Ich würde den Glauben meines Volkes in Constantine verleugnen, den Glauben all derer, die heute überall auf der Erde begraben liegen, in Israel, Kanada, Venezuela oder in einer kleinen französischen Provinzstadt, Nevers oder Angoulême! ... Ich habe mich nicht zum Islam bekehrt, als Omar dies als den einzigen greifbaren Liebesbeweis verlangte: Eine ›Metamorphose‹ nannte ich es damals ironisch. Eine konvertierte Jüdin? Niemals! Statt dessen wird Selma mit ihrer Großmutter zum Freitagsgebet gehen! ... Aber wenn meine Liebe zu dem Deutschen scheitert, dann werde ich katholisch, und zwar im Elsaß! Das ist mein Schicksal, Thelja!«

Ich lese deinen Brief noch einmal im Taxi, das mich zu dir nach Hautepierre bringt, einem Viertel in der Vorstadt, aber nicht weit vom Zentrum, mit kreisförmig angelegten Wohnblöcken.

»Wie kommt ein Deutscher nach Straßburg?« werde ich dich fragen.

»Nein, er wohnt in Deutschland, genauer gesagt, in Heidelberg. Ich aber ... erinnerst du dich, mit neun Jahren habe ich dir schon feierlich geschworen, nachdem ich beim Lesen des ›Tagebuch der Anne Frank‹ geweint hatte, und ich bin diesem Eid aus meiner Kindheit treu geblieben: ›Ich, das Kind eines andalusischen Juden und einer berberischen Jüdin, werde niemals einen Fuß nach Deutschland setzen! Auch nicht für einen einzigen Tag! Gott bewahre mich!‹«

Nur einmal hatte ich starkes Herzklopfen vor Schreck, vor Unbehagen, vor Scham, während einer unvorhergesehenen Zwischenlandung in Frankfurt. Den ganzen Tag habe ich das Flughafengebäude nicht verlassen! Ich hätte auch zwei Tage, eine ganze Woche dort ausgeharrt, wenn es denn hätte sein müssen! Der Transitraum des Flughafens, das war neutrales Gelände …

Und da mußte nur eine ›Liebe auf den ersten Blick‹ kommen, eine einzige, lange Begegnung in Rotterdam (wir blieben drei Tage und drei Nächte im Hafenviertel und konnten nicht voneinander lassen), und schon befinde ich mich mitten in ›meiner‹ Verbotszone, sozusagen auf feindlichem Territorium! Ich habe hin und her überlegt, wußte nicht mehr, wo mir der Kopf stand. Ich sagte immer nur: nicht nach Deutschland! Offenbar bin ich immer noch das kleine Mädchen aus Tebessa. Nicht nach Deutschland, aber so nah wie möglich: am besten am Rhein. Meine persönliche Maginot-Linie!«

Ich rufe mir deine Worte ins Gedächtnis, ich höre sie wieder, aber da gab es auch andere Briefe: »Thelja! Komm bitte! Dann kann ich Dir endlich einmal alles richtig erzählen. Ich kann Dir nicht schreiben, kann die glühende Vorfreude nicht wiedergeben, mit der ich hierher gezogen bin! Komm her, aus Algerien direkt ins Elsaß! Komm, denn ich werde nur noch mit dem Mann meines Lebens verreisen! Im Augenblick wohnen wir noch nicht zusammen. Er besucht mich in Straßburg … Das wird noch seine Zeit dauern … Ich werde mir hier Arbeit suchen. Er muß ein bißchen Französisch lernen. Ich spreche nicht mit ihm in ›seiner‹ Sprache. (Du weißt, ich habe sie in der deutschen Schule gelernt. Aus Trotz.) Aber mit ihm werde ich diese Sprache nicht sprechen.

Wie wir uns in diesen drei ersten Tagen in Rotterdam geliebt haben? Ich erinnere mich nicht daran, oder vielmehr, bin mir ganz sicher: ohne Worte, ohne die Sprache, wir waren beide plötzlich stumm … Vor Verwirrung, vor Verliebtheit …

Er kommt jedes Wochenende zu mir, und oft auch während

der Woche. Er fährt über den Rhein und hierher, an den Stadtrand von Straßburg, zum Béatrice-Ring in Hautepierre.

Er hat angefangen, systematisch Französisch zu lernen, und mir gesagt, anschließend macht er sich an den Dialekt ... Ich gebe mich ihm ganz. Ich habe alles auf eine Karte gesetzt. Ich bin in der Hölle und im Himmel zugleich. (Die Hölle, wegen der Erinnerungen, der Himmel, wenn wir miteinander schlafen.) Im übrigen versuche ich in Straßburg, nicht nur mit Fotografie Geld zu verdienen. (Es gibt nur ganz kleine Aufträge, manchmal eine ›Dokumentation‹, das heißt, Archivrecherchen für eine Zeitung, die wenig Geld hat.) Aber ich bin zuversichtlich. Ich bleibe hier und werde eine richtige Fotografin ... Ich schaue mir alles genau an, die Steine, die Bäume, die Bögen einer Brücke ... Immer wieder ertappe ich mich dabei, wie ich ständig einen Ausschnitt oder die Belichtung wähle ...

Du, meine Schwester aus Tebessa, wo bist Du denn jetzt, und wann kommst Du mich besuchen? Du denkst wohl, Du hast noch viel Zeit, in meine Geschichte einzutreten?

Wenn Du endlich die Zeit hast, zu mir zu kommen, bin ich vielleicht schon wieder allein, lebe vielleicht schon in einem Dominikanerinnenkloster; früher war das hier eine »Freie Stadt« mit sehr vielen Frauenklöstern, so etwas wie Harems, aber Harems der Glückseligkeit ... Laß Dir also nicht allzuviel Zeit, nicht noch einmal fünf oder zehn Jahre. Vielleicht triffst Du mich dann nämlich mit zwei, drei Kindern an, eine zur Ruhe gekommene Familienmutter, die aber nebenbei, trotz allem, auch Fotografin ist!

Nachts, ich habe es Dir schon geschrieben, sehe ich wieder im Traum Tebessa ... (Ich begreife erst jetzt, daß diese Träume nach dem Tod meiner Mutter angefangen haben.) Straßen voller Kinder und Bauern, viel Sonne, Staub und majestätische Ruinen. Während diese Bilder ›von zu Hause‹ sich in mir wie in einer endlosen Zeitlupe aneinanderreihen, umspannt das Lachen zweier kleiner Mädchen – Du und ich natürlich –, die gicksen, rennen und spielen, wie ein Gürtel aus Geräuschen und Zärtlichkeiten meinen Schlaf ...

Ich habe nichts mehr von Dir gehört, ich schreibe trotzdem. Du mußt mich besuchen, denn bis ich ein Kind bekomme (es wäre kein jüdisches, kein algerisches, auch kein deutsches, es wäre ein elsässisches Kind), darf ich nicht das Antlitz eines Menschen fotografieren. Schon gar nicht das meines Liebsten!«

Eve, Hawa, meine Schwester, ich bin gleich hier bei dir, der zweite Morgen in Straßburg, eben betrete ich dein Haus.

Er hatte ihr in dieser ersten Nacht nichts erzählt, das heißt, nichts von seiner Stadt. Er hat Thelja kurz nach Tagesanbruch verlassen. Mit seinem Wagen fährt er langsam aus dem mittelalterlichen Zentrum der Stadt hinaus. Er arbeitet im Rheinhafen. Bei dieser Geschwindigkeit braucht er etwa eine halbe Stunde, bis er bei den Docks ist.

Als sein Auto über die letzte Ill-Brücke fährt, das Krankenhaus hinter sich zurückläßt, wirft er einen kurzen Blick nach rechts auf das Wasser – um diese Zeit ist es nicht grau, nur ein wenig blauschwarz, von einem leuchtenden, metallischen Blau. Plötzlich schrickt er zusammen: Er hat die Nacht fast vergessen. (Doch der nackte Körper, der umschlingende Körper will nicht weichen. Er spürt ihn hinten im Wagen ganz nah an seinen Schultern, streift ihn beinahe.) Er fährt weiter, er sieht wieder, wie die junge Frau vor einer Stunde nackt unter der Dusche stand, wie sie mit einem Ruck den Vorhang aufgezogen und ihn mit lautem Lachen gebeten hatte: »So kommen Sie doch mit mir unter die Dusche!« Er hatte die Arme ausgestreckt, seine Hände hatten unter dem laufenden Wasser den tropfenüberströmten Körper nachgezeichnet. »Nein, mir ist kalt«, hat er gemurmelt, peinlich berührt und fasziniert zugleich von dem, was er jetzt bei sich »ihre unschuldige Schamlosigkeit« nennt.

Danach hat er sie mit einem großen Badetuch in seinen Armen empfangen und eingehüllt. Sie halb zum Bett getragen, er ist in sie eingedrungen, sie nackt und immer noch feucht, und hat während der ganzen Woge ihrer Lust das in sich verschlossene Gesicht betrachtet und gedacht: »Ich will ihre Seufzer nicht vergessen, möchte ihr bei ihrem Gesang und ihren Klagen zusehen.« Er zögerte seinen eigenen Orgasmus hinaus, gab ihr zuerst eine anhaltende Lust, achtete auf die Dauer, die sie genauso beschreibt wie auch ihr Verlangen: »Ich gleite, ich gehe unter, ich versinke und fliege, alles zugleich, in die Höhe!« seufzte sie, während er sie anschließend abtrocknete.

Er hat ihr dann auch beim Anziehen geholfen.

Sein Wagen hat inzwischen die Stadt verlassen, er meidet die Schnellstraße. Er wird dennoch nicht zu spät kommen, kann sich Zeit lassen. Das Bild ihres Körpers unter der Dusche, ihres Gesichts mit geschlossenen Lidern, das seufzt, singt, während er in diesem Auto sitzt und dort noch mit ihr schläft, mit ihren gekreuzten Beinen um seine Lenden …

Er hält in einer Parkbucht an. Öffnet die Wagentür, bleibt aber sitzen, nahe am Ufer des gewaltigen Stroms, und betrachtet die Stadt in der Ferne: die Spitze des Münsterturms, der Chor der Dächer wie ein Heiligenschein darum herum, während der Nebel langsam aufreißt. Das fahle, an einigen größeren Stellen graue Morgenlicht ist plötzlich von blendendweißen Strahlen durchzogen. Hinter seinem Rücken hört er auf der Straße den anschwellenden Strom der Lastwagen.

Er raucht eine Zigarette bis zur Hälfte. Wirft sie dann nervös weg. Schließt wieder die Wagentür. Er fährt jetzt in einem durch bis zum großen Eingangstor des Industriehafens. Es ist einige Minuten vor acht. Die in einer Reihe hintereinandergehenden Arbeiter beeilen sich, der Zug verbreitert sich quer über den Hof bis hin zu den Lagerhäusern.

Gewohnheitsmäßig drosselt er vor dem großen Parkplatz unter freiem Himmel die Geschwindigkeit. Als er aussteigt und zu der Treppe hinübergeht, die zu seinem Büro hinaufführt, hört er wieder ihr Lachen unter der Dusche vom frühen Morgen, unwirklich, hinweggetragen vom Dröhnen der Schiffe, die nicht zu sehen, aber vom Rhein her zu hören sind.

Er betritt sein stattliches Büro. Wie jeden Morgen bleibt er vor der riesigen Glasfront stehen: Unten, wie zu seinen Füßen, erscheint der Fluß als eine weite, bewegte Grenze.

Plötzlich, als er sich in die Arbeit stürzen will, auf einmal kommt es ihm: »Ich habe es vergessen! Ich habe wirklich alles vergessen!« Seine Lippen murmeln es, bevor er es selbst weiß. Was war mit ihm, was suchte er, gewissermaßen gegen seinen Willen?

Den ganzen Vormittag, während Thelja drüben ihre Wanderung durch die Stadt aufnimmt, während er seine Briefe unterschreibt, Berichte anhört, seine Meinung dazu abgibt, mit seiner Sekretärin spricht, während er versucht, sich auf die Arbeit zu konzentrieren, forscht er weiter. Sein Verstand ist wie erstarrt, funktioniert allerdings fehlerlos und automatisch, wenn es um Direktiven für seine Mitarbeiter geht.

Um ein Uhr mittags mag er nichts essen. Anstatt in ein Restaurant zu gehen (gewöhnlich ißt er mittags allein, jedesmal in einer anderen Gaststätte oder in einem kleinen Lokal, mit einem Buch oder einer Zeitschrift in der Hand ...), beschließt er, nicht nach Straßburg zurückzufahren, sondern in einen wenige Kilometer entfernten Ort: das Dorf seiner Mutter. Ihr Schatten, das merkt er jetzt, begleitet ihn schon seit dem Morgen, seitdem er auf der letzten Brücke gesehen hatte, wie nahe das Krankenhaus lag ...

Er wandert lange umher und verliert das Gefühl für die Zeit. Die Straßen sind verlassen, die schmucken Häuser verschlossen, die Ortschaft insgesamt makellos sauber. Kein Kind ist draußen. Die Stille wird nur durch vereinzeltes Zwitschern unterbrochen. Dieses Land hier strahlt Wohlstand und Frieden aus, aber auch die Starre einer Theaterdekoration. Sein Verstand nimmt mechanisch die Eindrücke auf, als käme er zum ersten Mal hierher.

Schließlich geht er in eine der Kneipen, dann in eine andere. Er scheint jemanden zu suchen, er trinkt ein Glas an der Theke. Er schaut die anderen Gäste nicht an, doch sie, an Vierertischen sitzende Rentner, mustern ihn mit gesenkten Köpfen und vorsichtigem Blick. Es sind keine Jungen da, dafür ist es nicht die Zeit. (»Schon mitten am Nachmittag!« denkt er.)

In der dritten Weinstube, eher eine normale Gaststätte, wo er sich dieses Mal niederläßt, um endlich auszuruhen, wird das Nebenzimmer von einer Gruppe lautstarker Jugendlicher eingenommen, wohl eine Sportmannschaft: »Nein«, antwortet der Wirt, als er ihm sein Bier bringt. »Sie proben für eine Theateraufführung in elsässischer Sprache am nächsten Sonntag.«

Er trinkt. Sein Gesicht entspannt sich, aber er denkt: »Ich bin von der Arbeit weggeblieben und habe nicht einmal Bescheid gesagt!« Er muß die Sekretärin anrufen. Doch er bleibt sitzen, ruft nicht an. Er spricht nur mit sich selbst.

»Thelja«, sagt er zu sich, »wann waren sie verabredet? Wo sie jetzt wohl ist?« Aber er war nicht auf der Suche nach ihr, auch wenn er genau so durch Straßburg gewandert wäre. Er ist im Dorf seiner Mutter. Sie ist schon vor drei Jahren gestorben, oder sind es vier? Er ist zurückgekommen, aber wie ein Fremder. Er wird sich nicht dazu durchringen, zum Haus seiner Kindheit zu gehen und sich in das Wohnzimmer zu setzen, das die Nachbarin auf sein Geheiß jeden Montag abstaubt.

Was sucht er also? Sucht er denn wirklich? Sucht er etwa sich selbst?

Kaum hatte ich Eve verlassen (ich habe mit ihr in ihrer kleinen, hellen Wohnung im Arbeiterviertel zu Mittag gegessen und war ganz gerührt, ich habe ihren dicken Bauch gestreichelt – sie ist schwanger!), fing auf der Straße mein zärtliches, einseitiges Gespräch mit Ihnen wieder an und glitt dahin im Rhythmus meiner Schritte.

Ich will nicht zählen, wie viele Stunden mir noch bleiben. Ich habe es nicht eilig. Sie vermutlich auch nicht. Sie werden ganz versunken sein in Ihre Arbeit, drüben, über dem Fluß, für eine große Zellulosefirma, glaube ich. Sie sind bestimmt sehr genau, im Gegensatz zu mir, der Träumerin. Punkt sechs

Uhr wird die Klingel das Ende des Arbeitstages einläuten. Sie gehören zu den letzten, die gehen. Sie werden sich zu Hause noch umziehen.

Dann werden Sie im gleichen Restaurant wie gestern abend auf mich warten, dort am Gutenberg-Platz, wo ich mit fünf, höchstens zehn Minuten Verspätung eintreffe. Mein Herz wird stark klopfen, aber das werde ich Ihnen verheimlichen. Ich werde die Unbeteiligte spielen.

Ich habe meiner besten Freundin von einst nichts von Ihnen erzählt. Sie war sprunghaft. Sie hatte mir so viel zu berichten. Ich war nicht darauf vorbereitet, sie in diesem Zustand anzutreffen, so rundum glücklich. Genau wie damals in Marrakesch. Unsere Heiterkeit von früher kam wieder auf, bei ihr war sie nur etwas gedämpft oder gehoben durch ihre Würde, und, so meine ich, es war da ein neues Leuchten in ihren Augen …

Sie sagte: »Wir haben die Lösung gefunden: Diese Art des Zusammenlebens läßt alles offen.«

Aber da ich mir um sie Sorgen machte, fragte ich: »Und das Kind (ich sagte es Ihnen bereits, sie ist schwanger, schon im sechsten Monat), hast du es wirklich gewollt? Warst du darauf vorbereitet?«

Sie schwieg. Ein leises Lächeln huschte über ihr goldbraunes Gesicht. Wie ich (sind wir, zumindest was die Vergangenheit betrifft, so etwas wie Zwillinge?) hat sie dort (»dort« ist für sie Marrakesch) ihr Kind zurückgelassen, ein kleines Mädchen, das nun bei seinem Vater aufwächst. Sie sieht Selma, die jetzt sechs oder sieben Jahre alt ist, jeden Sommer. Gleich zu Anfang hat sie mir Bilder von ihr gezeigt, ich hatte sie nur als Baby gesehen.

»Dieses Kind«, sagte Eve leise, die Hand auf den Bauch gelegt, »hat Hans gewollt. Ich war einverstanden.«

Sie hat seinen Vornamen ausgesprochen: Hans. Da habe ich sofort an Sie gedacht: Eve, die geglaubt hatte, etwas Unmögliches zu tun, das Verbot gebrochen zu haben, das sie sich in der Kindheit selbst auferlegt hatte, sie konnte dennoch den

Namen ihres Liebsten aussprechen! Ich dagegen (ich wende mich an Sie, ich werde es Ihnen heute abend bestimmt auch sagen), ich kann Ihren Namen nicht laut, ja nicht einmal für mich selbst aussprechen! Warum? Dabei ist der Krieg schon so lange vorbei – ich meine den Krieg in meinem Land zwischen Ihren und unseren Leuten.

Zweite Nacht

Wieder im gleichen »Hotel de la Maison Rouge« wie am Vortag. Als sie das Zimmer betreten, geht sie gleich zum Fenster, entdeckt den großen Balkon (»Wollen wir ein wenig auf den Balkon gehen?«) und erinnert sich an etwas, das sie gelesen hat.

»Jetzt habe ich es gefunden. Schon heute morgen, als ich wegging, suchte ich danach: nämlich, woran mich der Name des Hotels erinnerte ... Gerade ist es mir eingefallen, ich habe vor etwa einem Monat gelesen, daß André Malraux 1945 unter den Befreiern der Stadt war. Er, der Schriftsteller und Soldat, hat sich offenbar in diesem Hotel einquartiert, hier hat er Leute empfangen; er hat übrigens auch über diesen Ort geschrieben!«

»Allerdings«, korrigierte er sie lächelnd, lag das »Hotel de la Maison Rouge« damals am Kleberplatz, mitten im Herzen der Stadt, danach wurde es abgerissen und etwas weiter entfernt, an dieser Stelle hier, wieder aufgebaut.«

»Es ist Konversation, was wir hier betreiben!« denkt sie bei sich, während sie etwas zu trinken bestellt (»Einen Fruchtsaft, nein danke, keinen Champagner.«) – und sie hätte gerne gesagt, daß sie auf eine andere Trunkenheit wartet als auf die des Alkohols. »Beides zusammen«, denkt sie immer noch, während sie schweigt, »ist vielleicht weniger echt.«

»Echt«, fragt sie sich weiter, »ist das das richtige Wort?«

»Träumen Sie«, fragt er, nachdem er sein Glas geleert hat.

»Vielleicht würde er mich langweilen«, sie denkt fieberhaft weiter, wie man rennt, wie man flieht, um der Zeit zuvorzukommen, um ... »wenn wir in Paris wären. Nein. Hier würde

ich es manchmal allerdings vorziehen, er wäre wirklich ein Fremder und wir könnten keine Worte austauschen, nur Zärtlichkeiten ...« Ihr wird plötzlich bewußt, daß sie am Morgen Hawa um den Zustand erster Verliebtheit beneidet hatte.

»Wenn Sie etwas Heißes trinken möchten, kann ich anrufen«, schlägt er umsichtig vor.

Sie schüttelt den Kopf, ohne sich um ein Lächeln zu bemühen. Plötzlich betäubt das Geläut des Münsters ihre Ohren, hier draußen auf dem Balkon, wo sie sich schließlich niedergelassen haben. Sie gehen hinein und setzen sich.

»Es ist zehn Uhr«, murmelt er leise.

»Jahrhundertelang kündigten genau diese Glocken für Kilometer im Umkreis die Ausgangssperre an. Es bedeutete auch, daß die Straßburger Juden nicht mehr in der Stadt sein durften. Anscheinend erzählte man auch den Kindern elsässischer Emigranten von alten Zeiten, ›von der Großmutter‹, wie wir es nennen.«

»Und so kommen Sie zur elsässischen Vergangenheit!« sagt er und streichelt ihren Arm. Er hat sich ganz nah zu ihr gesetzt.

»Hawa, ich meine Eve, hat mir etwas anderes von dieser ›Großmutter‹ erzählt, die Generationen von Emigranten so sehr beschäftigte. Von ihren Verwandten, die sie hier wiedergetroffen hat, hat sie erfahren, daß die jüdische Gemeinde erst vor kurzem wieder gegen den alten Brauch protestierte.«

»Natürlich durften die Juden bis zur Französischen Revolution nicht in der Stadt wohnen, sich nur tagsüber dort aufhalten und arbeiten! Aber Ende des 18. Jahrhunderts hat sich das alles geändert ... (Er schweigt, fährt dann fort:) Das heißt, bis 1939!«

»Warum gerade 1939?« unterbricht ihn Thelja, und erinnert sich dann: »Ach ja, Entschuldigung, die Stadt wurde vom Moment der ersten Kriegserklärung an völlig geräumt!«

»Die hier ansässigen Juden, ebenso wie die übrigen Einwohner, wurden nach Westfrankreich evakuiert ... Nach dem Einmarsch der Deutschen im Juni und im Laufe des Sommers 1940, als siebzig Prozent der ehemaligen Bewohner zurückkehrten, kamen die Juden natürlich nicht wieder!«

Mit einem Mal senkt sich Stille in das Zimmer und auch auf den Balkon draußen.

»Gehen wir ins Bett!« sagt Thelja, als seien sie ein Paar, das seine Gewohnheiten hat. Sie geht zum Ausziehen nicht einmal ins Badezimmer. Sie zieht sich ruhig und selbstverständlich vor dem Bett aus.

Theljas geübte Gesten heben sich vor dem gelblichen Schein der Lampe ab. Sie hat sich umgedreht, um mit nach hinten gebogenen Armen ihren Büstenhalter zu öffnen. Ein Ruck geht durch ihren Nacken, ihre Hand läßt den Träger los, oder war es ein kleiner Kamm aus Schildpatt?

Er schaut ihr aufmerksam zu; hat sich ans Fußende des Bettes gesetzt, außerhalb des Lichtkreises.

Thelja wendet ihm ihr Gesicht zu, ohne zu lächeln. »Ein heiteres Gesicht ...«, denkt er. Sie schwingt ihre Beine ins Bett und schlüpft unter die Decke, behält ihren schmalen Slip an und bedeckt wie aus Gewohnheit ihre vollen Brüste mit einem Arm, so daß sie fast platt gedrückt werden.

Unter der Bettdecke streckt sie den anderen Arm nach ihm aus: der Schatten eines schwachen Lächelns huscht über ihr Gesicht ... Sie fühlt sich noch schüchtern.

»Kommen Sie!« murmelt sie so leise, daß sie die eigene Stimme nicht hört.

Er richtet sich auf und neigt sich zu ihr. Er läßt sich in seiner ganzen Länge auf das Bett fallen, ohne Jackett, aber sonst völlig angekleidet. Er wühlt seinen Kopf zwischen ihre Brüste und bleibt so liegen. Sie hört ihn wirre Worte stammeln, kindliche oder leidenschaftliche Kosenamen. Sie läßt es geschehen, sie versteht nicht, was er sagt. Er reibt sich an ihr, sie wartet.

Ein wenig taumelnd erhebt er sich, löscht mit einer Hand die Lampe und zieht sich im Dunkeln aus.

Sie hätte gern gesagt: »Nein, mir ist das Licht lieber als die Dunkelheit.« Aber sie sagt nichts. Sie wird von starken Armen fast ganz emporgehoben und erkennt seinen Geruch wieder, nach ein wenig Zigarre, einem Hauch von Rasierwasser mit

Eisenkraut, vor allem aber den Geruch seiner Haut, deren Oberfläche ihre Finger bereits wieder fühlen.

»Nachdem du das Licht ausgemacht hast, was ich schade finde, will ich dich berühren und mir Zeit nehmen, will dich so wieder kennenlernen. Wir wollen uns neu entdeken!«

Ihre Hände suchen geduldig die bekannten Stellen vom Vorabend, wo die Haut zart, fast samtig ist: an den Achseln, tiefer, an der Flanke, und vor allem am Ansatz der Beine, in der Leiste. »Hier ist die Haut weich wie bei einem Kind«, sagt sie zu sich. Sie läßt sich behende hinuntergleiten und überprüft es mit ihren Lippen – »Nein«, flüstert sie, »ich kenne noch eine andere Liebkosung! Ich will dich da mit meinen Augenlidern streicheln, du wirst nur meine Wimpern spüren, ganz zart an deiner zarten Haut.« Sie liebt das Wiederentdecken sinnlicher Köstlichkeiten. Dabei entflammte die erste Leidenschaft.

Die lange dauert.

Sie steht plötzlich auf, tritt aus dem Dunkel des Zimmers ins Bad und nimmt eine kräftige, heiße Dusche. Sie kommt zurück und knipst das Licht an. Sie hat sich bis zu den Schultern in ein dickes, weißes Badetuch gehüllt.

Sie kauert sich zu seinen Füßen aufs Bett. Er raucht und wartet auf sie.

»Vielleicht möchtest du lieber schlafen?« fragt sie. Er schüttelt den Kopf.

»Danach … hatte ich das Bedürfnis nach Wasser, das meine Haut hinunterfließt! Damit ich nicht einschlafe … damit es länger anhält, dieses … Hochgefühl!«

Sie schwatzt: als wäre es Mittag und sie säßen auf dem Balkon über der Stadt. Sie erzählt von ihrer Freundin und deren Beziehung zu einem Uni-Assistenten aus Heidelberg. Daß sie ein Kind erwartet. Sie kommt öfters auf Tebessa zurück. Sie ertappt sich dabei, wie sie ihm in allen Einzelheiten den Caracalla-Bogen beschreibt. Sie erinnert sich auch an den Staub, erlebt wieder die Windstöße, die die beiden Mädchen fast umwarfen, wenn sie während der Mittagsruhe wegrannten. Der Duft, der Duft des Sommers, dort, in ihrem Land …

Sie hält inne: Warum kommt ihr das gerade jetzt wieder in den Sinn, wundert sie sich. Ist es ein Zwiegespräch oder ein Monolog? Nicht einmal am Morgen bei Hawa war Tebessa so lebhaft wieder auferstanden.

Er hat aufgehört zu rauchen, streckt die Hand nach ihr aus.

Sie legt das Badetuch ab; zeigt sich ihm sitzend, stellt ihm ihren noch feuchten Körper zur Schau. Sie dreht sich um: »Trocknen Sie mir den Rücken ab, dann komme ich wieder zu Ihnen!«

Er rubbelt ihr den Rücken ab, als wären sie am Strand. Sie hält ihm ihre Füße hin, einen nach dem anderen, danach ihre beiden Beine. Mit einem Satz ist sie neben ihm und gleitet zwischen die Laken: »Mach das Licht bitte nicht aus!« seufzt sie im gleichen Atemzug.

Er dreht nur den Lampenschirm nach unten.

Sie will sich wieder erinnern, als wäre es gestern …

Während dieser ganzen Zeit spürt sie, wie ihr Begehren sich steigert und doch verborgen bleibt, aber sie spricht weiter, während ihre schwellenden Brüste die Beugen des Geliebten suchen, die Muskeln seiner Brust, seiner Arme, sie spricht, während ihr angewinkeltes Bein über seinen flachen Bauch hin und her streicht, ein wenig oberhalb des Penis, dabei vermeidet sie, ihn zu erregen, um bis ans Ende ihrer Erinnerung zu gelangen, die ebenso drängend ist wie ihr Begehren. Im Augenblick will sie die Begierde noch bezähmen, nicht jedoch das Emporquellen des unerschöpflichen Palmsaftes ihrer Kindheitserinnerungen, die an die Oberfläche drängen.

Er hält Thelja umschlungen, erahnt die geringsten Vibrationen ihres Körpers, aber er achtet darauf, daß diese lebendige, spontane Rede nicht unterbrochen wird.

»Warum«, fragt sie sich wieder, »habe ich Lust, über die Palmen von damals zu sprechen? … Zu Beginn des Frühjahrs, zur Zeit der Befruchtung. Meine Mutter schickte mich, bis ich zehn oder elf Jahre alt war, in den Schulferien in die Oase, wo die Brüder, Neffen und Cousins meines Vaters lebten. Sie kam nicht mit, nur höchst selten. Für mich waren die Aufenthalte bei

Djeddi ein einziges Fest – sie starb, als ich zwanzig war, seither kehre ich nur noch für kurze Besuche dorthin zurück –, es war ein Fest, es war die Freiheit!« Sie hält inne, gerät so sehr ins Träumen, daß sie ihre Gebärden und Liebkosungen unterbricht, für einen Moment wirklich abwesend ist, versunken in Zeit und Raum. »… Weißt du, dann erwachen die Pflanzen wieder, die Bäume, selbst die kleinsten Pflänzchen. Es ist die Zeit der Liebe … für die Palmen.« Sie fällt wieder zurück in seine Umarmung, bittet um Küsse und Berührungen, um Wollust, fängt dann unwillkürlich wieder an zu sprechen, während sie ihn aus nächster Nähe mustert – seinen Blick, seine Züge, seinen Mund – und ihn ernst fragt: »Weißt du überhaupt, wie eine Palme befruchtet wird?«

»Ich weiß nur den botanischen Namen der Dattelpalme, und der lautet ›Phoenix‹.«

»Phoenix«, sie ist überrascht, »der Vogel der Wiedergeburt?«

»Genau«, erwidert er, »der Vogel, der bis nach Heliopolis in Oberägypten fliegt, um zu sterben und aus der eigenen Asche wiedergeboren zu werden!«

»Das ist kein Zufall!« sinniert sie einen Moment, dann versinkt sie wieder in ihrer Kindheit. »In einem Palmenhain gibt es viele weibliche und nur wenige männliche Bäume. Mir wurde gesagt (ich habe mich dann später bei Plinius dem Älteren vergewissert), ursprünglich sei es der Wind gewesen, der zur Zeit der Blüte bewirkte, daß die Blüten oben im Wipfel der Palmen sich öffneten, und er wehte den Blütenstaub zu den weiblichen Bäumen …« Sie läßt ihre unruhigen Beine unter die seinen gleiten und fängt wieder an, ihn ausgiebig zu streicheln.

»Als Kind war ich vollkommen davon fasziniert, wie die Männer der Oase ihnen bei der Begattung halfen … Es waren immer die zwei oder drei kräftigsten jungen Männer, sie kletterten flink mit einem Sack auf dem Rücken die männlichen Stämme hinauf. Oben lösten sie mit großer Vorsicht die Samen ab und verwahrten sie in ihrem Sack. Ich stand da, mit nach oben gewandtem Blick, und bewunderte die Kletterer, wie sie herunterkamen: Sie stellten sich wie Tänzer auf eine Palme, so

daß sie sich langsam im Bogen zu Boden neigte. Dann ließen sie sich geradezu lustvoll hinuntergleiten.« (Sie lacht und nimmt ihre Liebkosungen mit großer Zärtlichkeit, fast keusch, wieder auf.) »Dann kam das Schwierigste: Sie mußten wieder auf jeden weiblichen Baum hinaufklettern und oben mit der Hand jede einzelne Blüte ein wenig öffnen ... Das machten sie zehn, zwanzig oder dreißig Mal bei jeder Palme, damit an ihren Fruchtständen in den ersten heißen Tagen die berühmten Goldfrüchte hängen würden.«

»Deglet en nour«, sagt er sanft, »das sind die schönsten Datteln, kommen sie aus deiner Oase?«

»Ja, sicher«, sagt sie, »aber ein anderes Mal kann ich dir als Liebeserklärung oder vielmehr als Erklärung meines Begehrens« – verbessert sie sich – »die arabischen Namen von mindestens zwanzig Dattelsorten nennen, wie etwa ›Finger des Lichts‹, die ebenfalls in meiner Oase wachsen.«

»Meine Finger sind hier im Dunkeln unser einziges Licht«, denkt sie und begehrt jetzt nur noch die Lust: ihre Dauer, ihren langsamen Anstieg und dann ihren Sog und ihre Umklammerung, den Beginn ihres Abfallens ...

»Ich bitte dich«, flüstert sie, »küß meine Brüste, eine nach der anderen, und zwar lange!«

Er gehorcht. Ihr Stöhnen ist ein Gesang tief in ihrer Kehle, klingt wie ein erster kindlicher Laut. Sie nimmt sein Gesicht leidenschaftlich in ihre beiden Hände – tatsächlich scheint sie ihn im hellen Sonnenschein zu betrachten, wie sie beide zusammen über den Palmen schweben –, sie bemächtigt sich gierig seines Mundes, füllt sich den ihren mit seinem Speichel: »Trink oder laß mich trinken«, stößt sie hervor, während sie ihn von innen verschlingt. Und, nachdem sie wieder Atem geholt, sich von ihm gelöst hat, sagt sie: »Laß uns aufhören, nebeneinander liegen und schlafen ...«

»Zu spät!« murmelt er und lacht fast ruhig im Dunkeln, doch ohne sich ihr wirklich zu nähern. Dann hört sie ihn sagen: »Du möchtest es machen wie die Palmenkletterer bei euch zu Hause: Hinaufklettern und wieder herunterkommen, aber ohne die

Befruchtung zu vollziehen, dich nur am Stengel wieder herunterlassen, ›lustvoll‹ nanntest du das?«

Sie lachen beide, verweben ihre Heiterkeit, dann ihre Arme, dann ihren Atem, und da er eine Erektion hat, bemächtigt er sich ihrer, und obwohl die Begierde bei ihr jetzt schwächer ist als vorher, will sie doch, weil sich ihre Meinungsverschiedenheit in Lachen auflöste, den Geliebten bei dieser genau abgestimmten Reise durch die Lust begleiten.

Als er in ihren Armen plötzlich einschläft, hört sie zu, wie sein Atem langsam ruhiger wird ... Sie will erst schlafen, wenn er wieder aufwacht. So unter der Last des Mannes liegend, denkt sie noch einmal an die Oase in der Vergangenheit, an den Frühling dort.

Als er erwacht, sich auf die Seite dreht und noch halb im Schlaf einige Worte murmelt, legt sie ihm die Hand auf die Lippen: »Pst!« Sie umschlingt seine Beine mit den ihren und nimmt ihre Arme wieder von seiner Brust weg. Nachdem sie das Kopfkissen weggestoßen hat, schläft sie mit über den Kopf erhobenen Armen ein, die Brüste gegen die Matratze gedrückt, nur ihre Beine bleiben noch, quer über das Bett gestreckt, gefangen.

III. Die Äbtissin

I

Wann kommst du endlich, Hans? Vielleicht heute abend, vielleicht erst morgen? Warum läßt du mich so lange warten? Morgen, am »Sabbat«, bin ich schon seit langem bei meinen Verwandten zum Mittagessen eingeladen: bei David, der vor zwanzig Jahren aus Casablanca hierherkam, und bei seiner Frau Denise, meiner Cousine ersten Grades, die von Paris hierher gezogen ist, um in zweiter Ehe diesen Mann zu heiraten, den ich noch kaum kenne. Die Einladung scheint ihm sehr wichtig, er hat sie sogar als »Solidaritätsbekundung« bezeichnet.

Und wenn du heute nicht kommst, werde ich morgen, ohne dich noch einmal gesehen zu haben, bei dem Familienessen gelassen auf die verfänglichen Fragen meines angeheirateten Cousins antworten müssen: »Wer ist diesmal der Vater, Eve?«

»Ein Deutscher, David.«

Vielleicht wird er daraufhin kein Wort mehr mit mir sprechen. Vielleicht wird ihm plötzlich zum Weinen zumute sein. (Er selbst wurde 1940 in Marokko, gewissermaßen im Asyl, geboren!) Oder aber er wird sich nichts anmerken lassen, mich sogar ein wenig ausfragen. (Was macht dein Verlobter beruflich? Habt ihr vor zu heiraten? Und wann? etc.)

Dann – die vierzehnjährige Tochter wird sich erst später zu uns an den Tisch setzen, wenn sie von der Schule nach Hause gekommen ist – werden wir wieder über alles andere sprechen, über unsere Familie, über meine Arbeit in Straßburg und die Zeit, die es brauchen wird, um mir als Fotografin einen Namen zu machen. David wird mich nach dem Essen beiseite nehmen und mir unter vier Augen in leicht weinerlichem Ton sagen, daß er mich gern hat, daß ich doch öfter kommen soll, daß ...

Wirst du doch heute kommen, Hans? Ich erwarte dich noch ungeduldiger als sonst. Als du gestern anriefst, machtest du zunächst einen Fehler im Französischen: »Falls ich morgen gekommen wäre …«

»Falls ich morgen kommen würde«, habe ich dich verbessert.

Du fragtest wieder: »Und falls ich übermorgen kommen würde, wärst du dann vormittags zu Hause?«

»Wenn ich am Samstag schon weg bin zum Essen bei meiner Verwandtschaft, gehst du einfach zur Nachbarin in den dritten Stock, zu Touma. Ich bringe ihr den Schlüssel.«

»Wahrscheinlich komme ich nicht vor Samstag, ich weiß noch nicht, um welche Zeit.«

»Dann also bis Samstag, Liebster.«

»Das klingt nicht wie sonst … Stört dich etwas?«

»Ich bin nur enttäuscht. Aber ich weiß schon, du kannst nicht früher.«

Dann hast du gefragt, ob ich beim Arzt war, ob ich schwimmen gehe. (»Jeden Morgen, Liebster, außer samstags!«) Du wolltest noch nicht auflegen. Eine Pause trat ein. Du wußtest nicht, was du sagen solltest. Ich spürte, daß du traurig warst. Ich habe gelacht.

»Warum lachst du?« (Du klangst plötzlich erleichtert.) »Deine Stimme kam mir so traurig vor!«

»Sag nichts, Hans, aber leg noch nicht auf! Nur noch ein Spiel: Ich habe das Gefühl, ich kann durch das Telefon deinen Atem hören … von Heidelberg bis an meinen Hals!«

Da mußtest du nun ebenfalls lachen.

»Pst … Komm, spiel bitte mit, nur zwei Sekunden!«

Das gelang dir nicht, du sprachst weiter: »Soll ich dir nicht lieber ein paar Takte von Schubert vorpfeifen?«

Das war eines unserer Kinderspiele von Rotterdam in den ersten Tagen, als wir uns noch nicht so gut verständigen konnten: du mit deinen zehn Worten Französisch und ich mit meinen dreißig oder vierzig … in Englisch! Damals pfiffst du, und ich summte mit. Du wolltest mich offenbar an unsere Verschworenheit am Anfang, im letzten Jahr, erinnern.

»Also gut, drei oder vier Takte ›Der Tod und das Mädchen‹, und ich fühle mich, als wäre ich wieder dort!«

»Wo?«

»In Rotterdam! Am verlassenen Kai nicht weit vom Atelier deines Malerfreunds ...« (Dort waren wir uns zum ersten Mal begegnet.)

Du hast also die ersten Takte gepfiffen, was meine Sehnsucht nur noch verstärkte. Das war gestern abend.

Jetzt habe ich mich wieder hingelegt mit meiner weißen Decke, an der gleichen Stelle am Fenster im Wohnzimmer, auf eine Matratze, die direkt auf dem Boden liegt. Da, wo du dich so gerne hinsetzt, mit deinen langen, geschickt zum Schneidersitz gekreuzten Beinen.

Kurz darauf kam Mina herein, das kleine Nachbarmädchen mit ihrem Gang einer mageren Katze. Sie schaute in alle Ecken, ging sogar bis ins hintere Zimmer.

»Suchst du Hans?«

Sie nickte schweigend.

»Er kommt, glaube ich, heute noch nicht!«

Dabei spürte ich einen scharfen Schmerz: Es war das erste Mal, daß mich das Warten, dieses zerstückelte Leben, schmerzte. Ich ertappte mich dabei, wie ich den ungewöhnlichen Ausdruck gebrauchte: »Dieses zerstückelte Leben.« Ich habe es mehrmals wiederholt, ungläubig, seltsam beunruhigt, und dabei Mina zugelächelt.

2

Thelja ging an diesem Morgen nicht durch die Stadt spazieren. Sie zeigte nicht mehr die Unbeteiligtheit einer Touristin. Sie trug ein Heft bei sich und fragte nach dem Weg zur Universitätsbibliothek. Sie blieb einen Augenblick auf einer Brücke stehen und gelangte dann zu einem Platz, den die Bibliothek mit ihrer stattlichen Doppeltreppe beherrschte. Sie zögerte, wollte vorher noch einen Kaffee trinken.

Sie ging um das Gebäude herum, wählte ein freundliches, kleines Bistro in einer Gasse und ließ sich dort nieder. Nach den beiden reichen Nächten wollte sie sich jetzt der Vergangenheit zuwenden. Schon in Paris hatte sie sich für die Geschichte einer Äbtissin interessiert, die vor langer Zeit im Elsaß lebte ... Plötzlich mußte sie daran denken, daß ihr Ehemann Halim sie genau vor einem Jahr während der Frühjahrsferien in Paris besucht hatte. Er hatte damals noch geglaubt, daß sie im Sommer zu ihm zurückkehren würde.

Thelja zündete sich eine Zigarette an und bestellte noch einen Kaffee. Halim leitete damals eine Dokumentationsstelle in Algier (als Architekt lag ihm viel an der Erhaltung des alten Baubestands), und er hatte ihr vorgeschlagen: »Komm heute nachmittag mit, ich bin mit einem französischen Freund in einem Fotolabor verabredet. Zwei seiner Kollegen haben als Soldaten während des Algerienkriegs im Inneren der Kasbah von Algier Fotos aufgenommen, und zwar nachts! Mit ihren französischen Uniformen konnten sie die Ausgangssperre nutzen, um an diesem menschenleeren Ort die schönsten der alten Häuser zu fotografieren! Ich bin sehr gespannt auf diese Bilder! Zu Hause könnten wir eine Ausstellung organisieren und dann genau untersuchen, was zerstört wurde und was alles seither nicht mehr erhalten und nicht mehr gepflegt wurde! Kommst du mit? Ich würde gerne deine Meinung zu den Dokumenten hören!«

Thelja rauchte, die Fotografien vom Stadtkern Algiers während des Krieges waren in ihr wieder auferstanden: Fassaden mit uralten Türen, menschenleere Terrassen und die langen, gerade in ihrer nächtlichen Verlassenheit unheimlichen Gassen. In Wahrheit waren sie damals aber erfüllt vom bangen Warten der in den Häusern verbarrikadierten Familien. Thelja konnte sich das vorstellen, auch noch so viele

Jahre später ... Und sie mußte an die Bemerkungen Halims denken, als sie das Fotolabor verließen: »Durch einige dieser Gassen gehe ich heute noch, so viele Häuser dort sind fast völlig verfallen! Das letzte Erdbeben im Herbst, auch wenn es keine Opfer gegeben hat, war der Todesstoß für viele der jahrhundertealten Gebäude! Die Bewohner haben keinerlei Mittel, um sie zu renovieren. Dennoch wollen sie nicht ausziehen, denn als Ersatz werden ihnen nur Wohnungen außerhalb der Stadt angeboten!«

Nach einer Pause schloß Halim bitter: »Mit unseren Seelen ist es wie mit diesen Stätten der Vergangenheit und der Erinnerung: Ihnen droht die Zerstörung, dennoch gehen wir nicht ins Exil!«

Sie wollte fast schon ausrufen, denn sie merkte, daß er damit auf sie abzielte: »Ich bin immer die erste! Ich gehe lieber fort ...«, und sie hätte gern hinzugefügt: »Das ist bei mir reiner Instinkt!«

Aber sie wollte sich nicht mehr rechtfertigen! Wozu auch? Sie schwieg also. Aber als könnte er ihre Gedanken lesen, fügte Halim hinzu: »Kommst du im Sommer früh zurück?«

Sie erwiderte, fast übertrieben lebhaft: »Ich weiß nicht. Ich weiß nicht, ob ich überhaupt zurückkommen möchte!«

»Und Tawfiq?«

»Bei meiner Mutter im Dorf geht es ihm so gut! Die Bergluft ist so gesund für ihn! ... (Etwas leiser fügte sie hinzu:) Natürlich wird er mir fehlen! ... Er fehlt mir ja jetzt schon!«

Da hatte Halim sie ohne ein Wort mitten auf der Straße stehenlassen. Er überquerte die Rue Bonaparte, rannte fast bis zu einer Bushaltestelle in der Nähe und sprang in den erstbesten Bus, der losfuhr. Ohne sich nach ihr umzudrehen; als wollte er vor seiner eigenen Wut fliehen.

Am Abend wartete sie in ihrem kleinen Zimmer im fünften Stock auf ihn. Er kam spät und brummte, er habe schon gegessen. Er hatte wohl vor allem getrunken, was er sonst selten tat. Er stellte das Feldbett auf, das ihm während seines Aufenthalts als Nachtlager diente, und schlief sofort ein, im hellen Licht. Danach …

Danach sprachen sie nicht mehr vom Sommer. Halim reiste drei Tage später zurück nach Algier.

Warum überfällt mich gerade heute morgen wieder diese Geschichte aus dem vergangenen Jahr?

Thelja bezahlte den Kaffee, stand auf und stieg entschlossen die vielen Stufen zur Bibliothek hinauf. Vor ihr ging scherzend eine fröhliche Gruppe Studenten. Sie lächelte ihnen zu, froh, daß sie genau hier, im Elsaß, war. »Jetzt suche ich meine Äbtissin!« beschloß sie.

Eine Stunde später war sie ganz in die Betrachtung eines Meisterwerks versunken. Das heißt einer Kopie, denn das Original war leider verlorengegangen. Sie schrieb lateinische Verse ab und trug die französische Übersetzung daneben ein. Manchmal verzögerten in den Text eingestreute deutsche Ausdrücke und Anmerkungen ihre Arbeit.

Ihre Aufmerksamkeit wurde mit der Zeit immer größer, sie las drei oder vier Seiten und schlug dann die Seiten wieder zurück, las erneut, um die Verse, die sie abschreiben wollte, auszuwählen.

»Hortus deliciarum«, murmelte sie. Sie dachte an die Gestalt, die sich ihr in letzter Zeit auf einmal näherte, um sie zu begleiten – eine Unbekannte, die ihr sehr gegenwärtig erschien und sie schon in Paris verfolgt hatte, wenn sie zur Hochschule für Bibliothekswesen oder, häufiger noch, zur Nationalbibliothek ging. Sie hatte ihr schon vor Monaten den Beinamen »die junge Äbtissin« gegeben.

Aber Thelja war bestimmt nicht wegen dieser Gestalt – einer frommen Gelehrten, einer Buchmalerin, einer erstaunlichen Schriftstellerin aus dem 12. Jahrhundert – nach Straßburg gekommen, sondern um Eve, »die Freundin aus Tebessa«, wiederzusehen, und natürlich auch wegen der nächtlichen Abenteuer mit François.

Von vornherein hatte sie bei ihm »neun Tage«, oder vielmehr »neun Nächte« im Sinn gehabt, als sollten die Tage Eve vorbehalten bleiben. Aber auch der Äbtissin und vor allem der Stadt.

Wenn sie mit Eve zusammen war, dessen war sie sicher, würde die friedliche Zeit der Kindheit als ein anderer »Garten der Wonnen« wiedererstehen. Die Erinnerung an damals würde wieder zu glitzern anfangen, dank ihrer Freundschaft, oder nachgerade ihrer Zwillingsschaft. Aber auch ihre Vision der Äbtissin, der Herrad von Landsberg, wurde lebendiger. Um ihretwillen würde Thelja nach dem Aufenthalt in Straßburg den Odilienberg besteigen und das alte Benediktinerinnenkloster besuchen, wo sie als Stiftsdame gelebt und geschrieben hatte:

»Durch Gottes Eingebung und zur Ehre Christi habe ich dieses Buch gleich einem emsigen Bienlein aus den Blüten der göttlichen und philosophischen Schriften zusammengetragen ...«

Diesen ersten Satz in der berühmten Enzyklopädie brauchte Thelja nicht zu suchen und abzuschreiben, denn sie kannte ihn auswendig.

An diesem Morgen war ihr der bescheidene und zärtliche Ausdruck des »emsigen Bienleins« wieder eingefallen. Daher hatte sie beschlossen, sich eine Kopie des »Gartens« anzuschauen.

Eine Kopie. Sicherlich, nicht etwa das Original.

Denn jene wundervolle elsässische Enzyklopädie, welche ihrer Schöpferin, der jungen Herrad, fünfundzwanzig Jahre täglicher Arbeit abverlangt hatte, war ein Meisterwerk. Sie selbst hatte zum größten Teil die lateinische Prosa, gespickt mit Leihwörtern aus dem schwäbischen Deutsch, verfaßt. Daneben hatte sie, manchmal zusammen mit der anderen Äbtissin, der Ehrenwerten Relindis, zahlreiche mystische Gedichte geschrieben, in gotischer Schönschrift hingemalt und mit über hundertfünfunddreißig farbigen Miniaturen illuminiert. Die Dichterin und Künstlerin komponierte auch

Gregorianische Gesänge zur Erbauung der vierundsiebzig Stiftsdamen und dreizehn Novizinnen, die ihr unterstellt waren. Dieses Buch also, das Hauptwerk der Herrad in einem Einband aus gepunztem Schweinsleder, aufbewahrt in einem Schuber aus rotem Samt, dieses kostbare Werk einer Frau, war bereits 1546 von einer Feuersbrunst verschont geblieben, hatte 1860 einen weiteren Brand heil überstanden, jahrhundertelang hatten sich Bischöfe, Polizeipräfekten und andere Persönlichkeiten über die zweiundvierzig Hefte dicken Pergaments gestritten, unter ihnen waren ein aristokratischer Büchersammler und ein preußischer Botschafter gewesen. Nachdem das Buch dieser Herrad (ihre Bewunderin Thelja nannte sie nüchtern nur »Äbtissin«) also viele Unbilden überstanden hatte, wurde es in der Nacht des 24. August 1870 zerstört – unwiederbringlich –, und zwar von preußischen Geschossen, die in den Chor der Dominikanerkirche am Neukirchplatz fielen. Straßburg, zu dem Zeitpunkt schon seit zwölf Tagen belagert, sollte auch noch den ganzen folgenden Monat mit Feuerbomben beschossen werden.

Der »Hortus deliciarum« war also verbrannt. Auch die Meisterwerke des »Museums für Malerei und Skulptur« in der Aubette waren in Flammen aufgegangen. Ebenso die zwei Bibliotheken mit zweitausendfünfhundert wertvollen Handschriften! Die Geschosse hatten die gesamte Innenstadt in Trümmer gelegt: den Justizpalast, den Bahnhof, die Theater, Spitäler und Wohnhäuser, sogar den majestätischen Münsterturm, der so schwer getroffen wurde, daß dies sogar Victor Hugo zum Protest veranlaßte und nach ihm alle großen europäischen Geister seiner Zeit!

Wie kommt es aber, daß ich, eine algerische Studentin, gerade unter dem Verlust dieses einen Buchs so sehr leide? Die Gebäude aus Stein wurden wiederaufgebaut, was ist aber mit dem Original des »Gartens der Wonnen«? Es gibt die nachträglich hergestellten Kopien, die durch die Reproduktionen des Archäologen Bastard d'Estang ermöglicht wurden, der das berühmte Buch im letzten Jahrhundert eine Zeitlang in seinem Haus aufbewahrt hatte. Sind diese Kopien aus neuerer Zeit nicht so gut wie eine Wiedergeburt des Meisterwerks? Sie sollten mir genügen und mich trösten!

Als sie aus der Bibliothek herauskam, ganz in Selbstgespräche vertieft, die Augen noch geblendet vom Glanz der Illuminierungen, fast in der Vision ihres Saturnrots, ihres Ultramarinblaus dahinschwebend, getragen von den vielen prachtvollen Bildern, war ihr, als sähe sie immer noch, über dem Martyrium der Stadt im Sommer 1870 – fast viertausend Tote und Verletzte unter der Zivilbevölkerung, fünftausend zerstörte Häuser –, ja, Thelja glaubte, über allem »Die apokalyptische Frau« schweben zu sehen, dann wieder den von byzantinischer Malerei beeinflußten »Baum von Jesse« oder sogar die »Prozession Sybila«, eine Darstellung der etwa fünfzig Nonnen aus Herrads Kloster, in der Art der Mosaiken von Palermo …

Auf dem Weg zu Eve sagte sie sich, daß die geniale Äbtissin keineswegs gestorben war, weder damals, als die Mühe ihres Amts Oberhand gewann über ihre unermüdliche Schöpferkraft, und noch weniger während der Feuersbrunst im August 1870.

Wie soll ich mich darüber hinwegtrösten, daß ich das Original des Buchs von Herrad nie in Händen halten werde? Vielleicht deshalb, weil ich so viele Dokumente über die schreckliche Belagerung Straßburgs gelesen habe, sehe ich die Straßburger vor mir, ja, ich bin buchstäblich Zeugin ihres Aufstands: als sie allmählich aus den Kellern kamen, in denen sie sich während der achtundvierzig der Bombardierungen verbarrikadiert hatten, und dann voll Bestürzung hören mußten, daß die Stadt endgültig aufgegeben worden war! Einige von ihnen riefen daraufhin zum patriotischen Widerstand auf … Er gefällt mir, dieser Mut der Verzweiflung, der mir so bekannt vorkommt. Auf jeden Fall zeigen sie sich darin ihrer früheren Landsmännin würdig, der bewundernswertesten Schriftstellerin aus dem Elsaß!

Im Geiste noch aufgewühlt von den Farben der Buchmalereien und dem Gedenken an den Mut der Straßburger (es war kaum hundertfünfzehn Jahre her, als wäre es gestern!), betrat die Algerierin, auf einmal von ihrer eigenen Liebesgeschichte losgelöst, gutgelaunt und unangemeldet die Wohnung ihrer Freundin in Hautepierre.

3

»Eve, ich habe dir, glaube ich, bereits erzählt, daß ich Halim verlassen habe, er ist letzten Sommer nach Paris gekommen, ich wollte nicht zurück, Tawfiq fehlt mir, aber trotz allem ...«

Eve neigte sich zu Thelja hinüber; sie saßen beide auf dem Boden, auf einer doppelt gefalteten Decke, Kissen waren um sie herum verstreut. Die kleine Mina schaute sich im Hintergrund desselben Zimmers Fotos an, die auf dem Fußboden lagen, sie waren gerade von Eve entwickelt worden – ihre Ausbeute vom Vormittag.

Thelja versuchte wieder mühsam Worte zu finden für das, was sie sagen wollte: »Ich bin wegen dir hierhergekommen, aber nicht nur wegen dir! Auch weil ich meine Nächte mit einem Mann verbringe, einem Fremden!«

»Willst du mir etwa Liebesnächte beichten?« neckte Eve. »Warum fängst du dann so an, als ob du dich entschuldigen müßtest? Ich bin doch deine Freundin! Bei mir kannst du sprechen, wie du willst, mir sagen, wieviel du willst, oder gar nichts, wenn es dir lieber ist ... Das wichtigste ist doch, daß wir endlich wieder beisammen sind, nach so langer Zeit, oder etwa nicht?«

»Ich werde dir eines Tages alles erzählen ... Das heißt, bald, bevor ich zurückfahre.«

»Wollt ihr nicht beide einmal zu uns kommen, einen Abend unter Freunden verbringen? Morgen wird Hans auch dasein ... (Eve lachte.) Aber vielleicht willst du ihn verstecken? Ist er ›nicht vorzeigbar‹, wie die anständigen Leute das nennen? Ist er verheiratet?«

»Nein«, antwortete Thelja, »aber es ist fast dasselbe! Er ist Witwer. Ich weiß nicht einmal, ob er seiner Frau immer noch nachtrauert … Es wird mir gerade bewußt, daß mir das sogar egal ist. Wenn er immer noch an seiner Frau hängt, die erst vor einem oder anderthalb Jahren gestorben ist, ist es vielleicht gerade das, was ich an ihm so anziehend finde: Ich schlafe mit einem Fremden, und zudem ist er wie betäubt; er scheint mir zuzuhören, er berührt mich, er streichelt meinen Körper, aber alles, was ich sage, was ich mitteilen möchte, was ich ihm sogar anvertrauen würde, versteht er womöglich gar nicht, oder wenn es endlich bei ihm ankommt, ist es zu spät! … Dann bin ich nämlich schon fort!«

»Kann ich dir gleich …« fragte Eve im Aufstehen (mit der Nebenbemerkung: »Ich hole schnell einen Tee, ich brauche einen und du sicher auch!«) »… kann ich dir dazu etwas sagen?« fügte sie im Weggehen hinzu. »Denk nach und antworte mir in zwei Minuten: Du hast schon zweimal gesagt, er sei ein Fremder. Was meinst du damit?«

Sie verschwand in der Küche. Im Hintergrund summte Mina, über die Schwarzweißbilder gebeugt, zerstreut vor sich hin.

Thelja legte sich auf den Teppich und schaute zur ziemlich niedrigen Zimmerdecke. In diesem Augenblick hörte Mina auf zu trällern, ging zum Plattenspieler und legte eine Platte mit alter marokkanischer Musik auf.

Mitten in einem *melhoun*-Gesang (eine drei Jahrhunderte alte, weise Dichtung, die von den Musikern aus Meknès überliefert wurde) stimmte ein Tenor aus Fez, den Thelja kannte und liebte, ein im Maghreb sehr populäres Lied an, das »Die Klage der Kerze« hieß:

Warum, o meine Geliebte, weinst du
Wie meine Kerze, die langsam zerfließt,
Warum …

Der Refrain stammt ursprünglich aus Andalusien, war aber durch die arabische Aussprache weicher geworden: Der

Schmelz der Stimme und die Melancholie der Worte hüllten Thelja ein.

Sie hatte nun eine Antwort für Eve, die immer noch hinter der halboffenen Tür in der Küche hantierte.

»Ein Fremder? Das heißt, jemand, den ich nicht so lieben könnte wie in dem Lied, mit der ganzen Innigkeit der Sprache meiner Kindheit. Mich wiederfinden, im tiefsten Innern meines Selbst, mich ganz hingeben, mich auflösen! Ein Fremder. Warum fällt mir zum Geliebten meiner Nächte als erstes immer dieser Ausdruck ein?«

Mina hielt die Platte an. Thelja ging der Frage nicht weiter nach, da sie gefangen war in der soeben verklungenen Musik. Sie vergaß fast alles andere, sah nur noch die niederbrennende Kerze, hörte nur noch die warme Zärtlichkeit der Stimme, den Samt der Sprache, der über den Eindruck ihrer jüngst erlebten Lust glitt.

Mina hatte sich aufgerichtet und kam zu Thelja herüber. Sie war voller Neugier. »Kennst du dieses Lied?« fragte sie leise auf arabisch.

»Natürlich«, antwortete Thelja lächelnd und summte dazu die unterbrochene Strophe. Mina war beeindruckt, seufzte aber bedauernd: »Ich muß gehen! Sonst schimpft Touma. Sie fragt sich sicher schon ...«

Das Mädchen drehte sich schnell um und verschwand, während Eve mit einem Tablett erschien, darauf zwei Tassen mit dampfendem Tee und natürlich orientalisches Gebäck.

»Morgen abend komme ich auf jeden Fall, mit oder ohne ›ihn‹ ... Wenn ich allein komme, nehme ich hinterher das Taxi ins Hotel.«

»Ist es ein Hotel in der Innenstadt?« fragte Eve, während sie den Tee einschenkte.

»Du wirst lachen, von Anfang an hatte ich eine bestimmte Vorstellung. Wir treffen uns jeden Abend im gleichen Restaurant, aber ich bestehe dann darauf, jede Nacht in einem anderen Hotel zu verbringen. Da ich den ganzen Tag Zeit habe, nach Lust und Laune durch die alten Straßen zu spazieren, wähle ich dieses oder jenes Viertel aus, gerade so, wie ich Lust habe. Ich habe ihm dieses Spiel gleich am ersten Abend vorgeschlagen ... Ich enthülle ihm meine Wahl erst beim Abendessen! ... Warum? Vielleicht mache ich ihn so täglich darauf aufmerksam, daß er zum Nomaden werden muß. Zu einem Menschen ohne Bindungen, wie ich, und das in seiner eigenen Stadt, in der er schon immer lebt und arbeitet! Vielleicht spürt er dann am Morgen, daß ich jederzeit bereit bin, fortzugehen! Ich bin jedenfalls nicht wegen einer Liaison hergekommen, wie man hier sagt, ich ...«

Sie machte eine ratlose Gebärde und brach ab ... Mit träumerischer Stimme sprach sie weiter: »Ich weiß jetzt schon, heute ist das ›Hotel de l'Ecluse‹ an der Reihe, draußen vor der Stadt ... Morgen ist Samstag, da können wir zusammen spazierengehen.«

Eine Pause. Stimmen im Hausflur. Thelja fügte rasch hinzu: »Wenn ich ihn schon heute abend bitte, daß er mich morgen zu euch begleitet, dann wird er mitkommen. Ich rufe dich morgen früh an.«

»Du spielst bei ihm also die Kapriziöse?«

»Nein, nein, nur was den Ort ... was das Zimmer betrifft!« Thelja hielt inne, ihre Stimme kippte.

»Aber hör mal«, Eve war beunruhigt, als sie sah, wie ihre Freundin erstarrte. (Sie legte den Arm um sie, beugte sich zu ihr, um den Anlaß für ihren Kummer zu ergründen.) »All das ist doch trotz allem eine Liebesgeschichte, oder? Fühlst du dich wenigstens wohl in diesen Nächten?«

Den Tränen nahe, ließ Thelja sich trösten, ohne zu wissen, weshalb sie traurig war. Sie trank eine brühendheiße Tasse Tee, streckte die Hand nach dem Gebäck aus, hielt in dieser Geste aber inne.

»Uns beiden geht es ähnlich!« fuhr Eve fast mütterlich und ein bißchen verschwörerisch fort. »Seit du Halim verlassen hast, warst du anständig und hast viel gearbeitet. Ein ganzes Jahr, ohne mit jemandem zu schlafen!«

»Red nicht so!« wehrte sich Thelja und fing nervös an zu lachen.

»Was morgen abend anbelangt, mach, wozu du Lust hast. Wenn du nicht kommst, oder wenn ihr beide, du und dein Verführer, nicht kommt, gehe ich einfach mit meinem Hans früh ins Bett!«

Dabei zeigte Eve plötzlich ein strahlendes Lächeln.

»Im Gegensatz zu dir«, erwiderte Thelja sanft, »bin ich mir nur über eines sicher: Ich werde nie mehr schwanger. In Arabisch, und das ist wirklich bezeichnend, sagt man ›sie ist schwer‹. Ich will nie mehr ›schwer‹ sein!«

Jetzt wählte Eve eine Platte aus und spielte sie Thelja vor, es war in den fernen Jahren ihrer ersten Freundschaft ihre Lieblingsmusik gewesen, eine Arie aus »La Traviata«, gesungen von Maria Callas.

Sie hörten die Klage schweigend an, während beide sich gerührt an ihre erste Liebe erinnerten, damals, als Thelja das Geäder der Gassen im roten Marrakesch bewunderte.

Thelja lächelte wieder, raffte sich auf: »Ich gehe, Eve! Danke, und bis morgen«, versprach sie.

Während sie die Treppe hinuntersprang, begegnete sie einem Mann von tiefbrauner Hautfarbe, etwa dreißig, mit stolzer Haltung und düsterem Blick. Da er sie beim Hinaufgehen fast angerempelt hätte, entschuldigte er sich, doch in ihrem Schwung rannte sie weiter, fast ohne ein Lächeln. Als die Worte des Unbekannten sie am Fuß der Treppe endlich erreichten, fiel ihr unwillkürlich der algerische Akzent auf: »Es wird der Vater oder der Bruder von Mina sein«, dachte sie und entdeckte eine gewisse Ähnlichkeit zwischen dem Mann mit dem stechenden Blick und dem kleinen Nachbarsmädchen. Sie vergaß den Zwischenfall sofort wieder und nahm den Bus, um in die Innenstadt von Straßburg zurückzufahren.

Oben, in der kleinen Wohnung, fiel Eve, während sie aufräumte und ihre Fotoarbeiten betrachtete, wieder ein, wie ihre Freundin immer gesagt hatte: ein Fremder.

»Der Fremde schlechthin«, dachte sie, »morgen wird das Hans sein, weil er ein Deutscher ist. Zumindest wird mir das mein Cousin beim Mittagessen am Samstag vorwerfen.«

4

Dritte Nacht

»Wenn wir nicht nur unsere Nächte, sondern auch unsere Tage und alle Zeit ohne Ende miteinander verbringen würden« – eine Kaskade ihres leichten Lachens erfrischt das Halbdunkel des Zimmers –, »würde ich gern mit Ihnen ins Konzert gehen! Sie würden direkt nach der Arbeit hinkommen. Ich hingegen hätte alle Zeit der Welt, um mich herzurichten, mich anzuziehen, plötzlich eitel zu werden … ausnahmsweise einmal elegant … fast eine Dame! Dann würden wir uns begegnen, und Sie würden mich anschauen wie beim ersten Mal!«

»Beim ersten Mal hatte ich nicht soviel Glück wie heute abend, nämlich deine Brüste in meinen Armen zu spüren!«

»Lassen Sie mich doch träumen! Von später oder gar nie!«

Er löscht das Licht und stürzt sich heftig auf sie. Er verschließt ihren Mund mit dem seinen … Er erdrückt sie mit seinem Gewicht, er zwingt sie zu unwilligen, dann abwehrenden Gesten. Es gelingt ihr, sich zu entziehen, sie versucht, sich auf die Seite zu drehen, aber er drückt ihr die Lippen, hält ihr die Augen mit seinen fiebernden Händen zu, ihr Lachen setzt wieder ein, in Notwehr … Er murmelt immer wieder leise, aber hart: »Bestimmt nicht, gar nie wird es nicht geben!« Dann nimmt er wieder ihren Mund in einem Kuß, der sie zwingen soll, ihre eigenen Worte hinunterzuschlucken. Er widerspricht ihr erneut, indem er flüsternd skandiert: »Gar nie wird es nicht geben!«

Er stößt diese schwarzen Worte hervor, als müßten sie ausgerottet werden, jetzt, in diesem Moment, aus ihren Hüften, ihrem Bauch … Sie wehrt sich nicht mehr. Noch zwei oder drei Mal erklingt seine Stimme fast wütend im Dunkel: »Von später ja, aber bestimmt nicht von gar nie!« Dann verschmelzen sie miteinander.

Immer noch nimmt er ihrem Mund den Atem mit seinem Atem, der allmählich ruhiger wird. Sie löst sich von ihm; befreit zumindest ihr Gesicht, ihre Lippen, ihre Haare aus seiner Gewalt: »Und ich wollte heute nacht nur reden!«

»Rede, Schnee ... und vergib mir!«

Er beginnt wieder zärtlich mit Liebkosungen, wie ein Blinder, oder wie ein zerstreuter Liebhaber.

»Ich überlasse dir nur noch meine Beine. Mach bitte das Licht wieder an! Selbst wenn du einschläfst« – denn sie wollte nicht, daß er nach diesem Liebeskampf einschlief, auch nicht für kurze Zeit –, »will ich sprechen ... für dich, für uns beide, für unser neues Zimmer.«

Er knipst die Lampe wieder an. Plötzlich erscheint sein Gesicht in gleißendem Licht, seine Ringe unter den Augen, seine kahle Stirn ... Er hatte sich erhoben und zur Lampe halb hinübergeneigt. Er läßt sich wieder neben Thelja fallen, sein Atem geht immer noch schnell. Das längliche Kopfkissen fällt vom Bett herunter.

Sie grätscht über seinen Körper, springt auf den Boden, nimmt das Kissen und wirft es wieder aufs Bett. Sie lacht fröhlich, als wäre es hellichter Tag. Wie sich die vollen Linien ihrer nackten Gestalt auf der Wand abzeichnen, erscheint sie plötzlich wie eine Passantin vor einem nächtlichen Hintergrund. Sie bückt sich und sucht das Nachthemd, das sie während ihrer Umarmungen mit einer einzigen raschen Geste abgestreift hatte: »Ich ziehe mich wieder an, wegen der Kälte! Ich komme wieder zu dir. Jetzt sind deine Beine dran.«

Endlich setzt sie sich im Schneidersitz ihm gegenüber ans Ende des Betts. Sie nimmt eine Ferse auf und streichelt das Bein sorgfältig bis hin zum Knie; ihre Finger fahren anschließend hinauf bis zu seinen Flanken. Sie hebt das Bein ein klein wenig an (denkt dabei: »Ich mag diese Wade, sie ist fast wie bei einem jungen Mann, lang und schlank«), dann berührt sie nur die Ferse mit einem langen zärtlichen Kuß.

»Dieser Kuß, das ist meine Zärtlichkeit ... Denk daran, vielleicht habe ich es dir schon einmal gesagt: Den Körper eines Mannes, selbst wenn er völlig bekleidet ist, beurteile ich immer nach den Beinen ... Wie lang sie im Vergleich zum ganzen Körper sind, wie er geht oder wie er die Treppe hinaufsteigt. Manchmal ertappe ich mich sogar im Café dabei, sie zu begutachten ... wie ein Bildhauer ... das heißt (sie lacht), eine Bildhauerin!«

Er hört zu, wagt nicht zu fragen – seit er Witwer ist, hat er die zwei oder drei Sportarten, die er seit seiner Kindheit regelmäßig betrieben hatte, aufgegeben –, ob er ihr auch wegen seiner Beine aufgefallen ist ... Denn bei ihren ersten Begegnungen im Pariser Café kam sie immer ein wenig zu spät, näherte sich mit gesenktem Blick und zeigte dann ganz plötzlich ihr Lächeln, als wäre sie nur gekommen, um ihre eigene Freude zu verschenken. Wenn er dann sprach und sie vor allem zuhörte, fast geistesabwesend, zumindest schien es so, nahm sie um sich herum offenbar nur den Wind und das Spiel des Lichts draußen wahr.

»Sie waren aufgebracht, weil ich ›von später oder gar nie‹ gesprochen habe. Dabei ist das, was ich an der Liebe liebe, das spüre ich jetzt (wissen Sie, ich habe nur meine Erfahrungen mit Halim in Algier und dann jetzt ... mit Ihnen, sonst keine!), bin mir sicher: Ich liebe das Gespräch unserer Körper und die Art und Weise, wie ich mich dabei endlich in meiner Sprache frei bewegen kann ... Wegen ... natürlich wegen der Lust, aber auch wegen unserer Aufmerksamkeit für den anderen, inmitten dieser Lust, auch der deinen ... und erst danach kommt die Zärtlichkeit!«

Ihr Gesicht wird sichtbar im Schein der Lampe, ihr Blick, wenn sie wie tastend spricht, sucht in den abgelegensten Winkeln des Raumes, an den vier Ecken der Zimmerdecke, an der Grenze zum Halbdunkel über ihnen ...

Er sagt nichts, hört nur zu.

»Ja, was ich liebe«, fängt sie wieder an, »ist die echte Zeit der Liebe, oder ihr Rhythmus, ihr Einhalten, ihr Schweigen. Und zuweilen, wie vorhin durch meine unbedachten Worte, durch

deine heftige Reaktion, dieses plötzliche Aufflammen ... Siehst du, obwohl wir uns kaum kennen, lernt jeder vom anderen das Fließen. Den Verlauf der Liebe, ich habe kein anderes Wort dafür, jedesmal neu zu erfinden, uns langsam oder rasch anzunähern, uns gegenseitig zu durchdringen, uns wieder zu entfernen, uns erneut zu berühren, uns gegenseitig zu spüren, uns schon von weitem vorauszuahnen ... So sollte es immer zwischen Mann und Frau sein: eine Suche mit geheimem Verlauf, ein Code, den die beiden Körper recht schnell finden, immer auf dem Sprung und immer in Bewegung. Ist die Liebe nicht überhaupt eine Metamorphose? Findest du, daß ich abschweife, daß ich zu viel rede? Verzeih mir, ich versuche nur ... das Begehren in mir und für dich auszudrücken, das ich während der Nächte in deiner Stadt empfinde.«

Gegen das Holz des Betts gelehnt, befühlt sie mit ihren leichten Fingern seinen Fuß, seine Ferse, seine Wade. Er hat sich halb aufgerichtet, damit ihm nichts von ihrem Gesicht entgeht, während sie spricht: die Haut, die bernsteinfarben scheint, die gebogenen, tiefschwarzen Brauen, der dunkle Blick der schmalen Augen, die gerade Linie der Nase, die ein wenig kurz ist, die hohen, dreieckigen Wangen, die das Licht einfangen, schließlich der Schopf ihrer lockigen Haare, der teilweise vom Schatten verschluckt wird ... Ihre Hände fahren mit leichtem Druck wieder an den Männerbeinen hinauf, während sie weiter bei ihren Beschreibungen bleibt – als spräche sie zu sich, ihre Lider sind gesenkt, und ihre Stimme wispert nur –, was »später oder gar nie« sein wird (sie ermißt, so denkt er, immer noch nicht ihre unbewußte Grausamkeit), wie ihre, so sagt sie, Beziehung »auf Dauer« sein würde.

Als er, im Laufe ihres Mäandrierens, schließlich schon fast im Schlaf hört, wie sie von »der neunten Nacht« spricht, versteht er das nicht. Kündigt sie damit ein Unheil an? Er weiß zwar, daß sie nur eine begrenzte Zeit bleiben will. Aber warum neun ... Nächte? Was hat das zu bedeuten?

Er streckt ihr die Hand hin und gibt dabei ihre Beine frei. Er zieht sie schnell an sich. Sie fällt halb lachend an seine Brust. Er umschlingt sie wortlos, mit der anderen Hand löscht er das Licht.

Im Dunkeln deckt er sie ganz vorsichtig zu. Er bettet ihren Kopf an seine Schulter. Er will plötzlich, daß sie wie ein Kind ist, »sein Kind«, nur für die Zeit, in der sie zusammen abtauchen, versinken. Während des Versuchs, ihrer beider Schlaf zu verbinden, zwei befreite Schatten, die auf einem schattigen Pfad schweben, endlos … Vielleicht würden sie am nächsten Morgen in der gleichen Sekunde aus diesem Licht erwachen … Er will seiner Geliebten im Dunkeln eine ganze Litanei von Verkleinerungen, von zärtlichen Kosenamen, komisch ausgesprochenen Kürzeln sagen … Sie schläft schon: Sie ist ihm vorausgegangen, hat sich zuerst in die nächtliche Allee aufgemacht, die er für sie beide erahnt. Er schließt die Augen, begierig, sich ihr anzuschließen, sie vielleicht schnell noch zu besitzen, ohne daß sie aufwacht, allein auf ihr zu reiten und derart die Spur ihrer Vereinigung oder, im anderen Fall, ihres Zwillingsschlafs bis in den Morgen tragen.

Als der nächste Morgen graut, ist es er, der zum gesprächigen Verliebten wird: Er redet nicht von der Liebe, auch nicht von Liebenden, die sich für ein paar Tage hingeben, nicht einmal von ihnen selbst – dazu hätte er zuerst fragen müssen, vorsichtig, als ob man sich einem schmerzhaften Punkt nähern würde (in dem Bogen der Hüfte oder an einem Gelenk, in einem plötzlichen Vorstoß), was ihre letzten Worte von der »neunten Nacht« bedeuteten, als sie schon in einen wohligen Schlaf hinübergeglitten war. War es die nächste Nacht oder eine andere, vergangene, die nichts mit ihnen beiden zu tun hatte? Er hütet sich davor zu fragen. Was nutzt das Fragen, wenn man fast auf die Minute gleichzeitig aufwacht, in der es draußen nicht mehr rosig, aber auch noch nicht zartgolden ist, in der Zeit »vor den Fingern Auroras«, im selben Moment. Theljas Kopf ist ruhig neben ihm liegengeblieben, an seine linke Schulter gelehnt. Keiner von ihnen hat sich im Schlaf geregt. Ihre Wimpern bewegen sich, ganz nah, sie bittet mit gespitzten Lippen um einen Kuß, seufzt und sagt zwei oder drei Worte, die er nicht versteht.

»Arabisch, vielleicht ist es Arabisch«, er ist sich nicht sicher, wahrscheinlich spricht sie mit ihrer Großmutter, die, wie sie einmal kurz erwähnte, nur das Berberisch der Schawia spricht. Sie wird ganz wach und umschlingt seine Beine mit den ihren, sie richtet sich auf, löst sich von ihm und verkündet ein fröhliches »Guten Morgen!« Im nächsten Augenblick dringt ein Sonnenstrahl durch die Fensterläden.

Sie kommen schnell überein – während sie sich wieder einander in die Arme kuscheln –, daß sie es nicht eilig haben, nach dem Frühstück zu klingeln. Nichts ist dringend, denn es ist Samstag. François hat frei, sie haben den ganzen Tag für sich!

Vielleicht beginnt er in diesem Augenblick zu sprechen. Sie hat zunächst geseufzt, ein wenig linkisch eingestanden, daß sie gerne frühmorgens Liebe macht, sie wisse, das sei viel verlangt, aber wenn sie es ihm jetzt sage, so sei das ebensogut, wie wenn es schon geschehen wäre, er solle sie wegen dieses Geständnisses nicht für eine halten, die »nicht genug kriegen« kann! – Dieser ungewöhnliche, fast obszöne Ausdruck war ihr auf der Zunge gelegen. Sie fügt ganz normal hinzu, daß die Liebe am frühen Morgen zwar etwas Schlaffes habe, daß sie selten den Taumel der Nacht erreiche oder die lange, bewegte Trunkenheit der Nachmittage, im Sommer wie im Winter, nur »diese Mattigkeit«, oder, verbessert sie sich, »diese Schwüle«, und schließt dann: »Nachdem ich Ihnen meine Begierden und Phantasien eingestanden habe, auf die Gefahr hin, als sexbesessen zu erscheinen, reicht das für den Augenblick! Ich möchte jetzt nur keusch in Ihren Armen liegen ... Wir wollen uns zusammen treiben lassen, diesen Morgen im Bett so richtig genießen. Wenn wir Hunger und Durst haben, bestellen wir das Frühstück. Oder vielleicht sollten wir dazu lieber hinuntergehen. Wenn ein Kellner oder ein junges Serviermädchen hier mit einem Tablett hereinkäme, würde ich mich schämen, es würde mich stören! Ich lasse mich einfach nicht gern bedienen!«

Sie schlummern eng umschlungen noch einmal halb ein, während ihre Füße sich suchen und bekämpfen. Thelja stößt in ihrem Wohlgefühl kleine Lacher aus. Kurz darauf kommt sie zu sich und spürt, jetzt mit offenen Augen, daß sie auf den Hüften von François liegt: »Wenn ich ein bißchen schwer für dich bin, mußt du das eben aushalten!«

5

Ohne eigentlich zu wollen, fängt er an zu reden. Er spricht über seine Stadt. Er erzählt aus seiner Kindheit in Straßburg, im leeren, oder besser, im geräumten Straßburg. Er fühlt sich zurückversetzt in jene Einöde, über die er noch nie gesprochen hat, weder mit Laura und schon gar nicht mit seiner Mutter – außer einmal, als sie selbst wieder in die Weihnachtszeit von 1939 versunken war, vier oder fünf Tage vor ihrem Tod. Da war es aus ihr herausgeströmt, während sie unter quälenden Schmerzen delirierte. Danach war sie von den Medikamenten, die man ihr in immer höheren Dosen verabreichte, wie betäubt. In Satzfetzen, in zerrissenen und zerfaserten Worten ist sie tief hinabgetaucht in die vier Tage im leeren Straßburg – in die verzweifelte Frau auf der Suche nach ihrem Mann, mit dem fünfjährigen Jungen an ihrem Rockzipfel.

Als François damals vor drei Jahren das Zimmer im Krankenhaus betrat, wurde er mit ihrem Delirium unvermittelt wieder an ihren ersten, gemeinsam empfundenen Schmerz erinnert, von dem sie später nie mehr gesprochen hatten. François erkannte, daß die Sterbende wahrscheinlich für immer dorthin zurückgekehrt war, daß sie wieder durch die verschneiten Straßen einer verlassenen Stadt ging, wieder ihre schlimmste Qual durchlebte, die sich ihr unauslöschlich eingeprägt hatte. Er hörte zwei, drei Sätze, dann einzelne unzusammenhängende Wortfetzen mit einer ähnlichen Schwingung. Am Schluß vernahm er den Vornamen des Vaters, die Kranke hauchte ihn mehrmals aus, während ihre Klage plötzlich mit der Stimme einer jüngeren Frau erklang – den Namen, den sie später immer verleugnet hatte.

François verließ das Krankenhaus mit schwerem Herzen. Er konnte nicht an seine Arbeit zurückkehren: Nicht, weil er spürte, daß es mit der dominanten »Mama« zu Ende ging, die immer die betrogene Gattin bleiben wollte, sondern er hatte eigentlich geglaubt, jene Tage vollständig vergessen zu haben, die Leere der Stadt, von ihren Bewohnern verlassen, auch diesen Schnee, der keinem anderen in den folgenden Wintern zu gleichen schien. Aber er hatte nichts vergessen. An jenem Tag ging er durch Straßburg wie in einem beginnenden Wahn. Seine Mutter delirierte in ihrem Krankenzimmer auf dem Totenbett, und er streifte umher, ohne die Leute auf der Straße und in den Läden, die Kinder, die gehetzte Menge, die Stadt wahrzunehmen. Er sah nur die Fassaden aus Backstein oder rotem Sandstein. Manchmal blieb sein Blick hoch oben an Giebeln mit Schnitzwerk hängen, die ihm vertraut vorkamen, an kaum erkennbaren, uralten Taubenschlägen aus den Straßen seiner Kindheit. Er irrte durch »Klein-Frankreich« mit seinem Netz von Kanälen, als entdeckte er sie jetzt, im Aschgrau des Wachtraums, zum ersten Mal. Er verweilte länger vor zwei oder drei Brücken über die Ill, da er lieber nur ihre Spiegelung im darunter fließenden Wasser sehen wollte, als sich auf sie hinaufzuwagen.

Wenn er den Kopf wandte, zeichneten sich die Statuen vor einem Stück Himmel ab: Es kam ihm vor, als kämen sie auf ihn zu, starr, und doch voller Stolz und Leben.

Zuweilen hielt eine Einzelheit – ein lebendes Wesen – seinen staunenden Blick gefangen. Er blieb, den Fuß noch angehoben, geradezu versteinert vor dieser Vision stehen, etwa vor einer Katze mit klopfendem Fell, die ihn ungerührt betrachtete. Ein Stück weiter traf er auf das Schauspiel von drei oder vier sich schonungslos bekämpfenden Katern in einem Graben. An einer Kreuzung sah er sich Auge in Auge mit einer Bulldogge, zu spät bemerkte er, daß sie durch eine Leine mit ihrem Herrchen verbunden war, und stieß mit diesem zusammen. Wie ein Schlafwandler nahm François die Menschen nicht mehr wahr. Dieser Tag, an dem seine Mutter starb, dehnte sich für ihn lilafarben, von Geräuschen entleert ... Er ging in das Krankenhaus zurück: Die Kranke sprach nicht mehr. Sie würde aus dem Koma nicht mehr aufwachen.

Bei ihrem Tod zwei Tage später und danach, bei der Beerdigung, zeigte François fast kalte Gefaßtheit. Er sah nach dem Rechten, nahm die Beileidsbezeugungen entgegen, kümmerte sich um die von weither angereisten Verwandten, die er schon vergessen hatte.

In der Woche danach verreiste er, allein, ohne seine Frau, sie lebte noch, aber er fühlte sich ihr, wie immer, fremd.

Er redet also, an Thelja geschmiegt, die sich schon bei seinen ersten Worten ausgestreckt und ihn umfangen hat, die reglos, halbnackt und kaum wahrnehmbar an seinem Hals atmet. Während er in den Armen der Geliebten liegt, erleuchtet das Morgenrot nach und nach das Zimmer ... François ist überrascht, daß das Bild der Mutter, das nun wieder vor ihm aufsteigt, nicht das einer Sterbenden ist, sondern das einer jungen Frau in dunklem Kostüm, mit einem in seinem Cape sehr zart aussehenden Jungen an ihrer Seite, während beide durch eine verschneite Landschaft gehen ... Durch eine Stadt, in der die Mietshäuser mit den gefrorenen Fassaden, die Balkons mit ihrem Eisschmuck die Vision von Mutter und Sohn in eine Filmsequenz aus einer anderen Epoche versetzen.

Wie den Winter von 1939 und Straßburg beschreiben, das nun schon seit vier Monaten menschenleer war? François erklärt (Thelja drückt ihn zärtlich an sich, ihre Hand streichelt seinen Nacken): Die Mutter hatte beschlossen, nach Straßburg zurückzukehren. Sie hatte die notwendige Genehmigung eingeholt, indem sie behauptete, aus ihrem Bürgerhaus in der Innenstadt wichtige Unterlagen, notarielle Dokumente herausholen zu müssen, die sie dringend brauchte.

»Wie einige andere, die es sich leisten konnten, hatten wir die Stadt nämlich schon vor der Räumung am zweiten und dritten September verlassen, in den Augusttagen also, als die Kriegsdrohungen sich häuften. Meine Großeltern mütterlicherseits hatten einen großen Hof in einem Ort, der hinter der Maginot-Linie lag ... Mein Vater bestand darauf, daß wir zu ihnen ziehen sollten.«

»Dein Vater wurde sicher eingezogen«, bemerkt Thelja.

»Oh, nein!«

François wird von einem Hustenanfall geschüttelt. Thelja lockert ihre Umarmung.

»Willst du wirklich darüber sprechen? Du kannst es mir auch später einmal erzählen«, wirft sie besorgt ein.

Er kann wieder durchatmen. Entschlossen nimmt er die Geliebte erneut in die Arme.

»Halt mich so fest wie vorhin!«

»Mein Vater«, fährt er nach einer Pause fort, »lehrte Jura an der Universität, er war von seinen Forschungen völlig vereinnahmt. Schon einige Jahre vor dem Krieg hatte er mit den elsässischen Autonomisten sympathisiert ... (Er murmelt leise:) Ich werde dir nachher erklären, inwiefern diese Bewegung theoretisch legitim war, aber was sie auch an Gefahren mit sich brachte, was sozusagen ihre damaligen Auswüchse waren ... Mein Vater hatte im Jahr 1937 jedenfalls einen polemischen Artikel geschrieben, was ziemlich unvorsichtig war ... Im übrigen verstand er sich mit meiner Mutter nicht mehr besonders gut. In der letzten Zeit war er immer wieder zu Versammlungen gegangen, über die er nicht sprach ... Meine Mutter hatte wohl den Verdacht, es steckte eine andere Frau dahinter ...«

Die Sonne strahlt durch die Glastür herein. In der Ferne läuten Glocken, ihr Echo setzt sich fort ... François scheint von der Gegenwart nichts zu hören. Thelja küßt vorsichtig seine kalte Schulter, während er fortfährt: »Ich erinnere mich an das Sturmläuten im Morgengrauen des zweiten September ... Wir waren in Oberhoffen: Die Dörfer, die geräumt werden sollten, lagen nicht weit entfernt ... Plötzlich überfluten verängstigte Bauern unsere Straßen, ihre Ochsengespanne und dahinter die Herden beginnen vorüberzuziehen ... Ich stehe neben Großvater am Eingang der Ortschaft, wir sind nur Zuschauer. Jungen, die kaum älter sind als ich, fahren auf Fahrrädern mit beladenen Gepäckträgern vorbei, Gasmasken baumeln um ihren Hals. Sie scheinen keine Angst zu haben, sie wirken aufgeregt, als brächen sie auf zu einem Abenteuer. Die Menge wird dichter: Leute mit Karren, Radfahrer, diesmal schwer beladen, radeln mit besorgter Miene vorüber, die Gespanne mit Kühen dahinter nähern sich langsamer.

Neben uns versuchen nun Gendarmen, die Leute, die aus allen Richtungen herbeiströmen, in geordnete Bahnen zu lenken. Großvater und ich gehen zu dem bekanntesten Gasthaus in unserem Dorf. Die Wirtin hat begonnen, den Kindern und ihren Müttern, die hier Rast machen, Milchkaffee und Brot auszugeben. Die Sonne wärmt schon …

Ich erinnere mich an einen Greis, der noch älter war als Großvater. Er geht zu Fuß, mit schlenkernden Armen und ziellosem Blick. Er bleibt vor uns stehen, vielleicht waren ihm das ehrwürdige Gesicht und der imposante Bart von Großvater aufgefallen. Ein zwölfjähriges Mädchen kommt herbei und zieht ihn an der Hand, er solle weitergehen. Aber er bleibt stehen.

Hinter seinem Rücken nähert sich uns die Kleine und erklärt: ›Er wollte sein Vieh und vor allem die Hunde nicht zurücklassen! Wir haben sie alle anbinden müssen, so, wie es befohlen war. Aber die Hunde haben gemerkt, daß wir ohne sie fortgehen wollten, und angefangen zu winseln … Sie haben an den Ketten gerissen und richtig geheult! … Opa hat sich geweigert zu gehen. Er wollte unbedingt bei ihnen bleiben. Man mußte ihn regelrecht zwingen, mitzukommen!‹ Das Mädchen geht wieder zu ihm hin, nimmt seine Hand, und schließlich folgt er ihr.«

François setzt sich mit dem Rücken an die Wand des Bettes und sucht nach einer Zigarette. Thelja holt sie ihm und zündet sie ihm an.

»Und danach zogen den ganzen Tag die Vertriebenen an uns vorüber! Sie haben wahrscheinlich später irgendwo übernachtet, in Schuppen oder bei den dortigen Bewohnern …

Am übernächsten Tag mußten sie in den Sammlungszentren ihre Pferde und ihr Vieh endgültig zurücklassen. Die Züge haben sie quer durch Frankreich gebracht, bis in den Südwesten.«

Stille im Zimmer. François raucht. Thelja mustert seine Gesichtszüge jetzt, nachdem er gesprochen hat. »Er hat sicher vor allem deshalb geredet, um sich selbst zu hören, wenigstens einmal, nachdem er fünfzig Jahre geschwiegen hat. Er hat gesprochen, um in präzise Worte zu fassen, was bis dahin nur viele Bilder und wohl auch Phantome gewesen waren.«

»Mein Vater«, nimmt François die Erzählung wieder auf (er hat sich ganz ausgestreckt; Thelja ist sitzen geblieben, sie streichelt zerstreut seine Ferse neben sich), »mein Vater hat meiner Mutter nur einmal einen Brief nach Oberhoffen geschrieben ... Ein einziger Brief von Vater, danach nichts mehr. Ich muß dir noch sagen, daß einige seiner Autonomisten-Freunde von den französischen Behörden im November 1939 verhaftet und in Nancy ins Gefängnis gesteckt wurden. Ihnen wurde dann im Frühjahr 1940 der Prozeß gemacht, für ihren Anführer ging er schrecklich aus! ... Ich erinnere mich dann an die Herbsttage in Oberhoffen. Großvater kümmerte sich jeden Morgen um mich: Er brachte mir Lesen bei, auf deutsch und auf französisch ... Er war kurz vor 1900 groß geworden, unter der ersten deutschen Besatzung ... Zu Hause sprach er Elsässisch.«

François lächelt: das Bild des Ahnen in der Rolle des Lehrers rührt ihn.

»In diesem Herbst hätte ich eigentlich bei Jesuiten eingeschult werden sollen. Aber die Patres hatten die Schule geschlossen: Alles wartete auf den Einmarsch der Deutschen, der nicht kam ... Daraufhin beschloß meine Mutter, nach Straßburg zurückzugehen, obwohl Großvater das nicht recht war. Und sie verkündete, sie würde auch mich mitnehmen!«

Thelja bleibt unbeweglich liegen. Eine Weile träumt François vor sich hin: Er kehrt zurück zu seiner ersten Vision von der im Schnee glitzernden Stadt und dem Paar, das durch die alten Gassen geht – die harte und entschlossene junge Frau mit ihrem Sohn, der nichts versteht, sich bei dem Marsch, der immer endloser erscheint, nur an sie klammert ... Sie hatte sich starrsinnig zum Ziel gesetzt, ihren Mann wiederzufinden. Woher glaubte sie zu wissen, daß er sich vor ihr versteckte, ebenso wie vor den Behörden, und zwar in dieser Stadt?

»In der Stadt gab es nur noch die Wachleute, die Soldaten in den Kasernen, die Feuerwehr und einige wenige Eisenbahnbeamte ... Wir kamen vier Tage vor Weihnachten an. Einer der Cousins von Mutter, der bei der Bahn arbeitete, hatte uns eines Abends besucht. Er schlug vor, uns einen Passierschein für die Mitternachtsmesse zu besorgen, die im Münster stattfinden sollte ... Es war meine erste Christmette!« François lacht bitter.

Thelja verläßt ihren Platz am Bettende und schmiegt sich wieder an François.

»Ich rede so viel!« ruft er aus.

»Ich höre dir doch zu, aber vergiß mich ruhig!« murmelt sie und gibt ihm einen leisen Kuß auf die Hand, als wollte sie sich nicht in diese Vergangenheit einschleichen, sondern vielmehr dazu beitragen, daß sie sich verflüchtigt ... (»Seine Stimme«, bemerkt sie, »ist heute morgen rauher. Anders als mitten in der Nacht, wenn die Vergangenheit nicht derart wie ein Eindringling oder Rebell auf einen einströmt, warum wohl?«)

François läßt sich von ihr küssen. Er berührt zerstreut ihre Haare. Er ist wieder in diese Kälte eingetaucht: Das Paar, die Mutter und der kleine Junge, brach jeden Morgen zur Suche auf. Um sie endlose Fassaden, marmoriert von verbackenem Schnee. Die geplatzten Wasserrohre hatten ihr schnell wieder zu Eis erstarrtes Wasser in die Straßen ergossen, Eiszapfen bildeten in den großen Avenuen tropfsteinähnlich einen fantastischen Operndekor, den keine Musik zum Leben erwekken würde ...

»Ich höre förmlich«, fährt François fort, »wie an jenem Weihnachtsabend der Schnee unter unseren Füßen knirschte, als wir, meine Mutter und ich in Begleitung des Cousins, um elf Uhr abends zum Münster gehen. Berge von Sandsäcken verdecken das große Portal fast vollständig. Wir benutzen den Nebeneingang in der Münstergasse. Da wurde, das weiß ich noch genau, streng kontrolliert ... Meine Mutter war wohl eine der wenigen Frauen ... Drinnen stockdunkel; die meisten der alten Glasfenster waren entfernt und mit Holzplanken ersetzt worden. Durch die wenigen, die an Ort und Stelle geblieben waren, dringen dennoch ein paar fahle Mondstrahlen und durchsieben das Dunkel ... Wir gehen hinunter in die hell erleuchtete Krypta! Die meisten Anwesenden sind uniformiert ... Die Gemeinde ist bewegt und höchst andächtig. Ein Männerchor stimmt ein Weihnachtslied an. Am Ende des Gottesdienstes steht meine Mutter starr am Ausgang und prüft eindringlich das Gesicht eines jeden Soldaten oder einfachen Zivilisten, der hinausgeht. Sie war zwar nie sehr religiös, aber die Suche nach ihrem Mann ließ ihr keine Ruhe, nicht einmal in dieser Nacht! ... Ich sehe noch die Lichter und höre vor allem den Chor singen: ›... Stille Nacht, heilige Nacht!‹«

Die letzten Worte versteht Thelja nicht, sie hält sie für ein elsässisches Lied, das diese morgendlichen Erinnerungen abschließt.

Sie löst sich aus seinen Armen und springt aus dem Bett, während er wieder schweigend raucht. Sie wendet sich ihm zu (»Warum hat er das alles noch einmal durchlebt, obwohl draußen die Sonne scheint?«), gibt ihm einen zarten Kuß auf die Stirn, auf die Hand. Schelmisch tut sie, als wollte sie ihm einige Falten glätten, und fährt mit einem Finger zwischen die Augenbrauen und um den Mund.

»Ich habe Hunger«, seufzt sie. »Ich dusche jetzt und ziehe mich an. Ich erwarte Sie unten am Fluß. Sie werden sehen, warum ich dieses Hotel an der Schleuse ausgesucht habe!«

Sie verschwindet im Badezimmer. François hört, wie gleich nebenan das Wasser gleichmäßig auf den nackten, lebendigen Körper seiner Geliebten spritzt.

Sie trällert, aber nicht auf französisch, wahrscheinlich in ihrer Muttersprache. Sie kommt kurz darauf zurück, eingehüllt in ein über den Brüsten eingeschlagenes Handtuch. Sie rubbelt ihre Haare trocken, wobei sie sich nach hinten biegt und die wirre Mähne schüttelt. Geht hinaus und kehrt mit einem Slip und nackten Brüsten zurück, sie schlüpft rasch in eine Jeans und zieht wieder ihre gestreifte Bluse vom Vortag über.

Ohne sich ihm zu nähern – offenbar ist für sie die Zeit der Zärtlichkeiten beendet –, winkt sie ihm zu: »Schnell«, murmelt sie und zwinkert dabei, von der Sonne geblendet, mit den Augen. »Ich erwarte Sie unten.«

IV. Das schlafende Kind

I

Heute ist Samstag, schon fast zehn Uhr! Zeit, ins Schwimmbad zu gehen! Ich stehe auf, Thelja. (Ich ertappe mich dabei, wie ich mit dir spreche, zuerst dachte ich, ich führte Selbstgespräche, aber da ich weiß, daß du in der Stadt bist, daß du heute abend zu mir kommst – ich erwarte auch Hans voller Ungeduld –, werde ich jetzt mit dir sprechen, während ich warte, oder in meiner Einsamkeit ... natürlich nur, bis ich in seinen Armen liege, »meine letzte Liebe«, wie ich dir in meinem Brief vom vergangenen Jahr geschrieben habe.)

Ich umfasse mit beiden Händen meinen nackten Bauch, den ich im Standspiegel betrachte.

Mina, die vorwitzige Katze, ist ohne anzuklopfen ins Wohnzimmer eingedrungen und dann an der Schwelle zum Schlafzimmer stehengeblieben. Sie kommt von hinten auf mich zu. Im Spiegel sehe ich ihre gelben Augen blitzen, sie hat einen ihrer dünnen Arme um den Kopf gelegt, wie eine Krone. Ich bedecke mich nicht mit dem Kleid. Soll das Kind ruhig meine wie zu einem Ballon gespannte Haut sehen. Meine Unterwäsche kommt ihr sicher elegant vor, Thelja: Tatsächlich interessiert Mina sich vor allem dafür und nicht etwa für meinen Bauch oder meine Haut, es sind die bestickten Strumpfbänder und Höschen mit der dreieckigen Tasche unter der Fülle des Bauchs, die sie anstarrt.

»Wo du wohl hinschaust?« Der Gedanke gibt mir einen Stich, ich meine den Mann meines Lebens, ich quäle mich selbst mit Fragen, es ist ganz natürlich, daß ich mir Gedanken mache ... Wenn er nicht da ist, stelle ich Hans in Frage.

Die Kleine hat sich, im Spiegelbild zwischen meinen Beinen, hinten im Raum auf den Boden gesetzt. Ich drehe mich um, warte, daß sie mich wenigstens anlächelt oder herkommt, um die gespannte Haut einmal zu berühren. Aber sie bleibt regungslos; sie hat den Kopf gesenkt, ihr Arm liegt immer noch um ihre Haare geschlungen. Sie sitzt da wie eine schwarz-weiße, katzenhafte Sphinx. Sie murmelt: »Hans!«

Offenbar wünscht sie sich mindestens genauso sehnlich wie ich meinen deutschen Freund herbei, der um diese Zeit bereits auf einem Rheindampfer unterwegs ist.

»Hans, Mina ruft dich.« Ich lasse mein Kleid wieder fallen und drehe dem Spiegel den Rücken zu. Ich ziehe mir Schuhe an. »Bleib ruhig da«, sage ich zu dem Kind, »und hör die Musik, die du magst. Er kommt bestimmt, wenn du auf ihn warten kannst. Vielleicht am frühen Nachmittag.«

Da sie noch immer nur Arabisch spricht, und zwar ihren marokkanischen Dialekt (zugleich auch der meiner Tochter Selma, die drüben geblieben ist), weiß ich nicht, ob sie mich verstanden hat. Ich kann den Dialekt nicht mehr sprechen, aber noch verstehen.

Ich schließe die Tür hinter mir. Während ich die Treppe vorsichtig hinuntergehe, wende ich mich wieder in aller Ruhe an dich, Thelja: »Ich hätte gleich heute morgen in aller Frühe die Fotos von den badenden Frauen entwickeln sollen, die ich gestern aufgenommen habe! Damit ich sie dir heute abend zeigen kann, wenn du kommst. Falls du denn wirklich kommst!«

Heute will ich nur kurz zum Schwimmen gehen, eine halbe Stunde, nicht länger, und danach eine Weile allein durch die Straßen flanieren, bevor ich mich zum Mittagessen bei meinen Verwandten begebe. Und du, Thelja, meine Schwester, bist du um diese Zeit schon auf, oder bleibst du wohlig in den Armen dieses Unbekannten liegen? Jetzt ist es wieder wie damals in unserer Kindheit vor zwanzig Jahren oder noch länger, wieder lassen wir uns treiben, streunen wir, schlafen wir in der gleichen Stadt …

Hans traf erst nach Mittag in Hautepierre ein. Er ging gleich hinauf in das Stockwerk über Eves Wohnung. Touma, mit einem Seidentuch in Rost- und Brauntönen wie einem Heiligenschein über ihren Haaren, lächelte ihn an und erklärte sanft: »Mina ... meine Tochter ... bei Eve. Mit Schlüssel ...« Sie zeigte auf den Schlüssel an ihrer eigenen Tür.

Hans hatte verstanden, er verabschiedete sich, blitzartig war vor ihm das Bild der Frau aus dem Süden wieder erschienen, mit ihrer Tätowierung (eine Art Andreaskreuz) zwischen ihren kajalumrandeten, ein wenig feuchten Augen. Er ging die Treppe hinunter und fand Eves Wohnungstür angelehnt.

Mina hatte ihn erwartet, stürzte auf ihn zu. Er nahm sie in seine Arme und trug sie wie eine staunende, glückliche Puppe auf seinen Schultern. Der blonde, schlanke junge Mann und das anschmiegsame kleine Mädchen lachten zusammen. Er setzte sich auf die Matratze am Fußboden.

Touma war leise hereingekommen. Ein Kupfertablett mit einer Teekanne in ihren Händen, kleinen Tassen und ein wenig Gebäck.

Hans lehnte ab, er hatte keinen Hunger. Aber ein heißer Tee, das würde ihm guttun. Touma war wieder verschwunden.

Mina, am anderen Ende der Matratze, erschien jetzt wieder unzugänglich.

»Wartest du auf deine Lektion?« fragte Hans, die französischen Worte sprach er dabei langsam aus. So begann, wie häufig an Samstagen, ihr vornehmlich mit Händen und Füßen geführtes Gespräch. Mina hatte kleine Gegenstände in einem Kreis um sich herum aufgestellt: etwa zehn Figuren aus Holz oder Porzellan, Tiere und eine Bauernfamilie in Miniaturformat.

Sie fing mit dem Hund an, dem großen, gutmütigen Wolfshund mit den Hängeohren. »Kelb!« sprach sie und lachte. Der blonde Fremde, den sie so ungeduldig erwartet hatte, konnte nicht verstehen, daß sie ihn mit einer Beleidigung empfing, ihn würde es nicht einmal überraschen ... (»Man müßte ihm zunächst erklären, daß die Araber vor allem den Hund als Schimpfwort gebrauchen, daß sie mit dem Schwein ihren Haß ausdrücken und ihre Bewunderung durch einen Vergleich mit dem Löwen ...«)

Hans kannte das Wort *kelb,* das Gespräch begann also leicht. Was er jedoch nicht verstand, war das perlende Lachen von Mina, das jetzt aufhörte.

Sie konzentrierte sich, nahm das Paar der Miniaturkinder aus farbigem Glas in die Hand: »El ould, el bent!«

»Das ist zu einfach«, protestierte Hans lachend. »Das kenne ich doch schon alles ... der Sohn, die Tochter, der Vater, die Mutter ... Sag mal einen ganzen Satz!«

Mina, in der Rolle der Lehrerin, machte große, runde Augen und schaute verdutzt drein. Hans hatte die letzten Worte auf einmal so schnell gesprochen.

Touma war leise zurückgekommen. Sie hatte kurze Zeit auf der Schwelle gestanden und zugehört. Dann trat sie hinzu. Sie schaute Hans an. Dieser junge, hochgewachsene Mann von dreißig Jahren, mit seinem klaren, blauen Blick, könnte ihr Sohn sein. Wie Ali, er war so etwas wie sein Doppelgänger, nur in Blond.

Touma fuhr Mina lebhaft an, ihre Tochter, in Wirklichkeit aber ihre Enkelin, die seit drei Jahren bei ihr lebte. Hans hörte, wie Touma sie offenbar ausschimpfte, verstand aber nicht, weshalb. Mina erhob sich schmollend und versetzte den Figuren einen Tritt, so daß sie auseinanderflogen. Sie rannte zur Tür und verschwand.

»Ich will nich sie stört! Sie müde von Reise!«

Touma näherte sich ihm, bückte sich und schenkte dem jungen Mann energisch noch eine Tasse Tee ein. Sie setzte sich auf der Matratze ihm gegenüber, auf den gleichen Platz wie das Mädchen. Sie schaute den jungen Mann mütterlich und zugleich forschend an. Mit ihrem verkürzten, abgehackten Französisch, meist ohne Artikel und mit dem Verb häufig im Infinitiv, in einem Französisch, das auf dem Niveau der ersten Grundschulklassen stehengeblieben war, vermittelte die sechzigjährige Touma Hans, daß sie von sich erzählen wollte.

Hans gewöhnte sich recht schnell an ihren abgehackten

Sprachrhythmus und konnte dann dem Wandel und den Höhepunkten vergangener schwerer Zeiten folgen.

Zunächst beschrieb Touma Ali, ihren einzigen Sohn.

»Ich nur ein Sohn; zwei Tochter. Tochter verheiratet, eine in Algerien. Algerien, mein Land.«

Hans unterbrach sie: »Ich dachte, du wärst aus Marokko!«

»Aus Marokko oder Algerien, hier im Elsaß das gleiche.«

Sie beeilte sich mit ihren Erläuterungen. Mina war die Tochter ihres Sohnes Ali. Aber Minas Mutter, Toumas erste Schwiegertochter, war Marokkanerin. Ali hatte sich in eine junge Nachbarin verliebt, das war jetzt zehn Jahre her. Die Frau mit dem farbigen Kopftuch seufzte tief, ihre geschminkten Augen schlossen sich zur Hälfte.

Touma fuhr wieder hoch: »Ali wie du!« sprach sie weiter. »Sehr schöner Mann! Du blond, er schwarze Haare, große schwarze Augen. Ali schwarz!«

»Dunkel«, verbesserte Hans mit einem Lächeln.

»Wie du!« sagte Touma gerührt. »Mutter Mina aus Marokko: Ourdia. Mina spricht Marokkanisch. Mit ihr ich rede so. Wie Mutter ...« (Sie driftete ab, offenbar in schmerzliche Gedanken versunken, plötzlich suchte ihre Stimme wieder:) »Ihre Mutter fort mit Franzose. Ali gibt Mina mir. Mina meine Tochter!«

Es fehlte nur, daß Touma sich auf die Brust klopfte. Hans hörte geduldig zu. An welchem Punkt wurde die Frau mit dem farbigen Tuch, mit den geschminkten, großen Augen, dazwischen eine Tätowierung auf der Stirn wie ein Schmuckstück, wie eine Stickerei auf der Haut, wann wurde sie in die Vergangenheit zurückversetzt, die dreißig Jahre oder länger zurücklag?

»Algerienkrieg, du weißt?« fragte sie nach einem Zögern in ihrem belehrenden Ton. (»Er ist kein Franzose, der Freund der Nachbarin. Einem Franzosen hätte ich diese Frage nie gestellt, ich hätte nicht weiter ...«, dachte die Frau in ihrer eigenen Sprache.)

Hans konnte gerade zustimmend nicken, da fuhr sie schon

fort. »Ich 1960 gekommen ... Ali ist geboren im *douar*, zu Hause ... Sein Vater tot jetzt fünf Jahre ...«

Hans rauchte und ließ den Tee stehen. Rauchte und hörte zu, wie ein Besucher.

Woher plötzlich diese Erinnerung, ein Sommertag irgendwo im Süden Algeriens? Die Frau mit dem rostbraunen Tuch wirkte wie eine Statue: Wie durch ein Wunder strömte ihr Französisch geradezu aus ihr heraus, sie sprach flüssiger, es gab nur wenige Pausen, wenig Abgehacktes, vielleicht weil sie von ihren Verletzungen erzählte ...

»Eines Tages sind sie zum douar gekommen. Soldaten mit einem Leutnant, ein Spanier ... Der Name? Ich weiß sein Name ...« (Touma suchte, gab es dann auf.)

»Wir sind alle draußen, stehen in der Sonne. Der Leutnant ruft einen von uns: ›Amar! ... Aichi Amar!‹«

(Ihre Stimme wurde laut, Touma spielte die Szene:)

»Amar Aichi tritt vor. ›Und deine Frau‹, sagt der Leutnant. ›Sie ist hier, Leutnant!‹ Die Frau von Amar Aichi tritt vor in ihrer Djellaba. Mit der Hand zieht sie den Schleier vors Gesicht.

Ich« – Touma hatte wieder ihre sanfte, träumerische Stimme – »ich sehe den Schleier, er zittert, er bewegt sich. Es geht kein Wind. Die Frau hat Angst.

›Und deine Kinder?‹ fragt er, der Leutnant.

Zwei Jungen, ein Mädchen treten aus der Reihe. Gehen und stehen dann neben ihrer Mutter. ›Dein Fez!‹ sagt der Leutnant. Amar setzt den Fez ab. Amar ohne etwas auf dem Kopf.«

(Dann erläuterte Touma mit ihrer anderen, rauhen Stimme:) »Das ist nicht gut bei uns, ein Mann ohne Fez vor den Jungen! ... Der Leutnant nimmt den Fez. Vor uns zündet er sein Feuerzeug und verbrennt den Fez. Der Leutnant hat Pistole in der Hand!

›Deine Brieftasche‹, er schreit, er schreit, der Leutnant, Pistole in Hand! Amar holt dicke Brieftasche voll Geld heraus. Amar Aichi ist der Reiche im Dorf. Der Leutnant schreit:

›Los, Amar Aichi, eins, zwei, drei!‹ Der arme Amar marschiert alleine vor uns ...«

(Touma hatte sich halb aufgerichtet, ihre geweiteten Augen starrten ins Leere.)

Hans wollte ausrufen: »Genug! Hör auf!« Ihm fielen plötzlich die arabischen Worte ein: »Yakfi, yakfi, Lalla!« Er wollte sie ihr mit ernster, tiefbesorgter Stimme sagen. Er stand auf. Wollte ihren Arm berühren, sie aufwecken: »Schau dir den Tag heute an, es ist Frühling, die Sonne scheint!«

Touma hatte ihr Gesicht gesenkt. »Er hat in den Kopf geschossen, der Leutnant. Amar Aichi in den Kopf ... Die Frau, die Kinder, wir alle, haben uns nicht gerührt! Bis zum Abend in der Sonne stehen: vierzehn Familien, das ist der douar: Männer, Frauen, Kinder ... Stehen in der Sonne! ... Wir warten ... Er die anderen in Kopf schießen, dann uns ... Wir sagen, wir warten! ... Die Frau von Amar Aichi steht und weint, leise. Ich höre es. Die Jungen, ich weiß nicht ...«

Mit einem Ruck, wie ein Automat, erhob Touma sich. Sie stellte sich vor Hans hin, und ihr breites mütterliches Lächeln erhellte ihr sonnenverbranntes Gesicht, so daß sich die Tätowierung zwischen den Augenbrauen verzog.

»Du wie mein Sohn, du schön, du gut ...«

Touma entschuldigte sich nicht dafür, daß sie ihm ihre Erinnerungen aufgedrängt hatte. Sie bückte sich wie eine Dienerin, um die leere Teekanne und das Tablett aufzunehmen. An der Tür sagte sie mit verschwörerischem Lächeln: »Ich gehe hinauf. Sicher Mina ... zurück später ... Wenn stört ...« Sie machte eine Abschiedsgeste. Sie sprach wieder gebrochen Französisch. Der Wind der Erinnerung – aus dreißig Jahren – hatte sich gelegt.

Allein zurückgeblieben, legte Hans rasch, fast ohne auszuwählen, eine Platte auf. Es war Schubert, die Musik ihrer ersten Zeit, vor eineinhalb Jahren, das Ineinanderfließen von Melancholie und lyrischer Kraft, das sie verband ... Er legte sich auf die Matratze.

Er hielt die Augen auch noch geschlossen, als er hörte, wie das Mädchen wieder ins Zimmer schlüpfte; ein leises Scharren der Tür hatte es verraten. Er wußte, Mina setzte sich wieder in ihre Ecke, räumte ihre Figuren in die Schachtel und wartete mit ihrer endlosen kindlichen Geduld, bis die Musik von Schubert zu Ende war ... Hans wollte schlafen und erst aufwachen, so hoffte er, wenn Eve kam.

2

So habe ich sie angetroffen, Thelja, meinen Mann schlafend auf der Matratze im Wohnzimmer, mit seinen langen Beinen in der Sonne auf dem Fußboden. Und neben ihm, wie eine ergebene Bewacherin, meine kleine Nachbarin Mina. Sie hütete seinen Schlaf. Bei meiner Ankunft machte sie keine Anstalten zu gehen. Ich war bei meinen Verwandten plötzlich aufgebrochen, da ich mir sicher war, Hans würde zu Hause enttäuscht und allein auf mich warten. Ich kam völlig außer Atem an. In meiner Eile hatte ich Mina ganz vergessen! Ich nahm sie bei der Hand und brachte sie zur Tür. Sie wehrte sich nicht.

»Komm heute abend wieder, bevor es dunkel wird!« Ich gab ihr einen Kuß. In dem Moment wurde mir klar, daß Mina eine Art Doppelgängerin von Selma ist, die ich in Marrakesch zurückgelassen habe. Weil sie diese Rolle einnimmt, bleibt sie immer in meiner Nähe ... Eine weitere seltsame Übereinstimmung, Hans ahnt übrigens nicht, daß ich es weiß: An einem anderen Samstag traf ich sie beide an, und rat mal, in welcher Sprache sie sich unterhielten, ohne zu bemerken, daß ich hinter der halboffenen Tür stand? In marokkanischem Arabisch! Mina kann oder will nicht Französisch sprechen, nicht einmal in der Schule, wie man mir erzählte! Sie versteht alles, antwortet aber immer im arabischen Dialekt ihrer Mutter. Manchmal habe ich sie auch dabei ertappt, wie sie auf dem Hof oder im Treppenhaus mit den Nachbarskindern schwatzte: auf elsässisch! An jenem Samstag hörte ich also, wie Hans vor dem Mädchen – sie ist seine Lehrerin, wenn er am Wochenende kommt – Vokabellisten wiederholte ... und durch Zufall auch noch in der Sprache meines ersten Mannes und meines eigenen Kindes, das drüben geblieben ist!

Ich erzählte Hans nichts davon, daß ich ihnen beiden zugehört hatte. Ich stellte keine Fragen. Kurz nachdem ich hier eingezogen war, hatte er mir einmal in einem Anfall von Begeisterung angekündigt: »Ich werde mein Französisch schnell verbessern, das verspreche ich (und das hat er seither mehr als eingehalten), und ich werde sogar den Dialekt in Angriff nehmen!«

Ich höre noch, wie lebhaft er das ausrief. Ich hatte natürlich gedacht, er wollte sich im Elsässischen versuchen, was für ihn als Deutschen leichter war. Aber wie du siehst, Thelja, und ich bin immer noch völlig verblüfft, meinte er den arabischen Dialekt! Warum? Ich weiß es noch nicht ...

Ich geleite jedenfalls Mina überaus freundlich zur Tür.

Ich habe es eilig, und ich weiß nicht, warum. Diesmal habe ich zu sehr auf Hans warten müssen; ich bin zur Zeit ein wenig unruhig ... Er soll mich berühren, mit mir sprechen, mich aber vor allem berühren: In mir klingt noch nach, was meine Cousine Denise gesagt hat, auch was sie mit ihrem Schweigen sagen wollte, und das Geschwätz von David, der noch liebenswürdiger war als sonst. Aber wenn er mich ansieht, kann er sein Mißtrauen nicht ganz verbergen ... Ihre fünfzehnjährige Tochter ist verspätet aus der Schule gekommen. Sie lassen sie nicht aus den Augen, das stört mich. Die Kleinfamilie unter sich und ich daneben? Nein!

Ich wartete nur auf Hans, ich wollte zu ihm, aber nicht deswegen, nicht, um auch so eine Familie zu gründen! Wie eine Auster, die sich früher oder später in sich selbst verschließt ... Da habe ich mich rasch von meinen Verwandten verabschiedet. Ich will sie wirklich vergessen.

Endlich mit Hans allein sein! Aber der Mann liegt in seiner

ganzen Schönheit da und schläft! Und ich bin nicht Mina, die ihn stundenlang glühend anschauen kann.

Ich küsse ihn, damit er aufwacht. Ich will ihn für mich, für uns beide, oder diesmal vielleicht für uns drei. (Das Baby. Aber ich will es jetzt eigentlich auch vergessen!)

Hans ist noch nicht richtig wach, da nimmt er mich schon in die Arme, umschließt mich, trägt mich halb – ich bin schwer geworden, das muß er erst mal feststellen – ins Schlafzimmer.

»Ins Bett, Liebster, schnell ins Bett!« murmele ich mit geschlossenen Augen, und dir, Thelja, sage ich für eine ganze Weile: »Adieu!«

3

Sie lieben sich um drei Uhr nachmittags, der junge Mann mit den langen Beinen und den blonden, lockigen Haaren, die ihm in den Nacken fallen, und die rothaarige junge Frau, klein und schmal, mit dem Bauch einer fast im sechsten Monat Schwangeren.

Das Bett ist niedrig und steht auf einem älteren Teppich, der aus Istanbul oder dem marokkanischen Atlas stammt, die Schlafstätte nimmt fast den ganzen Raum ein. Vor der Balkontür bauschen sich in weiten Falten Vorhänge aus weißer Seide mit Satinstreifen in einem noch helleren Weiß. Die Sonne dringt durch das wehende Segel, aufgeteilt in zwei Bahnen, und läßt die beiden Körper aufscheinen, die sich suchen und vorsichtig vereinigen.

Sie hatten sich voll Ungeduld ausgezogen, die Kleider achtlos um sich geworfen, doch bevor sie sich hinlegen, halten sie plötzlich inne: Hans kniet einige Minuten lang vor Eves Körper nieder und versinkt in diesen Anblick. Seine Hände liegen auf ihren runden Hüften, man kann ihre Taille kaum noch sehen, das ist neu (»Warum?« wird er sie fragen). Auf einmal ist da der Bauch, er steht geradezu alleine für sich. Wenn sie so wie er kniet, ist nur das Gesicht der Geliebten vorhanden –

mit geschlossenen Augen und einem erwartungsvollen Lächeln –, und der Bauch, der sich zur Seite neigt, als wäre er losgelöst von ihr.

»Vorsichtig«, flüstert Hans, »sei ganz vorsichtig! Er ist in den letzten zehn Tagen mit einem Schlag gewachsen!« Er lacht.

Eve öffnet die Augen. Sie ist überrascht, daß Hans seine Ungeduld so zügeln kann.

»Das habe ich dir doch schon gesagt!« meint sie gelassen. »Ich spüre seine Bewegungen inzwischen fast jeden Tag!«

Erst heute begreift es Hans: Der andere lebt, ist einfach da. Oder schläft er? Zwischen ihnen, mit ihnen? Seine Hände fahren die runden, fließenden Linien ihrer Flanken nach.

Sie legen sich zusammen hin, er ist vorsichtig geworden, die neue Ängstlichkeit läßt jede seiner Gesten unsicher werden. Sie finden zueinander in den Rundungen, in der Umhüllung, in ihrem Blick, der jetzt von den feinsten Poren ihres Körpers ausgeht, von der Haut in der Taille, der Haut der Flanken, aus dem Zentrum, der Mitte ihrer Körper, wo das Fleisch angeblich blind ist, unbeweglich, weich, doch jetzt kann es sehen, sogar hören ... Dank der Antennen, die angeblich nichts aufnehmen, lernen die beiden sich wieder kennen (etwas Verletzliches ist zwischen sie getreten), ihre Hände bewegen sich darum herum, helfen, tasten, fühlen ... Sie suchen einander nicht, sie suchen das schlafende Kind, doch es schläft nur halb, es wartet auf sie, hinter der dünnen, schimmernden Wand ist es mit ihnen zusammen.

Es hört sie auch, das wird ihnen beiden plötzlich bewußt, vor allem aber Hans. Er war bisher bei der Liebe der Aktive, jetzt läßt er sich von den Schultern, den Beinen, den zarten Armen der Geliebten umschlingen, zieht sie wie eine Art Schutz um sich zusammen, bevor er die Hände zu diesem trächtigen Bauch auszustrecken wagt, diesen selbst seinen Platz suchen läßt, damit sein unsichtbarer Bewohner sie beide nicht behindert oder stört! ...

Eve macht ihm die Gesten vor, beruhigt ihn und gibt ihm Sicherheit: »Er ist da, Chéri! Natürlich hört er unseren Atem, unsere Musik, unser Keuchen, er spürt sogar unsere süße Mattigkeit … Hab keine Angst, wir stören ihn nicht, wir können ihn ruhig außer acht lassen!« Während Hans es bei seiner Rückkehr sonst immer so eilig hatte, läßt er sich jetzt Zeit, beschützt und umschließt den Körper der Geliebten, der nun mütterlich die Fülle trägt, die zwischen ihnen liegt.

»Bitte, Liebling, vergiß ihn einfach!«

»Ich will aber nicht!« versteift sich Hans verwirrt, dann dringt er endlich in sie ein, während sie auf der Seite liegt. Er stößt langsam vor, zieht sein Glied dann wieder zurück, dringt wieder in sie ein mit einem Stoß am Ende, entzieht sich erneut, bleibt ebenfalls auf der Seite liegen, während er an den anderen denkt, das halb schlummernde Kind, das sein Nahen wohl spürt (einen Aufprall, wie in den tiefsten Tiefen des Meers, ein Aufprall in Zeitlupe, in langsamen Wellen) – so besitzt er Eve mehrere Male, steigert den Rhythmus, der jetzt der ihre ist, und sie atmet schnell, sie stöhnt, sie haucht ein gedehntes Murmeln aus, ebenfalls wie unter Wasser, es steigt auf, über sie hinweg, es gibt nur noch diesen Gesang für den Mann mit seinem wieder zurückgezogenen Schwert, er, der vergessen in der Tiefe der mütterlichen Seen schläft, jetzt zählt nur noch die Stimme der Lust, die Hans und Eve in ihrer Vereinigung viele Minuten lang schaukelt, sie wiegt, ihr Bett gleitet zur Seite, unter die Segel aus Seide mit Satinstreifen, die ineinanderverschlungenen Körper fliegen darüber hinweg, hinaus, draußen ist es Nacht, in ihnen ist das Nichts, in dem Rhythmus, mit dem sie sich vereinigen und nicht mehr lösen, während der Bauch Eves sie zu führen scheint, während sein letzter Stoß sie zur höchsten Steigerung treibt. Seine Lust an ihrem Flug wird endlich frei, seine Lust, hervorgegangen aus einem langsam anschwellenden Beginn. Eves Stimme schwebt hoch oben, die Segel des Vorhangs fangen an zu tanzen, Hans gibt nach, aber seine Arme halten noch Eves Flanken und Bauch, den er sucht und betastet.

Sie löst sich mit einem Mal von ihm und dreht sich zu ihm hin. Sie schaut ihm ins Gesicht. Er mustert sie, als wäre er in zu grellem Licht erwacht. Sie hat die Augen geschlossen, ist von vorn eng an ihn geschmiegt.

»Ich bitte dich«, ächzt sie mit rauher Stimme.

Ihr gleichsam blindes Gesicht direkt vor ihm, allein die Hände bitten um den Samen. Sie will sein Sperma. Sie benetzt ihre Hände damit. Langsam bestreicht sie ihren Bauch, ihren ganzen Bauch. »Er soll auch etwas haben«, flüstert sie und öffnet die Augen. Eve ist befriedigt. Sie streicht über ihren feuchten Bauch.

Sie redet nicht mehr. Plötzlich fängt sie an zu weinen.

»Endlich bist du da! Endlich!«

Sie haben die Tür zum Schlafzimmer geschlossen. Sie rühren sich nicht. Hans holt nur etwas zu trinken aus der Küche, für sie und für sich.

Mit nacktem Bauch, der jetzt trocken ist, auf dem Rücken liegend, schaut sie den jungen Mann mit den langen, gebräunten Beinen an, als er zurückkommt.

Danach reden sie über alles, was sich in der Woche ereignet hat, über Kleinigkeiten. Hans will gerade erzählen, wie sein Vormittag verlaufen ist – warum er nicht früher wegkonnte, da war diese Vortragsreihe auf Rheinausflugsdampfern ... Da hält sie ihm mit ihren Fingern den Mund zu. Die Sonne scheint jetzt wieder hell ins Zimmer.

»Nimm mich noch einmal!« bittet sie sanft. »Du siehst selbst, es klappt immer: Jedesmal, wenn wir uns tagsüber Zeit füreinander nehmen, scheint draußen hell die Sonne! Sie grüßt uns!«

Nachdem er getrunken hat, umarmt und streichelt er sie.

»Auch wenn es nicht so toll sein sollte wie gerade eben«, seufzt sie. »Um dich noch einmal in mir zu spüren ...«

Auch Hans ist ausgehungert. Zweimal während der letzten Woche war er abends bei der Rückkehr in die Junggesellenwohnung versucht gewesen, sofort wieder aufzubrechen und drei Stunden im Auto durch die Nacht zu rasen, um Eve zu sehen. Um sie zu lieben bis zum Umfallen, und danach, kurz bevor es hell wurde, wieder loszufahren! ... Zweimal in dieser Woche.

Er nimmt sie in die Arme, nach diesem neuen Ritual, das sie erst heute erfunden haben. Der Ernst der Hände, das bedachte Innehalten vor ihrer Leibesfülle, die ihnen neue Stellungen aufdrängt. Er wird nicht mehr auf ihr liegen, das wird er nicht mehr wagen. Sie könnte natürlich auf ihm sitzen wie eine Reiterin, aber davon würde sie zu schnell müde werden ...

Er dreht Eves Körper langsam herum. Ohne den zarten, beweglichen Bauch zu beachten, der vielleicht mit ihnen verbündet ist, nimmt Hans Eves Gesicht in seine Hände.

Nur das Gesicht: seine Züge, die Augen, die Wölbung der gesenkten Lider, die unaussprechliche Grazie der geschwungenen Augenbrauen, die Wangen, die man mit den Fingern nachbilden kann ... Er würde gerne mit seinem erregten Geschlecht diese Züge nachzeichnen, dieses Gesicht in seiner anrührenden Harmonie neu schaffen, genauso, mit gesenkten Lidern, wie Eve sich jetzt in sich zurückgezogen hat, gerade noch bereit für ihn. Er betrachtet die vom Dämmerlicht beschienene Haut des Gesichts, dann umrunden seine Hände, seine Lippen es langsam, hinauf und hinunter, die Maske der Frau, die nicht schläft, die wacht und in sich langsam das Begehren aufsteigen spürt, dann trinkt er sie, er hat diesmal den anderen vergessen, der in seiner vorläufigen Nacht schläft, er benetzt Eves Mund mit seinem Speichel und umschließt ihn heftig, raubt ihr fast den Atem in seiner Begierde, sie zu ersticken, sie für sich allein zu öffnen, dann läßt er sie frei, läßt sie atmen, aber in seinen Mund, der für sie halboffen ist, trinkt sie wieder, bittet, daß sie ihm ihre Augen öffnet, ihren Wasserblick, ganz nah an seinen Wangen, damit sie beide zugleich blind werden, er streicht mit der Zungenspitze über ihre Wimpern, fährt weiter, ihre Hände um seinen Hals. Als seine Handflächen, die schneller sind als sein Mund – dieser ist noch nicht viel weiter geglitten –, Eves Brüste erreichen, die vertrauten Rundungen, deren fließende Form und Weichheit er kennt, schließt er nun die Augen – sein Gesicht am Hals der Geliebten verborgen –, da machen seine heißen Handflächen plötzlich eine Entdeckung – offenbar ist es der Tag der Entdeckungen! – »Deine Brüste sind größer geworden, ich kann sie nicht mehr mit einer Hand umfassen, dein Busen …« Seine Stimme drückt nur die Überraschung seiner Hände aus: Eves Brüste quellen über seine großen Hände. »Sie sind voll mit der Milch, die sicher bald kommen wird!« gesteht sie und flüstert: »Manchmal spannt die Haut!« Da ist er ängstlich und aufgebracht: »Die Brüste sollen für den Kleinen sein, der kommt und quäkt!«

Sie lacht: »Nimm sie ruhig, hab keine Angst, befühl sie, zeichne sie nach, sie sind groß geworden, größer als deine Hände! Sie gehören dir, dir allein, das verspreche ich.« Er trinkt die leicht dahingesagten Worte geradezu von ihren Lippen.

Hans liebkost wieder die Brüste, er möchte den Bauch und das Becken vergessen. Er kauert sich nieder und beginnt Eve, angefangen bei den Füßen (sie gehören mir) und den Zehen (gehören mir allein, wenn du vor mir herschwebst, bei Tag und bei Nacht), zu küssen – ich überlasse dem Kleinen natürlich die Schenkel (damit er einmal darauf sitzen kann), das Becken (er bewohnt es bereits) – aber nicht die Brüste, versprich mir, und zwar jetzt, daß du den Kleinen nicht stillst, sag es mir zu, gib nach, ich bin der Stärkere, ich habe Vortritt vor jedem Neuankömmling! Und ohne die Antwort abzuwarten, trinkt er den Speichel aus ihrem Mund, er erstickt sie geradezu, er will ihre Worte nicht hören, denn sie sind zwiegespalten, es sind die Worte der Geliebten, aber auch der künftigen Mutter. Dann holt er wieder Atem, jetzt sind wir also nicht mehr zu zweit, sondern zu dritt.

»Komm in mich, ich halte es nicht mehr aus!« stöhnt sie.

»Du, nur du allein«, verspricht sie, als er nach ihren Brüsten greift.

Er will sich auf sie legen, ohne auf den Bauch Rücksicht zu nehmen, mit dem Risiko, den Kleinen zu erdrücken oder ihm zumindest weh zu tun. Er hält sich zurück und fragt sie noch einmal: »Versprich mir, ›du, nur du allein‹!« Sie bittet ihn mit den Händen, den Schultern, den Brüsten, sie schmiegt sich an ihn, sie möchte ganz von ihm erfüllt sein, nur von ihm, selbst wenn er auf ihr liegt, es geht ihr nur um das Ausgefülltwerden, dieses langsame innerliche Eintauchen, das Emporsteigen. »Schnell, meine Ohren dröhnen!« fleht sie. Hans zögert noch, welche Stellung soll er wählen, damit der Kleine nicht … Er hat nicht mehr soviel Geduld wie bei ihrer ersten Vereinigung, nur einen Rest Vorsicht für sie beide, für alle drei. Er will, egal mit welchem Risiko, auf ihr reiten, in einem geschwinden, heftigen Ritt! Aber er legt vorsichtig ihre Beine um, so daß ihre Knie den ganz auf der Seite liegenden Bauch schützen, er gleitet mehr unter sie, um nur in sie einzudringen, nur in sie allein, die durch mehrere seiner Stöße geschüttelt wird, die immer kürzer, kräftiger, rhythmischer werden. Eve singt dieses Mal nicht, ihr Stöhnen kommt diesmal stoßweise, seine Lust steigert sich allmählich, er sieht Sternchen und löst sich auf, sie murmelt, »mein Palmsaft«, sie denkt dabei an das Sperma, das in ihr aufsteigen, sie überfluten wird. Mit ineinanderverschlungenen Armen versinken sie und fliegen, zerspringen beinahe.

Sie keuchen immer noch, ohne voneinander zu lassen. Diesmal ist es er, der, während er wieder zu Atem kommt, die Hände mit Sperma füllt, um Eves Beugen an der Leiste zu benetzen. Auch sie nimmt, ruhig atmend, von dieser weißen, flockigen Flüssigkeit, reibt sich damit ein, lächelnd, mit aufgehenden Brüsten. Ihre Augen glitzern: Vor ihm mit gekreuzten Beinen sitzend, massiert sie sich langsam vor seinen Augen und für ihn.

Er läßt sich zwischen ihre Beine gleiten und hilft ihr, nun selbst der Bildhauer. Sie läßt es geschehen, hingegeben und wohlig …

War es, weil die Sonne sich aus dem Zimmer zurückgezogen oder weil Hans sich schließlich neben sie gelegt hatte und vielleicht – sie war sich nicht sicher – eingeschlafen war?

Waren die Stimmen in diesem Moment – nach der langen Lust in zwei so verschiedenen Akten – wiedergekommen, die Stimmen vom Vormittag, die sie verfolgten, die Stimmen der Cousine und ihres Mannes und die Stimmen der anderen, aus der »Familie« von einst, vor langer Zeit, all die schrill oder hohl klingenden Stimmen, die Gespensterstimmen, wie sie diese bei sich nannte, und hatten sich einschmeichelnd um ihr Bett geschart?

Schlief Hans? Nein ... Er träumte vor sich hin, von ihrem Kind, sie wollte nicht wissen, ob es ein Junge oder ein Mädchen war, Hans hatte noch nicht gewagt, einen Vornamen vorzuschlagen, einen Namen, der ein Mädchen- oder ein Jungenname zugleich sein könnte ... Er träumte bestimmt von ihnen dreien, nachdem sie zum ersten Mal zu dritt Liebe gemacht hatten, während das Kind, das zwischen ihnen schlief, sie zugleich trennte und bereicherte ... »Hans!« rief sie verängstigt, fast in höchster Bedrängnis, aber sie wußte noch nicht, warum.

Er antwortete nicht. Aber er rauchte auch nicht.

»Hans?«

»Ja«, erwiderte er ruhig, und seine Hand suchte sie, um über ihre Lippen, ihre Wangen, ihre Haare zu streichen. »Eve ist wirklich da«, sagte er sich wohl, erschöpft wie er war.

»Ich denke ...« begann sie (da fiel ihr auf, daß sie fast mit der Stimme der Cousine sprach), dann holte sie wieder Atem, vertrieb die fremde Bemerkung, zögerte erneut, setzte wieder an: »Hans?«

»Ich bin hellwach und höre dir zu!« ermutigte er sie.

»Wenn es ein Junge ist, werde ich am siebten Tag ...«

Er wartete. Sie begann wieder: »Ist meine Stimme wirklich meine eigene oder die Stimme der anderen? Am siebten Tag«, fuhr sie lauter fort. (Leicht näselnd führte sie den Schwung des begonnenen Satzes weiter, wagte es jetzt auszusprechen.) »Also, wenn es ein Junge ist, lasse ich ihn am siebten Tag beschneiden!«

Hans sagte nichts, sah sie nicht an, streichelte sie nicht

mehr. Er suchte wohl nach einer Antwort, um die Situation zu entkrampfen, nach einem überzogenen Vergleich, der leicht ironisierte, was sie gesagt oder wie sie es gesagt hatte: In ihrer Stimme schwang gleichwohl ein Erschrecken mit, »lasse ich ihn beschneiden«, doch der Ton klang gegen Ende entschiedener. Hans hatte plötzlich genug von dem Eindringling, der zwischen ihnen stand, ohne wirklich anwesend zu sein!

»Wenn es ein Junge ist«, erwiderte er, und die Antwort (ein Witz?) ging ihm noch einmal durch den Kopf. (War er wirklich der Vater, wie konnte er Vater sein, er war der Erzeuger, danach aber eher ein Abwesender, vielleicht gar jetzt selbst der Schlafende? ... Sie war die Mutter, die Maaama, sie und der Winzling würden unzertrennlich sein, schon jetzt gab es ein ganzes Programm von Ritualen und Zeremonien. »Sie und er«, grummelte Hans, der nicht Vater sein wollte, er grinste, über sich, über alle anderen.)

»Wenn es ein Junge ist«, begann er erneut – endlich kam die Antwort –, »wirst du wahrscheinlich, als gute jüdische Mutter, die Vorhaut essen?«

Stille im Raum. Bleiern, wie man sagt. Im Zimmer der Liebe war es grau geworden. Die beiden Körper lagen nebeneinander, noch nackt. Sie wußte, sie hatte mit der Stimme der Cousine gesprochen, die durch die Augen ihres Mannes gefiltert wurde, vielleicht wurde sie auch beleuchtet vom traurigen Lächeln ihrer Mutter, die gestorben war und nicht in Tebessa beerdigt werden konnte, oder vom starren Blick ihrer Großmutter, die sie vergessen hatte, und die auch in Tebessa gestorben war und dort begraben lag.

Dieser Deutsche hatte gesagt, »als gute jüdische Mutter«! Er hatte es gewagt. Gewagt, er?

Sie kniete hin und blickte um sich. Das Licht von einem ausgewaschenen Grau, die Sonne verschwunden, drinnen wie draußen.

»Was sagst du da?« (Ihre Stimme stieg in die Höhe und überschlug sich am Ende fast. Eine geliehene Stimme. Sie keuchte einen Moment, dann rief sie sehr laut:) »Über wen machst du dich lustig?«

Hans wollte es zurücknehmen. Er wandte sich der Frau zu, die wenige Minuten zuvor noch seine Geliebte gewesen war. Er stellte sich der feindseligen Stimme: »Ich wollte dich nur necken, das ist alles.«

»Machst du dich etwa über uns beide lustig?« (Jetzt schrie sie, sie hörte sich schreien.) »Ausgerechnet du! Wirklich du?« (Sie schluchzte nicht, sie schrie!)

Plötzlich setzte sie sich ihm gegenüber, ihr Gesicht lief purpurrot an. Sie musterte ihn mit starren Augen (in ihr klang die Litanei: »Wirklich du? Du?«). Sie hob ihren Arm. Mit einer Wucht, die sie sich selbst nicht zugetraut hätte, gab Eve Hans eine Ohrfeige.

Er saß nur halb aufgerichtet, dennoch kam er einen Moment ins Wanken.

Er ergriff sie am Handgelenk, ihre Hand lag immer noch an seiner Wange. Sie hatte viel Kraft in den Fäusten.

Eine lange Minute kämpften sie Leib gegen Leib. Eve verlor fast das Gleichgewicht und fiel auf ihn, mit wütenden Augen und verzerrtem Gesicht.

Sie kämpften weiter, doch die Hitze und der Haß waren vorbei, ein unergründlicher Starrsinn trieb sie jedoch bis zur Erschöpfung. Es dauerte noch eine weitere lange Minute, während der ihr Atem ganz nah beieinander ging ... Endlich ließ Hans ihre Hand los.

Ruhig geworden, meinte er sanft, aber mit einem Rest von Erregung oder auch Ironie: »Willst du mich nun auf die andere Wange schlagen? Ich bin aber nicht Jesus, ›my love‹!«

Seine letzten Worte waren Englisch, wenigstens ein neutrales Terrain, ein winziger Raum, eine ganz kleine Ausweichspur der Hoffnung, »my love«, zwei Worte, die immer galten, da sie von einem anderen Ufer herüberwehten ...

Sie hatte die Ironie herausgehört: »Ich bin nicht Jesus!« Sie hatte verstanden: »Schlag noch mal zu! My love, my sweet love! ...«

Eve brach in Tränen aus. Schluchzer, die sich seit dem Morgen in ihr angestaut hatten, die ganze Woche über hatten sie in ihr geschlummert ... Sie hatte ihre Hand langsam zu ihrem Gesicht zurückgenommen. Sie schaute sie jetzt an, als wäre sie ihr fremd. Diese Hand, ein Ruder oder eine Keule? Habe ich mit ihr wirklich schon so oft gestreichelt? Habe ich mit ihr meinen Liebsten geschlagen? »I would like my love to die!« Warum fiel ihr diese Zeile eines irischen Dichters gerade jetzt ein und nicht früher? ... Warum lebten sie ihre Liebe nicht in Irland? Warum nicht auf dieser Insel, oder auf sonst irgendeiner, sondern in dieser Stadt (die selbst eine Insel in der Ill bildete)? Wo Eve gehofft hatte ... alles vergessen zu können? Mein Tristan überquert jede Woche den Fluß, und ich bin plötzlich zur Isolde geworden, aber nicht zur echten, sondern zur falschen, zu der mit den weißen Händen. Den feindlichen Händen!

Eve schluchzte. Sie sprach zu sich selbst: »Was ist nur in mich gefahren? Schon gestern war ich so nervös, hatte Angst, und heute diese Eile ... Dabei fühle ich mich so erfüllt von dir, reicht mir die ganze Lust denn nicht? Sie hat offenbar ein verborgenes Gift nicht abtöten können ... Du machst Scherze, und ich schreie ...« Sie rang ihre Hände. (Sie dachte an die falsche, lügnerische Isolde, durch die das Unglück geschieht, doch war sie auch die andere, die echte, liebende Isolde, die an der Liebe stirbt, oder sich zumindest in eines der vielen Klöster von Straßburg einsperren läßt, das hatte sie sich sogar im letzten Jahr vorgenommen, sie hatte es an Thelja geschrieben ...)

Sie murmelte: »Wenn dir etwas geschieht, was wird dann aus mir?«

Hans hatte sich über sie gebeugt und ihr die Hand auf die Lippen gelegt: »Pst!« sagte er zu ihr. »Sprich nicht mehr. Man vergißt schnell.« Und er fügte flüsternd drei oder vier Worte eines Gedichts auf Deutsch hinzu.

»Was sagst du da?« wisperte sie, sie wußte nicht, wie es kam, daß sie wieder in seinen Armen neben ihm lag.

»Nichts, sag nichts mehr ... Nachher ... Laß dich von mir wiegen und trösten!«

Kurz darauf hörten sie Mina an die Tür klopfen, in kurzen regelmäßigen Stößen, die immer lauter wurden.

»Wir sagen nichts! Sie wird müde, und dann geht sie wieder. Bleib liegen. Schlaf, ich behüte dich, wenn du willst, wenn du kannst. Das Kind bist jetzt du, und nicht das Mädchen vor der Tür.«

Hans murmelte noch an ihrem Nacken, unter ihren Haaren, er wiederholte zarte Worte für die Augen, die zufielen, für die Wangen, die von einem letzten Weinkrampf erschüttert wurden, für die Lippen, die endlich weniger hart zusammengepreßt waren, und für ihren Atem, der wieder regelmäßig ging.

Mina hatte sich hinter der Tür zusammengekauert. Sie war eingeschlafen.

4

Mitten am Nachmittag kündigte Thelja am Telefon ihr Kommen an.

»Ich werde heute abend mit dir essen, das heißt, mit euch! ... (Eine kurze Pause.) Wir sind zu zweit, François und ich.«

Eve brach in schallendes Gelächter aus: »Siehst du!« sagte sie fröhlich, »jetzt weiß ich endlich seinen Namen, François und auch du, ihr seid beide herzlich willkommen! ... Ich sage dir, wer noch dasein wird. Hans natürlich, er ist vorhin aus Heidelberg eingetroffen ... Dann habe ich noch zwei Freundinnen eingeladen: Jacqueline, sie ist die ›gute Fee‹ von Hautepierre, und Irma. Irma ist Logopädin und ziemlich schüchtern. Ich bin nicht sicher, ob ihr die paar Leute nicht Angst einjagen werden. Sie will noch einen Freund mitbringen.«

Dann ließ Eve sich von Theljas Spaziergang außerhalb der

Stadt erzählen. »Kommt nicht so spät«, ermahnte sie ihre Freundin beim Auflegen.

Vor dem Fenster ging der Tag langsam zu Ende: Eve und Hans waren nicht draußen gewesen wie sonst bei jedem ihrer Wiedersehen. Gleich nachdem sie aus dem Bett, das noch die Spuren ihrer Liebe trug, aufgestanden waren, verspürten sie einen Drang nach Weite, nach dem Geräusch der Leute. »Laß uns hinausgehen und ein wenig durch die Straßen der Altstadt laufen, ich habe das Gefühl, daß sie endlich zu unserer Stadt wird!« sagte Eve begierig und froh, daß sie jetzt ihren Geliebten am Arm haben würde.

Diesmal sollten die Freunde schnell kommen! Damit sie vergessen würde, nicht das Kind, das sie trug, sondern die Erinnerung an ihren seltsamen Gewaltausbruch und an ihre nun verrauchte Wut, diese wegwischen oder hinunterschlucken, für später, wenn sie wieder allein wäre, all die Tage und Nächte …

Sie kehrte in die Küche zurück, wo Hans, die Hände bis zu den Gelenken im Mehl, einen selbstgemixten Teig knetete.

Er bestand darauf, Ravioli nach einem ungewöhnlichen Rezept selbst herzustellen. »Ich tue, als wäre ich … (er suchte das passende Wort:) ein Experte, heißt es so? Ein Experte für italienische Küche, genauer gesagt, der Küche aus Kalabrien!«

Und Eve legte ihre Arme um seinen Hals, während er weiterarbeitete: »Ich möchte dir ein Gedicht aufsagen, das ich diese Woche gelernt habe, es hat mich sehr ergriffen.«

»Ich höre dir zu«, antwortete er, war aber ganz mit seinen verklebten Händen und dem Teig beschäftigt, der vielleicht etwas zu flüssig geraten war.

»Derart von Leidenschaft zu dieser wohltuenden Geliebten ergriffen, mußte ich, von Erguß und schwankender Geilheit nicht verschont …«

Hans hielt in seiner Arbeit inne und wandte sich Eve zu, sein Mund an ihrem Mund, denn sie hielt ihn immer noch umarmt: »Bist du der Mann in diesem Gedicht, bist du der Liebhaber?«

Sie wollte weitersprechen, legte einen Finger auf seine Lippen, damit er sie nicht verwirrte, sie zögerte und suchte:

»... und schwankender Geilheit nicht verschont, mußte ich, mußte auch nicht sterben in solcher Heimlichkeit ...« Sie hatte den Faden verloren. Sie setzte erneut an:

»Besonders als ich den zweiten Satz lernte, habe ich an dich gedacht:

Die Nächte voll wilder Neuheit ...«, sie brach wieder ab.

Hans, die Finger voll Teig, nahm die Zeile auf: *»Die Nächte voll wilder Neuheit ...«*

»Ich habe den Rest vergessen«, gestand Eve traurig. Dann fügte sie herausfordernd hinzu: »Weißt du, warum ich so ergriffen war?«

Hans, immer noch mit verschmierten Händen, wartete. Eve schaute ihn an, ihr Gesicht lebhaft: »Es ist das letzte Gedicht von René Char, ›Lob einer Verdächtigen‹. Weißt du, er war einundachtzig Jahre alt, als er das geschrieben hat. Zwei Monate danach ist er gestorben.«

»Das war dann also im vergangenen Jahr.«

»Die Nächte voll wilder Neuheit«, wiederholte Eve, ihre Augen blickten jetzt ins Leere: »Der alte Mann hat noch die Nächte eines jungen Mannes erlebt, wahrscheinlich war es Liebe auf den ersten Blick. Der Glückliche!«

Hans hatte sich wieder dem Kochen zugewandt.

»René Char müßte ›König René‹ heißen.«

Hans bearbeitete den Teig, dann war er fertig, wusch sich die Hände und ließ ihn eine Weile ruhen.

Eve sprach weiter: »Zur Zeit der Résistance gegen die deutsche Besatzung hatte König René bei den Partisanen in Innerfrankreich einen anderen Namen, kennst du ihn? (Sie lächelte.) Meine Freundin Thelja, die du heute abend kennenlernen wirst, achtet immer auf solche Einzelheiten ... Als Freiheitskämpfer hieß René Char Alexandre.«

»Da wir gerade im Elsaß sind«, bemerkte Hans, »ich

glaube, im Jahr 1939 oder 1940 war Char Soldat … und zwar genau hier! Nicht direkt in Straßburg, aber auch nicht weit von hier entfernt.«

Eve lächelte ihrem Liebsten zu. »Jetzt ist das Gewitter wirklich ganz vergessen, dabei ist es kaum zwei Stunden her«, sagte sie sich erleichtert.

Jacqueline traf als erste ein, den Arm voller Flieder. Die Vierzigjährige, Kulturbeauftragte der Straßburger Vorstadt, und der Theaterliebhaber Hans mochten sich gerne.

»Den ganzen Nachmittag war ich bei der vorletzten Probe meiner Jugendlichen. Morgen ist noch eine, dann die ›Kostümprobe‹ am Freitag. Wenn alles gutgeht, können Sie nächstes Wochenende zur Generalprobe kommen.«

»Lerne ich sie dann endlich kennen?« fragte Hans, als Eve den Tisch deckte.

»Das Mädchen, das Antigone spielt?« warf sie ein, während sie den Fliederbusch auf zwei Vasen verteilte.

»Ja, Djamila …« (Jacqueline war etwas verunsichert.) Ich weiß nicht, ob ihre Statur nicht befremdend wirkt. Sie ist nicht sehr zart gebaut, Djamila ist sogar ziemlich pummelig … und laut und heftig …«

»Antigone muß ja heftig sein …« (Hans suchte nach Worten), »ja, unerbittlich!«

Jacqueline versuchte sich selbst zu beruhigen. »Sobald Djamila ihre Stimme erhebt, stellt sie einen Charakter dar! Ich war mir eigentlich ziemlich sicher bei unserer ›Feinarbeit‹!«

Nachdem der Tisch gedeckt war, stellte Eve Kerzen auf die übrigen Tische. Die beiden anderen Paare trafen fast gleichzeitig ein: Irmas schwarzer Haarknoten verlieh ihrem Gesicht eine besondere Aura, ein Kleid aus dunkelgrünem Samt brachte ihre üppige Figur zur Geltung, sie hatte ein sehr sanftes Lächeln. Sie wurde begleitet von Karl, der etwas jünger war als sie.

Gleich danach erschien Thelja, mit kurzen Haaren, in Hosen und einem leichten Oberteil, am Arm von François, einem reifen, hochgewachsenen Mann mit kaum einem Lächeln im Blick.

»Das ist François.« (Thelja stellte ihn Eve vor.)

Dann überließ sie ihn sich selbst und fing sogleich ein Gespräch mit Hans an, der sich vor ihr verneigt hatte – sie fand ihn sehr gutaussehend. Ihr fiel sein holpriges, gedehntes Französisch auf, in dem er ohne Zögern drauflossprach. Er erzählte von Touma, der Nachbarin. »Sie kommt, glaube ich, aus Ihrem Land, ich hielt sie für eine Marokkanerin ...«

Sie setzten sich dann alle um die brennenden Kerzen herum, Eve und Thelja, einander gegenüber, lächelten sich immer wieder liebevoll zu.

Irma saß nicht neben Karl, der ein Gespräch mit François begonnen hatte. Die beiden kannten sich offenbar. »Anscheinend stammen sie als einzige aus Straßburg«, stellte Thelja fest. »Vielleicht noch Jacqueline ...«

Hans servierte stolz das Essen. Mit jungenhafter Eitelkeit nahm er die zahlreichen Komplimente entgegen. Beim Dessert legte Jacqueline Musik auf. Die Gäste erhoben sich und verteilten sich in der Wohnung.

Hans und Thelja standen am Fenster, als Stadtplaner interessierte er sich für ihre Eindrücke von der Stadt und fragte sie danach.

Thelja ertappte sich dabei, wie sie nicht von den Straßen sprach, die sie morgens durchstreifte, oder von den mittelalterlichen Skulpturen, an denen sie sich auf ihren Spaziergängen nicht satt sehen konnte. Sie sprach von der Belagerung im Jahr 1870, die so etwas wie ein Autodafé zahlreicher wertvoller Bücher und unrettbar zerstörter Kunstwerke war, von der Bombardierung in jener Augustnacht ... Sie kam auf die Handschrift der Äbtissin Herrad zu sprechen und auf das Original, es ist »unwiederbringlich zerstört«, was sie geradezu verfolgt!

Hans fragte überrascht: »Warum beschäftigen Sie sich mit

dem Verschwinden, man könnte auch sagen, der Leere? ... Warum denken Sie nicht an das, was sich verändert, an das, was geblieben ist trotz der Kriege, wenn auch in anderer Form?« Er schlug Thelja und François vor, der hinzugetreten war, einmal die große Halle zu besuchen, in der die Statuen der Stadt restauriert und gereinigt wurden.

»Das ist bei den Befestigungsanlagen von Vauban.« Und an François gewandt: »Sie sollten mit ihr hingehen, es ist sehenswert ... surrealistisch!«

»Die Statuen?« wunderte sich Thelja.

Eve hatte darauf geachtet, daß die Gruppen sich von selbst zusammenfanden. Sie unterhielt sich mit Irma und Karl, einem Musikwissenschaftler, der schon lange in Straßburg arbeitete. Eve erinnerte daran, daß sie Irma am Montag nachmittag in ein Dorf begleiten würde, das etwa eine Stunde von Straßburg entfernt war.

»Ja, am 18. März«, bestätigte Irma etwas tonlos.

Karl stellte keine Fragen. Irma hatte ihn auch nichts gefragt. Er bemerkte den vertrauten Umgang zwischen der so jungen Gastgeberin und Irma, mit der er am liebsten jeden Tag verbringen wollte.

Eve wandte den Kopf. Sie hatte gerade gehört, wie François Thelja am anderen Ende des Zimmers gerufen hatte.

»Schnee«, hatte François halblaut gerufen.

Irma und neben ihr Eve wunderten sich beide: »Schnee?«

Thelja erklärte es, während sie sich zu ihnen gesellte: »So nennt er mich, das heißt, seit er weiß, was mein Vorname bedeutet – er wollte es unbedingt wissen.«

François, Karl und Hans standen zusammen.

Eve brach in ein anhaltendes Gelächter aus: »Jetzt kenne ich dich seit mindestens fünfundzwanzig Jahren, und nie – dabei verstehe ich doch genug Arabisch! – ist es mir in den Sinn gekommen, daß dein Vorname eine besondere Bedeutung haben könnte!« (Sie legte ihren Arm liebevoll um die Freundin.) ... »Da muß erst dieser Mann kommen!«

Das Gespräch glitt ab zur Frage, ob es in Algerien Schnee gab, etwa in der Kabylei oder dem Aurès.

Eve nahm das Thema wieder auf: »Thelja ist eigentlich ein sehr seltener Name. Ich dachte immer, er sei Berberisch und nicht Arabisch!«

»Nun«, lächelte Thelja traurig, »du hast doch meine Mutter kennengelernt, du hast sie ab und zu gesehen ... drüben, bei uns zu Hause!«

»Ja, natürlich ...«

»Sie hat mir diesen Namen gegeben. Ich habe es erst viel später verstanden, mit schon fast zwanzig. Übrigens etwa zur gleichen Zeit, als du fortgingst.« (Sie schwieg und träumte einen Augenblick. Ihr Gesicht verdunkelte sich.) »Mein Vater war bei den Freiheitskämpfern. Ich dachte, daß er wie viele andere in manchen Nächten ins Dorf zurückgekommen war ... (Sie fügte noch leiser hinzu: »Ich wurde 1959 geboren, mein Vater fiel im Kampf, drei Monate vor meiner Geburt, immer noch in den Bergen.«) Aber bei meiner Mutter war das anders gewesen, es war Winter, ein harter Winter, eine Alte kam, um meine Mutter zu holen, und nahm sie mit über die nahe gelegenen Berge ... Sie blieb dann, ich weiß nicht, wie lange, zwei oder drei Nächte, in einer Höhle mit meinem Vater zusammen! ... Als sie schwanger wurde, schien sie sich zu genieren ... aber die Frauen (mein Vater war Kommandant einer Einheit aus unserer Gegend) beglückwünschten sie von Herzen ... Meine Großmutter erzählte mir, als ich noch ganz klein war: ›Mein Trost ist, daß mein Sohn noch, kurz bevor er als tapferer Soldat im Kampf starb, erfahren hat, daß seine Frau ihm einen Stammhalter schenken würde!‹ Das ist kein Scherz, das hat meine Großmutter mir, die ich die einzige Tochter und von Geburt an vaterlos war, stolz verkündet! Ich war damals fünf oder sechs Jahre alt!«

Thelja hing ihren Gedanken nach, mit verlorenem Blick. Jacqueline, die sie von weitem beobachtete, sagte sich, daß die Stimmung der Antigone-Probe anhielt, daß sie hier ein seltsames Echo fand.

»Und was hat der Schnee dabei zu bedeuten?« fragte Irma mit ihrer sanften Stimme.

Theljas Gesicht hatte sich verhärtet. Sie antwortete nicht gleich, sie schaute Irma an, als brauchte die Frage Zeit, um bis zu ihr durchzudringen.

François beobachtete sie: »Diesmal erinnert sie sich vor allen anderen an die Vergangenheit, aber es ist nicht wie in meinen Armen. Immerhin spricht sie darüber, das wird sie befreien«, sagte er sich.

»Der Schnee«, setzte Thelja wieder an und lächelte dabei Irma vertrauensvoll in ihr schönes, mütterliches Gesicht: »Meine Mutter kam nach drei oder vier Nächten aus den Bergen zurück. Ich weiß, daß sie meinen Vater danach nie wiedergesehen hat. Sie erhielt manchmal noch Nachrichten durch die Alte, die ihre Botin war. (Ich habe sie ein einziges Mal gesehen, kurz bevor sie starb: Sie lag halb gelähmt auf einem Strohsack, ich war damals etwa zehn Jahre alt ... Die Dorfbewohnerinnen wechselten sich Tag für Tag in der Pflege ab.)«

Schweigen trat ein, Thelja unterbrach es erneut: »Meine Mutter war, glaube ich, enttäuscht, daß ich kein Junge war. Als meine Großmutter sich fragte: ›Wie sollen wir das von Gott geschickte Waisenmädchen nur nennen?‹, schaltete sie sich ein, noch auf dem Wochenbett und gerade erst von den Geburtswehen erholt. Meine Mutter, so wird erzählt, rief mit energischer Stimme: ›Sie soll Thelja heißen (›auf Französisch bedeutet das Schnee‹, ergänzte sie), denn seit jener Winternacht, als ich barfuß Stunden um Stunden durch die eisige Nacht heruntersteigen mußte, habe ich unter meinen erfrorenen Füßen und den Frostbeulen so sehr gelitten, auch noch die ganze Schwangerschaft hindurch! Nennt sie Thelja!‹ befahl sie und brach damit die Sitte, denn normalerweise ist es die Familienälteste, die über die Namen bestimmt.

›Sie hat dich Thelja genannt‹, sagte mir meine Großmutter später mit einem Groll gegen die Schwiegertochter ... ›Aber sie ist durch dich nicht erfroren, du wirst auch uns nicht erfrieren lassen, ganz im Gegenteil!‹ brummelte sie jeden Abend, wenn ich als Schülerin nur wegen ihr zum Dorf hinaufkam … Kurz vor ihrem Tod sagte sie immer wieder: ›Du wärmst mich. Mich wirst du immer wärmen!‹ Manchmal, wenn sie sich vergaß, seufzte sie: ›Meine kleine Kenza!‹«

»Kenza«, mischte Eve sich ein, »das heißt ›Schatz‹ … Siehst du, deine Großmutter war deine wahre Mutter …«

Eve hielt inne und erstarrte. Thelja hob ihren Blick zur Freundin, als einzige verstand sie: »Sie denkt plötzlich an ihre Tochter Selma, die in Marrakesch bei der Großmutter aufwächst.« Thelja trank eine große Tasse bitteren Tees in einem Zug aus. François, der näher gekommen war, vertiefte sich – oder zumindest tat er so – in die Buchtitel in einem Regal. »Wie ist es wohl, in einem Berberdorf aufzuwachsen? Zwei Frauen beugen sich über das Waisenkind, das ›von Gott gesandten‹ … Zwei Hüterinnen: die Mutter mit den erfrorenen Füßen und die Großmutter, stark und liebevoll zugleich … Dann kam Tebessa und die Schule; so lange kennt sie also schon unsere Gastgeberin!« François war froh, Eve kennengelernt zu haben, und stellte sich vor, wie es wäre, wenn er sie später besuchte. Da gesellte Hans sich zu ihm. Die beiden Männer fingen leise ein Gespräch an, auf deutsch.

Irma beobachtete, wie die Gruppe sich aufteilte, auf der einen Seite die Männer, die plötzlich eine gewisse Herzlichkeit verband (der zurückhaltende Karl stand ein wenig abseits), und auf der anderen Seite saßen die zwei Freundinnen, Eve und Thelja, ohne zu sprechen nebeneinander. Da Irma manchmal das Bedürfnis nach Stille oder nach Zerstreuung überfiel, wenn sie unter Leuten war, hatte sie befürchtet, daß sie sich langweilen würde. Eve und sie hatten sich sofort gut verstanden, aber sie waren einander immer nur im Schwimmbad begegnet, wenn sie sich naß und manchmal erschöpft Seite an Seite entspannten. Zum ersten Mal war Irma in Eves Wohnung – sie hatte Karl gebeten mitzukommen, der, wie sie wußte, lieber einen Abend mit ihr allein verbracht hätte.

»Nein!« hatte sie am Telefon ungerührt erwidert, »selbst wenn wir womöglich niemanden kennen, wir sind dennoch zusammen ... mit den anderen!«

Karl hatte dann eingewilligt, sie zu begleiten. Im Augenblick hörte er Jacqueline zu.

Irma ging zu Eve hinüber.

»Ich sagte gerade zu Thelja«, erklärte ihr Eve, »daß ich in einem Karton noch alte Fotos von uns beiden habe, sie sind sechs oder sieben Jahre alt, zusammen mit ... unseren Angehörigen.«

»Aus Algerien?« fragte Irma neugierig.

Eve nahm einen Stuhl und setzte sich, da sie kurzatmig wurde. Sie blickte zu den beiden Frauen auf. »Nein, aus Marokko!«

Eve stand auf und nahm ihre Freundinnen bei der Hand.

»Kommt mit, kommt!«

»Aber nicht doch!« sagte Thelja sanft mit einem halben Lächeln. »Ich bin sehr gespannt auf diese Fotos aus alten Zeiten, aber irgendwann in aller Ruhe ...«

Irma schaute die beiden Freundinnen unsicher an: »Aus Marokko?« staunte sie noch immer.

»Ja, Eve hat doch mehrere Jahre in Marrakesch gelebt, wußten Sie das nicht?«

Hans und hinter ihm François, mit einem Glas in der Hand, steuerten langsam auf die drei Frauen zu.

»Ich weiß nicht, ob Sie Canettis ›Die Stimmen von Marrakesch‹ gelesen haben«, begann Irma mit einem gewissen Ernst. »Ich habe es vor vielen Jahren auf deutsch gelesen. Ich war aber nie in Marokko. In der Erzählung gibt es einige Momente, die in mir ... (sie suchte nach dem passenden Ausdruck) ... tief verborgene Saiten anklingen lassen.«

Eve sprang geradezu auf die Füße: »Das Buch habe ich hier, natürlich in einer französischen Übersetzung!«

Irma sprach ganz konzentriert, ihr Gesicht rötete sich.

Jacqueline kam hinzu und mit ihr Karl, der aufmerksam geworden war. »Vor allem ... die Passage mit dem Ruf der Blinden« – sie faßte sie zusammen: »Canetti versteht kein Arabisch. Nachdem er der Gruppe blinder Bettler immer wieder zugehört hat, die den ganzen Tag auf dem großen Platz Djema el Fna, dem Platz der Blinden, wie Canetti ihn nannte, ihre Klage anstimmen, erkennt er nach und nach ein arabisches Wort, und da das Gebet ständig wiederholt wird, versteht er es: Allah, Allah!«

»Ich erinnere mich«, sagte Eve leise.

»Er läßt keinen Zweifel daran, daß die Reisebeschreibung autobiographisch gefärbt ist. Er war, glaube ich, 1953 dort!«

»Ich habe vor elf oder zwölf Jahren in Marrakesch gelebt«, warf Eve ein. »Aber die Erzählung habe ich erst gelesen, als ich schon nach Holland gezogen war!«

»Früher hat mich die Passage mit dem Ruf der Bettler gerührt ... Aber mir wurde der Einfluß, den dieses Buch über Marrakesch auf mich ausübt, erst bewußt, als ich vor eineinhalb Jahren hierher nach Straßburg kam!« Irma lachte kurz auf.

»Das war drei Monate vor mir!« rief Eve gerührt.

»Vor uns beiden«, verbesserte Hans.

»Ich war dabei, meine Bücher einzusortieren«, – Irma fuhr im selben entschiedenen Ton fort –, »vor einem Monat bin ich in meine neue Wohnung eingezogen. Ich habe Ihnen sicher erzählt, Eve, wie kühl man von den Einheimischen in der ersten Zeit empfangen wird ... Erst nach drei Monaten lud mich ein Kollege, den ich etwa dreimal die Woche im Krankenhaus traf, zum ersten Mal auf ein Glas ein, ›zu einem Gedankenaustausch über unsere Patienten‹ ... So las ich eines Abends in Straßburg die Erzählung über Canettis Marrakesch-Reise nach, und da verstand ich erst, warum ich diesen Text immer bei mir trug!«

In der Zwischenzeit hatte sie sich hingesetzt, ihre Wangen waren gerötet und ihre Stimme lebhaft. Karl beobachtete, wie sehr ihre sonst eher kühle Schönheit jetzt erglühte: ihre ein wenig schmalen Augen, ihre feinen Gesichtszüge, ihr Haar in einem schweren Zopf von leuchtendem Schwarz, das gegen ihren Elfenbein-Teint abstach …

»Erinnern Sie sich«, wandte Irma sich an Eve, »wie tief erschüttert Canetti ist, als ein marokkanischer Jude bei der Nennung des Namens Canetti diesen auf seine Weise wiederholt: Wie seine Stimme klingt, als er den Namen betont … Canetti begreift, daß dieser Jude aus Marrakesch ihm nähersteht als all die Engländer und Deutschen, obwohl ein reiches Kulturerbe sie mit ihm verbindet … Die Vorfahren Canettis hatten Andalusien vor mehreren Jahrhunderten verlassen, um unter dem Schutz des Osmanischen Reiches den europäischen Donauraum zu besiedeln. Dieser Marokkaner sprach mit dem Schriftsteller, als wäre er einer seiner wiedererstandenen Vorfahren: Die arabische Aussprache des Namens hatte für ihn genau den damaligen Klang!«

Die Zuhörer verfielen in gedankenverlorenes Schweigen.

»Aus diesem Grund (Irmas Stimme war wieder fast heiter geworden) sind mir die Stimmen so wichtig – sie suchen sich selbst, sie gehen verloren, es entsteht in ihnen plötzlich eine Lücke, wie wenn eine Masche fehlt … Das Wesentliche entgleitet plötzlich, löst sich auf … Kann man es retten? … Durch die Stimme kann alles zutage treten, selbst wenn das Wesentliche schon Jahrhunderte zuvor ausgesprochen wurde!«

Sie verstummte.

»Dein Beruf einer Logopädin ist offenbar schön«, schloß Eve, stand auf und ging zu Hans hinüber.

Musik übertönte die Unterhaltung. Jacqueline hatte im Hintergrund eine Platte aufgelegt und absichtlich recht laut gestellt.

»Hören Sie sich diese Stimme an«, forderte sie die anderen auf. »Sie hat meine Kindheit begleitet.«

Alle wandten sich ihr zu. Jacqueline legte einen Finger auf ihre Lippen, lächelte ihnen zu und schüttelte ihre lange, dunkel fließende Haarpracht. Während die vibrierende, klare Stimme von Billie Holiday in einem einzigen Strahl aufstieg (die Stimme einer nervösen Katze, die erschüttert wird und sich gegen sich selbst wendet, oszillierend zwischen dem kristallinen und dem gebrochenen Klang), schaute Jacqueline sie alle an, mit ihrem fragenden oder abwartenden Blick waren sie für sie plötzlich körperlose Phantome. Ihr wurde klar, daß sie sich erst in diesem Augenblick vom Theater befreite – von der Leidenschaft der Antigone, oder vielmehr von der »Hybris« des Sophokles, mit deren Aura sie einige Jugendliche aus der Vorstadt umgeben hatte, und aus der sie sich jetzt nur schwer lösen konnte.

Thelja und François gingen als erste. Thelja versprach Jacqueline, bei der letzten Probe am nächsten Vormittag vorbeizuschauen. Sie schrieb sich die Adresse des kleinen Theaters in der Nähe von Hautepierre auf.

Eve äußerte, daß sie auch dort sein würde, aber als Fotografin. Ihre Aufnahmen sollten in der nächsten Woche für die Ankündigung in der Lokalpresse verwendet werden.

François half Thelja, sich in eine Samtjacke einzuhüllen. Sie nahmen Abschied.

»Wo gehen wir diese Nacht hin?« fragte er im Auto. Er nahm sie zunächst in die Arme. »Ich habe das Gefühl, als hätten wir den ganzen Abend nicht miteinander gesprochen«, bemerkte er.

»Das stimmt«, rief Thelja aus. »Ich habe Sie ab und zu angesehen …«

»Wo sollen wir hingehen?« fragte er wieder.

»Ich habe meine Sachen noch im Hotel an der Schleuse. Ich habe gebeten, daß sie uns das Zimmer für heute nacht noch freihalten.«

François fuhr los. Er hatte vorschlagen wollen, daß sie in der kleinen Wohnung übernachteten, die er sich im oberen Stockwerk des Hauses seiner Mutter hatte einrichten lassen. Er hatte das Gefühl, daß Thelja in dieser Frage gewisse Vorbehalte hatte … Er sagte sich, daß sie noch den ganzen Sonntag Zeit hätten.

5

Vierte Nacht

Als sie das Zimmer vom Vorabend betreten, brennt die Lampe auf der Tischkante noch. Eine Vase mit einem bunten Strauß – Margeriten, Dahlien und eine Sonnenblume – prangt auf der Kommode.

»Eine Überraschung«, meint Thelja lachend. »Wissen Sie noch, die Blumen, die wir heute nachmittag zusammen gepflückt haben, ich habe sie alle an der Rezeption abgegeben. Sie sollten uns dann hier erwarten!«

Sie zieht ihre Jacke und die Schuhe aus und läßt sich in einen Sessel fallen.

»Fast schon unser Zuhause«, murmelt sie, als François sich plötzlich voll angekleidet auf den Teppich zu ihren Füßen hinkauert.

»Endlich allein«, sagt er, während er seinen Kopf in ihren Schoß vergräbt. Sie streichelt seine dichten Haare, blond mit einigen grauen Strähnen.

»Ich würde gern ...« beginnt sie, als spräche sie zu sich selbst. Sie läßt ihre Hand auf seinen Haaren liegen. Er wendet den Kopf zu ihr empor: Sie streicht ihm über die Stirn, die Augenbrauen, schaut ihn an, als sei es zum ersten Mal.

Plötzlich kommt ihr unvermittelt das Bild von dem fünfjährigen kleinen Jungen in den Sinn, der durch die verschneiten Gassen von Straßburg läuft ... Dann, darübergelegt, das Bild von nackten Füßen mit hennagefärbten Sohlen, die Haut seitlich ganz aufgesprungen, die erfrorenen Füße einer zwanzigjährigen Frau, die mitten in den Bergen durch die Dunkelheit eilt, im Hintergrund das Gebirge im Schnee ...

»Ich würde gern«, setzt sie wieder an.

François wartet ... Da spricht sie ihren Wunsch aus: »Ich würde heute abend gern ... eine lange keusche Nacht mit Ihnen verbringen. Verstehen Sie das?«

Sie hält ihm ihre Lippen hin. »Einen einzigen Kuß«, denkt

sie, »nur einen, brüderlich oder zumindest freundschaftlich.«

Dort hätte sie um eine eigene Matratze gebeten oder wenigstens ein Schaffell, hätte es sich auch selbst geholt. Sie hätte es dann auf den steinernen oder mit roten Fliesen belegten Boden geworfen. Sie hätte sich mit angezogenen Beinen darauf gelegt, mit oder ohne Decke, und wäre ganz allein, brennend, aber allein, in einen erquickenden Schlaf gesunken ...

Da steht François auf, hebt sie auf seinen Armen hoch und bringt sie zu einem der Betten, das aufgeschlagen ist. Dann küßt er sie leicht auf die Augenlider, die Wangen, den Hals.

»Vielleicht versteht er mich, versteht er meinen Wunsch, allein zu sein.«

»Möchtest du, daß ich dich ausziehe?« – die Worte klingen so fern. Dabei spricht er ganz nah an ihrem Ohr.

Seinen letzten leidenschaftlichen Kuß gibt er ihr in das Innere der Ohrmuschel. Dieser Kuß klingt noch lange, ins Endlose gedehnt, in ihr nach. Sein Klang verwandelt sich in innere Wogen, Thelja hat die Augen geschlossen, weiß nicht mehr, wer ihr das Oberteil auszieht, wie ihre Hose die Beine hinuntergleitet, sie schläft ein, der Schlaf wird für sie zu einer Höhle, sie hat den letzten Laut des Kusses noch im Ohr, ein Klopfen in den Schläfen, es kommt eine Öffnung auf sie zu, eine Schwelle aus Sand, der zum Dunklen hinfließt, in der neunten Stunde der Nacht, denkt sie wirr, bevor sie einschlummert.

François schläft angekleidet auf der anderen Seite des Bettes. Vorher raucht er noch im Dunkeln. In Gedanken streift er durch das Zimmer, in dem er normalerweise seine Wochenenden verbringt, im Haus seiner Mutter, das, wie er sich sagt, sie beide erwartet.

Thelja hat einen Traum. Sie wird weinend aus ihm herausgerissen, noch bevor der erste Nebel der Morgendämmerung aufkommt. Sie öffnet die Augen wie jemand, der aus einer langen Narkose erwacht. Sie liegt nackt zwischen den Laken. Sie hat vergessen, wer sie ausgezogen, wer sie zum Schlafen gebracht hat. Ihr ist nicht kalt. Mit der linken Hand tastet sie neben sich: Er schläft auf der anderen Seite, offenbar auf der Tagesdecke.

Thelja führt ihre Hand zu ihrem eigenen Gesicht und merkt, daß es ganz feucht ist von Tränen, die immer noch fließen. Sie wischt sie ab. »Warum, warum nur?« fragt sie sich einen Augenblick lang, denn auf ihrer Seele lastet nichts, und sie fühlt sich ausgeruht. Sie hat ihr Weinen auch nicht gehört. Sie dreht sich um: Mit einem Mal kommt der Traum schemenhaft zu ihr zurück, er hat die Farben eines orientalischen Mosaiks, das sich wellenförmig auf und ab bewegt, nicht erkennbar ist.

Sie wischt sich erneut die Tränen aus dem Gesicht, sie sind nicht kalt, fast lauwarm. Sind sie wirklich von ihr? Ist sie wie ein tiefer Brunnen, der an seinem Grund Wasser enthält? … Plötzlich versiegen die Tränen, zugleich kehren der Schrekken und der grundlose, wilde Schmerz in aller Lebendigkeit zu ihr zurück: ein Strudel der Erinnerung. Im nächsten Moment läuft der ganze Traum vor ihr ab, sie liegt mit weit aufgerissenen Augen in dem Zimmer, das in das blaue Licht der schwindenden Nacht getaucht ist. »Sind es die letzten Augenblicke der Nacht oder die ersten des anbrechenden Tages?« fragt sie sich …

Sie befindet sich auf einem Feld, oder vielmehr auf einer Wiese unter einem riesigen, erbarmungslos blauen Himmel. Vor ihr steht ein junger Mann, der keine zwanzig Jahre alt ist. Thelja erkennt ihn, dieses Engelsgesicht mit den braunen, lockigen Haaren, lachenden Augen, mit sonnenverbrannter, fast mulattenbrauner Haut und dem grazilen Körperbau … Ja, sein Blick leuchtet. Sie kennt ihn, sucht fieberhaft nach seinem Vornamen: Es ist ihr erster Verehrer, der in sie verliebt ist, sie hatte ihn ausgelacht. »Du bist noch gar kein richtiger Mann.« Damals hatten sie viel zusammen gelacht. Sie schüttete sich aus über seine Liebeserklärungen, »ein Spiel«, sagte sie. Sie war genauso alt wie er, aber sie fühlte sich ernst und überlegen. Dennoch lachte sie, und nur mit ihm.

Sie nahm es ihm nicht ab, selbst erstaunt über die amüsierte Nachsicht, die sie ihm zeigte ... Im Traum war er »so schön« ... und diese Aura um sein braunes Gesicht.

Doch da schickt er sich an, auf einen riesigen Fels zu steigen, oder eher den felsigen Teil eines Bergs, dessen Gipfel sie nicht sehen kann? ... Sie hat Angst, sie sucht nach dem Vornamen des jungen Mannes, aber sie hat ihn vergessen.

»Was machst du?« ruft sie verzweifelt.

»Ich steige in den Himmel auf«, wirft er leichthin zurück.

Tatsächlich, er klettert hoch, und zwar ziemlich rasch. Da fängt sie (die Thelja mit ihren zwanzig Jahren, natürlich) bitterlich an zu weinen.

Um sie herum sind plötzlich Leute, Unbekannte, sie kommen in Gruppen vorbei und sind sogar fröhlich ... Aber sie, sie weint wie ein Kind, mit lautem Schluchzen, denn sie möchte ihn so gern zurückhalten ... Er entschwindet ihrem Blick und steigt noch weiter ...

Während sie so in einem sanften Licht schluchzt, unter dem gleichen, unwandelbar blauen Himmel, wird die Gegend wieder menschenleer. Der junge Mann taucht auf, er ist zurückgekommen.

Er erzählt mit etwas ernsterer Miene, aber immer noch mit dem Heiligenschein um sein so reines Gesicht und dem leuchtenden Blick: »Ich wollte in den Himmel aufsteigen. Die Frau dort oben (er zeigt mit dem Finger senkrecht hinauf in das Blau), die schwanger ist und über meinen Tod entscheiden sollte, wurde daran gehindert ... Nun rate mal, wie!«

Die weinende Thelja hält inne und hängt ganz an den Worten des jungen Mannes, der jetzt ernst, wie von sich selbst ganz erfüllt ist.

»Sie wurde daran gehindert durch ... ihren Bauch! Ja, wirklich ... Der Bauch war durchsichtig, ich konnte alles sehen wie durch ein Fenster. Das Baby im Bauch hat protestiert: ›Wenn er stirbt, sterbe auch ich!‹ Da hat die Frau es sich anders überlegt, hat mir ganz einfach gesagt: ›Du kannst wieder gehen!‹«

Mit offenen Augen erinnert sich Thelja an das, was sie im Traum gehört hat. Sie hörte auf zu weinen und erinnerte sich an die Streiche, die der Junge früher zu spielen pflegte. Sie widersprach ihm ungnädig: »Wie willst du denn dort oben die Stimme des Kindes im Bauch von der Frau gehört haben!«

Als wäre in dem Traum alles andere, die Frau, das Aufsteigen in den Himmel durchaus glaubhaft, nur nicht die Stimme des ungeborenen Kindes …

»Ich habe es gesehen«, versicherte der junge Mann ernst. (»Mehdi«, er hieß Mehdi, fällt ihr jetzt plötzlich wieder ein, und jetzt erst denkt sie daran, daß es der Name eines Propheten ist.) »Ich habe es durch so etwas wie ein Fenster gesehen und gehört … Ganz bestimmt!«

Mehdi wandte sich in all seiner Schönheit und seinem Glanz ein wenig beleidigt von ihr ab. Die Thelja im Traum war immer noch verwundert, nicht daß es die Frau dort oben gab, »eine Göttin, eine Art Isis«, sondern darüber, wie das im Mutterbauch schlafende Kind ausrufen konnte: »Wenn er stirbt, sterbe auch ich!«

Und wieder fing die Thelja im Traum an zu weinen, ihre Angst wurde immer größer, so daß sie noch mehr Tränen vergoß. Die Frau dort oben war immer noch bedrohlich. Mehdi kletterte erneut auf den Berg …

»Bleib da! Bleib da!« rief sie stumm, als ließe der Traum in zwei Akten seine beiden Szenen endlos ablaufen. Mehdi würde wieder heruntersteigen und wieder erklären, wie das Kind im Bauch sagte: »Wenn er stirbt, sterbe auch ich!«

Thelja ist nun ganz wach, ihr Gesicht überströmt von Tränen der Angst. »Tränen meiner Liebe«, sagt sie sich, »so viele Jahre später … Ich liebte ihn also doch? Ich glaubte an einen Scherz, an ein Spiel, nicht, daß es wichtig, gar ernst gemeint war! Ich habe ihm nicht einmal den Kuß erlaubt, um den er so oft gebeten hat!«

Was hatten Mehdi ... und die schwangere Frau und das Kind zu bedeuten, wie waren sie mit ihrer ersten Liebe verbunden? War die Frau Eve aus einer anderen Zeit?

Thelja steht auf und betrachtet den Mann, der voll angekleidet schläft. Ihr Traum hat sie so sehr bedrängt, daß sie einen Moment lang überlegt: »Was suche ich in diesem Zimmer? Wer ist der Fremde, der dort schläft?«

Sie hat sich mit einem Unbehagen abgewandt. Im selben Augenblick fällt das erste Tageslicht ins Zimmer.

»Komm schnell, einen Kaffee trinken und die Schleuse vor dem Hotel bewundern. Die Sonne geht auf!«

Als François erwacht, fällt die Tür leise zu.

V. Der Fluß und die Brücken

I

»Ich sehe den Rhein jeden Tag«, sagte François, als er ihr am Sonntag morgen einen Spaziergang vorschlug, »er liegt praktisch zu meinen Füßen unter den Fenstern meines Büros!« Er arbeitete im Freihafen, zweifelsohne in leitender Position. Als er sie einlud, ihn in den nächsten Tagen doch einmal in seinem Büro zu besuchen, gab Thelja keine Antwort ... Kurz darauf regte er an, sie könnten über die Europabrücke fahren – »Sie ist erst vor kurzem eröffnet worden«, erklärte er und fügte hinzu, sie würden dann in der ersten deutschen Stadt haltmachen.

Sein Wagen fuhr also, bei frühlingshaftem Wetter, in die Richtung der Brücke, die noch weit entfernt schien.

»Wußten Sie schon«, begann Thelja, die seit ihrer Träumerei mit der Äbtissin sich täglich mehrere Stunden in die Vergangenheit der Stadt vertiefte (jede kleine Vorortbücherei, auf die sie zufällig traf, eine riesige Bibliothek an einem Platz, zu dem sie bei einem ihrer Streifzüge gelangt war, jeder dieser Orte war ihr inzwischen vertraut), »ich habe davon gelesen, daß zahlreiche französische Königinnen einst unseren Weg eingeschlagen haben, allerdings in umgekehrter Richtung? ... Sie gelangten mit königlicher Eskorte bis nach Straßburg, wo ihre Ehe mit einem Stellvertreter geschlossen wurde ... Danach zogen sie, als neue Königin von Frankreich, in Paris ein!«

»Ähnlich war das wohl auch dort bei den Pyrenäen, in Bayonne oder Perpignan«, warf François ein, »mit den aus Spanien stammenden Königinnen, sie sind etwa ebenso zahlreich wie die deutschen, oder?«

»Die Königinnen, die ich meine, waren nicht alle Deutsche!« erwiderte Thelja. (Sie breitete ihr Wissen mit jugendlicher Freude aus.) Warten Sie, ich zähle sie Ihnen auf: Da war zuerst die freundliche, naive Polin, Maria Leczinska, sie heiratete in Straßburg und wurde dann in Versailles mit dem Dauphin, dem späteren Ludwig XV., vermählt – sie wandte sich der Religion zu, und er führte bald ein ausschweifendes Leben. Danach kam die Österreicherin, die wunderschöne Marie-Antoinette, ihr Gatte war liebevoller, aber wer hätte vorauszusagen gewagt, während für sie in Straßburg ein solcher Pomp veranstaltet wurde, daß sie im Gefängnis der Conciergerie und später auf dem Schafott der Place de la Concorde enden würde?«

»Da fällt mir ein«, unterbrach sie François, »Goethe war gerade Student in dieser Stadt, als die Prinzessin hierherkam. Er erzählt in seinen Memoiren, wie er sie in einer Spiegelkarosse, mit ihren Zofen scherzend, vorüberfahren sah …«

»Die dritte werden Sie leicht erraten!« rief Thelja aus, als sie die Europabrücke erreichten.

François hielt den Wagen an. Er hörte zu, wie seine Freundin ihr neuerworbenes Wissen mit großem Eifer von sich gab … Er sagte sich, wenn sie in dieser Stadt mit dieser reichen Vergangenheit bliebe, würde sie sich bereitwillig ihre fließende und doch so widersprüchliche Geschichte zu eigen machen. Dann würde er dieses allzu lebhafte Kind – sie war eigentlich noch eine Studentin … nein, einfach seine Geliebte – hierbehalten können.

»Sie hören mir nicht zu! Die dritte langt hier an und überquert die Rheinbrücke, nicht als künftige Königin, sondern Kaiserin! Sehen Sie, so einfach ist das!«

»Unter Napoleon, die Österreicherin?« fragte er, während er wieder anfuhr.

»Ja, Marie-Luise, die Prinzessin, sie wird von ihrem Vater an das ›Ungeheuer‹ ausgeliefert, den alle Monarchien des alten Europa verabscheuen. Der Kaiser des Heiligen Römischen Reiches Deutscher Nation gibt ihm die Jungfrau, fast wie Agamemnon seine Tochter opferte … Nachdem Joséphine verstoßen worden war, weil sie offenbar keine Kinder bekommen konnte, und während Napoleon sich noch im Glanz seines Sieges von Austerlitz sonnte, zog Marie-Luise durch Straßburg, wahrscheinlich voller Angst ... bevor sie in Paris die Hochzeitsnacht mit dem kleinen Korsen verbrachte! ... Sie wissen sicher, wie das endete, nicht einmal zehn Jahre später ... Die dritte Braut von Straßburg kehrte zu ihrem Vater zurück und fand angeblich recht schnell einen Trost!«

»Drei ziemlich glücklose Königinnen!« schloß François, der, nachdem sie die Brücke überquert hatten, wieder anhielt, damit Thelja sie bewundern konnte ...

Sie stiegen aus und gingen ein paar Schritte zu einer Aussichtsterrasse, währenddessen François erzählte, der ebenfalls in der Vergangenheit weilte, wenn auch in einer viel jüngeren, daß im Juni 1940, beim Herannahen der deutschen Truppen von Colmar her, alle alten Brücken im historischen Zentrum um ein Haar zerstört worden wären.

»Da mußte erst der zuständige Kommandant einschreiten: Er weigerte sich, den Befehlen zu gehorchen ... Die Zerstörung der Brücken hätte keinem gedient!«

»Und wie war das 1945 mit der Division von Leclerc, denn nach dem Rückzug der deutschen Truppen wurde die Altstadt zuerst von den Franzosen besetzt, bevor die Amerikaner kamen?«

»Auch da wurden die Brücken der Altstadt im letzten Augenblick gerettet!«

2

Der Wagen fuhr nun durch einen deutschen Vorort. Thelja hatte hinter der Europabrücke eine Polizei- oder Zollkontrolle erwartet. Als sie sah, daß diese fehlte, rief sie: »Und schon bin ich eine Illegale! Ich bräuchte ein Visum, um nach Deutschland einzureisen!«

»Sie sind doch nur kurze Zeit auf der Durchreise«, meinte François amüsiert und schlug die Richtung der verschlafenen

Innenstadt von Kehl ein. Während sie schnell eine Runde durch die Grenzstadt fuhren, fiel Thelja am Portal eines riesigen Gebäudes die französische Trikolore auf, die im Wind flatterte. Sie war erstaunt.

»Die französische Armee!« sagte ihr Begleiter, ohne zu überlegen.

»Noch fast fünfzig Jahre danach?« Thelja war höchst überrascht, obwohl sie natürlich theoretisch wußte, daß die Besatzung »der Alliierten« jenseits des Rheins noch fortdauerte.

Nach einer Pause, sie stieg gerade aus dem Auto, fügte sie nachdenklich hinzu: »Wenn ich Deutsche wäre und zwanzig Jahre alt, oder meinetwegen dreißig wie jetzt, würde ich auf solche Hinterlassenschaften des Krieges sicher anders reagieren als die Elterngeneration! Ich hätte wirklich das Gefühl, mein Land sei besetzt! Das würde ich nicht ertragen!«

François dirigierte sie zu einer Gaststätte und erwiderte lebhaft: »Doch nicht so schnell! Fünfzig Jahre sind fast nichts. Der beste Beweis dafür sind Sie und ich ...«

Er hielt inne.

Thelja wandte sich ihm zu und setzte errötend seinen Gedanken selbst fort: »Sie wollen sagen ... Daß ich in diesen Tagen ständig an den Krieg zwischen euch und uns denke! An einen Krieg, der dreißig Jahre zurückliegt.«

Sie hatten den leeren Gastraum betreten und sich in dem Halbdunkel niedergelassen. François stürzte sich in die begonnene Diskussion: »Ich wollte sagen: die Erinnerung unserer Eltern ... Das ist alles der gleiche Sumpf, der gleiche Morast!«

Und in dieser prosaischen Gaststätte, wo eine pausbackige Kellnerin in nachlässiger Aufmachung bediente, vertraute François, über den Tisch geneigt und mit verlorenem Blick, Thelja an: »Meine Jugend war überschattet von meiner Angst und Scham, meinen Schuldgefühlen ... Keiner in meiner Umgebung sprach darüber, Großvater hätte es natürlich getan, aber er starb, als ich vierzehn war. Ja, meine ganzen Komplexe und Minderwertigkeitsgefühle, nur, weil mein Vater wahrscheinlich in deutscher Uniform gekämpft hatte! ... Gegen seinen Willen! Aber ich war gar nicht sicher, ob es so war, meine Mutter, als rachsüchtige Ehefrau, half mir nicht in dieser Frage, im Gegenteil, sie stieß mich noch tiefer hinein ... Ich habe zehn Jahre gebraucht – mindestens bis ich fünfundzwanzig war –, während dieser Zeit stellte ich quasi historische Nachforschungen an, ich ganz allein, und fand schließlich heraus, daß mein Vater im schrecklichen Lager von Tambov in der Sowjetunion gestorben war: Zuerst war er Opfer der Deutschen geworden (wie so viele in deutsche Uniform Gezwungene), dann der Russen! ... Er versuchte zu fliehen, wurde wieder eingefangen und mußte wahrscheinlich unter schrecklichen Qualen sterben! ... Einer seiner Mitgefangenen hat mir beim Aneinanderfügen der Fakten geholfen ... Sonst wäre für mich da nur ein Loch (er verzog das Gesicht) oder ein Abgrund in meiner Geschichte!«

Thelja, die dem angespannten Gesicht von François gegenübersaß, rührte sich nicht.

»Also«, schloß er, als wollte er diese Vergangenheit endgültig vertreiben, »wenn du sagst ›fünfzig Jahre‹, dann heißt das gestern! Gerade hier, auf beiden Seiten des Rheins, gehören fünfzig Jahre noch zur Gegenwart! Wie du siehst, ist alles wieder aufgebaut, zumindest die Steine, die Häuser, sogar die Statuen stehen wieder auf ihrem Sockel ... Aber die Menschen? Sie häufen ihre widersprüchlichen Erinnerungen Schicht für Schicht aufeinander, und irgendwann sagen sie nichts mehr.«

»Wir wollen gehen«, schlug sie vor und dachte, daß er bei seinen Erinnerungen doch sehr dünnhäutig geworden war. Sie blieben nicht in Kehl. Während das Auto nach Frankreich zurückfuhr, verharrten sie in Schweigen. »All das«, dachte sie, »bloß weil sie eine Fahne vor einer französischen Kaserne hatten wehen sehen!«

Als sie wieder auf der Brücke waren, drosselte François das Tempo. Nein, Thelja wollte nicht aussteigen, der Rhein floß breit und grau, trotz der hellen Sonne. Ein Dampfer entfernte sich in Richtung Norden. Thelja erinnerte sich, daß Eves

Freund Hans ihr am Vorabend erzählt hatte, daß er auf solchen Ausflugsschiffen auf dem Rhein Vorträge hielt.

»Was die Präsenz der französischen Soldaten bei unseren deutschen Nachbarn angeht«, nahm François das Gespräch von der Gaststätte wieder auf, das ihn nicht loszulassen schien, »so nähert sich das wirklich seinem Ende ...«

Thelja hörte ihm aus Höflichkeit zu, sie wäre gern woanders gewesen, hätte gern selbst eine Stelle ausgesucht, wo sie anhalten und unter Bäumen oder zum Ufer hinuntergehen konnte ...

»Ja, das Ende der ›Besatzung‹, wie Sie es genannt haben, nähert sich«, fuhr François fort.

»Lesen Sie keine Zeitung?« fing er beharrlich wieder davon an. »Der amerikanische Präsident ist mit den Russen übereingekommen, daß sie ihre Truppenpräsenz in Westdeutschland stark abbauen wollen. Wenn die Amerikaner nur noch ein Drittel oder ein Fünftel ihrer Leute hier haben, werden die Russen froh sein, daß sie auf ihrer Seite nicht mehr Wache schieben müssen! Dann werden die Franzosen und Engländer sich ebenfalls rasch aus Westdeutschland zurückziehen!«

Thelja konnte diesen Ausführungen nur mit Mühe folgen. Sie mußte eingestehen: »Ich habe seit mindestens einer Woche keine Zeitung gelesen, nicht einmal Nachrichten im Radio gehört!«

Sie stieg aus und machte eine Entdeckung. Wie am Morgen beim Verlassen des Hotels etwas hastig angekündigt, hatte François sie zu sich nach Hause gebracht – »oder zu seiner Mutter«, dachte Thelja alarmiert. Sie hoffte, der Besuch würde kurz und nicht allzu gefühlsbetont werden.

»Wenn ich es fertigbrächte, nichts anzusehen, nichts zu bemerken und meine Augen von nichts einfangen zu lassen ... Ich bin jetzt ein Gespenst unter den Gespenstern seiner toten Frauen.«

Sie wünschte sich, für alles unempfänglich zu sein, oder daß ihr nichts in Augen und Ohren dringen möge.

Wo bin ich? In welche Höhle bin ich hier gelangt? Oder ist

es eine Einsiedelei? (Die Zimmer sind zwar hell, aber zu ordentlich!) Thelja setzte sich. Das Wohnzimmer? Möglich. Eher ein Arbeitsraum. Ein Schlafzimmer, aber ohne Bett, ohne Tisch ... ein Durchgang.

»Warten Sie hier einen Moment«, murmelte François und verschwand.

Sie stand auf, öffnete eine Tür und trat auf die Veranda. Sie atmete tief ein: Nach vorne hinaus lag ein hübscher Garten mit Blumenbeeten und einem schönen Baum, nach hinten ein Rasen und eine weite Sicht in die Ferne. »In welcher Richtung liegt wohl Straßburg? Man müßte den Münsterturm sehen!

Da unten befindet sich also ein eigenes Reich, mit Düften, gepflegten Blumen, gestutzten Hecken. Was soll ich hier?« Die Anwesenheit der Mutter war noch deutlich zu spüren. Es fehlte nur, daß ein Schaukelstuhl aus Weidengeflecht, mit einer Decke für die Füße und ein paar Kissen, hier auf die Alte wartete. Thelja stellte sich vor, daß sie zu einem Gespräch mit dieser so hartnäckigen Frau bereit wäre ...

»Warum nicht mit seiner Ehefrau, die ebenfalls tot ist?« Diese Frage begann sie gerade zu quälen, als François wieder auftauchte. Er machte einen angespannten und beunruhigten Eindruck.

»Ich habe Sie gesucht«, sagte er. Er nahm sie am Arm. »Ich...«

Sie wollte ihm sagen: »Gehen wir hinaus! Oder lassen Sie mich einfach alleine aufbrechen! Ich habe das Bedürfnis, mich zu bewegen, am Fluß oder auf einer kleinen Landstraße ... Nur hinaus!«

Er führte sie hinein, indem er ihre Ellenbeuge fest umschloß. Sie war plötzlich gefügig. Es überraschte sie selbst, eine Neugier war über sie gekommen.

»Entschuldige (er sprach mit seiner zärtlichen Stimme), ich habe dich nicht einmal gefragt, als wir herkamen, ob es dir etwas ausmacht! Du mußt entschuldigen, Schnee!«

Im schattigen Zimmer schloß er sie gleich hinter der wieder verschlossenen Balkontür in die Arme. Thelja war immer noch etwas unsicher. Doch sie ließ sich einnehmen, vielleicht war es sein Geruch, den sie wiedererkannte wie ein früher benutztes Parfüm. Sie suchte erneut einen Platz zum Sitzen, sie war ihm nicht mehr böse.

Er erklärte ihr: »Ich spüre, daß du in ein paar Tagen weggehen wirst! ... Ich habe das Bedürfnis, daß du nur das Zimmer, in dem ich meine Sonntage verbringe, einmal siehst ... Hier werde ich dir schreiben, wenn du wieder in Paris bist. Das übrige Haus gehörte meiner Mutter, ich war hier nicht als Kind ... Sonst hätte ich dir alles gezeigt! (Er verwies mit einer Geste auf ein Bücherregal.) Diese Bücher stammen fast alle aus den zwanziger und dreißiger Jahren und sind in zwei oder drei Sprachen geschrieben. Meine Mutter reiste nämlich viel und sammelte Reiseberichte.«

Mit einem gezwungenen Lachen versuchte er, die ihr unverständliche Ironie zu verbergen. Sie stiegen eine Treppe hinauf und betraten einen ziemlich dunklen Raum. Hier hatte François wohl in aller Eile aufgeräumt. Auf der einen Seite stand ein völlig mit Papieren und Fotos bedecktes Pult; es herrschte ein großes Durcheinander.

Er hieß Thelja am anderen Ende des Zimmers Platz nehmen. Einige bequeme, abgenutzte Sessel, ein Kamin mit gerahmten Fotos auf dem Sims. Ohne den Kopf zu wenden, konnte sie ganz hinten eben noch etwas erkennen – einen Diwan oder ein Bett.

François ging zu einer kleinen Bar und stellte Gläser hin. Nein, sie trank keinen Alkohol, sie blieb stehen, den Körper leicht vorgeneigt. Mit einem Lächeln nahm sie einen Fruchtsaft entgegen, »irgendeinen«, hatte sie gesagt. Endlich setzte sie sich auf die Kante eines niedrigen Sessels.

»Wozu bin ich hergekommen, was soll ich sehen oder begutachten?« fragte sie laut, wie im Scherz.

Sie begriff schon im nächsten Moment, was er sich in seiner schweigsamen Anspannung wünschte, oder was er sich schon gewünscht hatte, seit sie über die Brücke zurückgefahren waren.

Sie war hier zu Besuch. Es war sicher bereits nach Mittag. Sie hätten längst unterwegs sein können zu einem Restaurant, wo man sonntags zu Mittag aß, das voll besetzt war mit herausgeputzten Bürgern, oder zu einer blumengeschmückten Terrasse ... Doch nein, was erwartete dieser Mann mit den nervösen Händen von ihr? Daß sie sich von ihm einnehmen ließ, daß sie zärtlich und gefügig war ... anschmiegsam ... was noch? Sie warf einen Blick auf den Kaminsims: Dort thronte die »Unbekannte«, »sie«, die »andere«, mit blonden Haaren, üppiger Figur, ein strahlendes Lächeln auf dem vollen Gesicht.

Thelja stellte sich vor François hin. »Dann küß mich doch in deinem Junggesellenzimmer!« sagte sie. Sie hielt ihm ihre Lippen hin, ohne Nachdruck, ohne Liebe, mit einer Art kalter Entschlossenheit. Er wurde rot, sein Gesicht war nah an dem ihren. »Ich bin seinem Wunsch zuvorgekommen ... was die drüben auf dem Kamin betrifft, oder auch mich ... ich soll ihn wohl abschirmen, vor ihr!«

Aber François kehrte seiner toten Frau den Rücken, er beugte sich zu Thelja, mit seinen (immer noch nervösen) Händen nahm er ihr Kinn auf und forschte in ihren Augen – als könnte er dort ablesen, was ihre neue Aufforderung bedeutete. Er hielt Theljas Gesicht zwischen seinen zu einem Kelch geformten Händen. Er reckte seinen Hals, streifte ihre Lippen – Thelja, fast auf Zehenspitzen, legte alle Kraft in den Genuß dieses Kusses –, er war lang, gierig, endlos, feucht, saftig, heftig und quälend, zwei Zungen, die sich suchten, die aneinanderstießen, sich verschlangen, miteinander rivalisierten ... er war so leidenschaftlich, daß Theljas Knie nachgaben, François sie auffing und sie die Fotografie vergaß und die Tote, der François den Rücken zukehrte. Ihre eigenen Lippen waren gefangen, ihr Gaumen erstickte fast, sie löschte zugleich das Zimmer, die Mutter und die Ehefrau aus und die Aussicht da draußen, bis hinunter zum Rhein. François hob Thelja jetzt hoch.

»Ach ja, aufs Sofa!« dachte sie und lachte, als sie sich fallen ließen, sie hörte ihr Lachen, hier auf dem Bett hinter den Sesseln, während sie ihre Füße aneinanderschmiegte, um die Schuhe mit einer knappen Bewegung der Ferse abzustreifen, damit sie zusammengekrümmt ganz von den Armen und den hastigen Gesten des Geliebten umfangen wurde. Auf dem Diwan liegend, ließ sie sich von ihm ausziehen, er war ungeschickt, sie wartete ungeduldig, begierig nach der eigenen Begierde, bis seine Hände ihr Oberteil aufgeknöpft hatten, bis es ihm gelang, ihr den Rock bis zu den Knien hochzuziehen, bis seine heißen Hände unter ihrer Wäsche die Haut des Bauchs fanden.

Sie ließ es geschehen, hingebungsvoll, scheinbar passiv, aber innerlich glühend, ihr Mund war trocken, wollte beißen – sie kauerte sich über seine Hüften, sie war noch halb bekleidet, aber ihre Zähne und ihre Zunge suchten seine Haut im Nacken, auf der Schulter und, indem sie sich schnell, ihn kaum streifend, hinabgleiten ließ, bis zum Rückenansatz, zum Becken ... Sie machten ungeschickt Liebe, vieles war im Weg, sie waren halb nackt oder noch halb angezogen, mußten darüber lachen, angesichts der Hindernisse des Brustkorbs und der Hüften verwandelte sich ihre anfängliche Hitze in eine ungestillte Ermattung ... Kurz bevor er in sie eintauchte (sie hatte den Büstenhalter schließlich selbst ausgezogen und zeigte ihm ihre nackte Brust), erhob sie sich, musterte ihn wie einen Unbekannten in einem gesteigerten Bedürfnis nach Wahrheit: »Warum willst du mich? ... Jetzt? ... Und hier?«

Er stammelte. Sie lachte. Sie wiederholte ihre Frage in einem weicheren Ton, ohne ihm zuzusetzen, sie wußte nur zu gut, daß er es nicht wußte, es nicht einmal herausfinden wollte ... »Dafür fragt er sich vielleicht: Warum willst du fort? ...«

In einem Moment, als diese widersprüchlichen Fragen sie durchschossen (dabei bäumte sich ihr Körper vor starker Begierde, so daß sie zitterte), sah sie François und sich als ein Paar nur dem Äußeren nach, das sich aber nahe war, auch außerhalb der Körper, so, als sähe sie es mit dem obszönen

Auge der Voyeurin hinter dem traditionellen Schleier. Thelja fing wieder an, ihn mit kleinen Bissen zu kneifen, dann mit leichten Zungenschlägen, schließlich mit kleinen, saugenden Küssen um den Bauch, ganz nah an seiner Leiste. Sie tat dies auch weiter während der folgenden leidenschaftlichen Momente, sie bat ihn im Gegenzug um die gleiche Leidenschaft, oder um Erschütterungen, um ein winziges Zwicken. Er zeigte sich als aufmerksamer Liebhaber, denn seine übermäßige Eile schlug bald um in sinnliche Behutsamkeit. Noch erhitzter als er, umfing sie ihn, während er Gesicht und Haare zwischen ihre Brüste grub, schloß nun die Augen und streckte ihre Beine nach oben wie eine Tänzerin, die bereit ist, bis zur Decke zu fliegen. Sie rang nach Luft: »Schnell, ich warte auf dich!«

Sie sagt nichts mehr, vermeidet es. Solang diese Woge anhält, die sie betäubt, ohne sie zu verschlucken, und die sie drängt, im Rhythmus der Stöße des Geliebten wegzufliegen, spürt sie, wie es in ihr dunkel, wie sie unerklärlich gedehnt wird, dann ertrinkt, mitgerissen von einem Fließen mitten im Luftraum des Zimmers – ihre Tänzerinnenbeine sind immer noch oben, mit gespreizten Zehen, angespannten Fersen –, weit weg von der Mutter, der Frau, was bedeuten schon diese Toten, er ist da, stöhnend, sich abmühend, außer Atem, der Mann, der seine Augen in sie versenkt hat, ihr Atem vermischt sich, sie verlieren sich zusammen in einer Schwärze voller Gewalt, die von ihren Leisten aufsteigt, einem reichen, leuchtenden Schwarz, mitten in diesem Zimmer im hellen Mittagslicht.

3

Eve nahm zwei Fotoapparate, ihre Schultertasche mit allen Objektiven und entließ Hans hinauf zur Nachbarin. Sie küßte ihn und sagte leise, während sie die Wohnungstür abschloß: »Das Théâtre du Maillon ist nicht weit. Ich mache nur noch ein paar Aufnahmen und entwickle sie bis morgen!«

»Ich komme nach, spätestens in einer Stunde!« antwortete Hans, denn Touma erwartete ihn.

Eve blieb auf der sonnenbeschienenen Türschwelle stehen. »Bei diesem Licht«, dachte sie, »muß ich meine ganze Freundschaft für Jacqueline zusammennehmen, um einen Tag wie heute in einem dunklen Saal zu verbringen!«

Nach zehn Minuten Fußweg betrat sie das Theater. Sie blieb im Hintergrund und beobachtete, ohne näher heranzugehen, die Gestalten am anderen Ende des Raums. Sie setzte sich in eine der letzten Reihen, die erhöht waren. Mit dem Blick nach unten gerichtet, kam sie sich vor wie über einem Graben.

»Der Graben der Tragödie, natürlich, oder eines Amphitheaters für die Tragödie!« dachte Eve, während sie ihre Leica auspackte. Doch noch bevor sie etwas einstellen konnte, ließ Jacquelines laute Stimme sie erstarren: »Die Tragödie! Da wir bei den Feinarbeiten an der ›Antigone‹ angelangt sind, sollten Sie inzwischen gelernt haben, daß eine Tragödie nicht nur von einer Katastrophe berichtet: Nach der unabänderlich ablaufenden Serie der Zerstörungen hat der Tod Antigones in ihrem Grab die Funktion, Licht zu werfen auf eine Wahrheit, die hinter all diesen vorüberziehenden Toten steht ... Noch vor dem Bürgerkrieg der beiden Brüder, noch bevor jeder durch die Hand des anderen stirbt, waren sie schon durch ihren Vater verurteilt. Davor stand die schreckliche Wahrheit, die Ödipus erkennen mußte, denn er hatte eine doppelte Verfehlung zu sühnen, Vatermord und Inzest. Deshalb sticht er sich die Augen aus und zieht als Bettler durch das Land, immer noch ein König, König und Bettler zugleich! ... Aber, erinnern Sie sich, selbst am tiefsten Grund des Leidens ist Ödipus, der von allen Verlassene, nicht allein: Seine heranwachsende Tochter Antigone begleitet ihn ins Exil und ernennt sich selbst zu seiner Wächterin ... bis zu seinem Tod auf Kolonos. Machen Sie sich bewußt, welch schreckliches Gesetz sich in diesem Stück verwirklicht: Antigone, die gegen alles und gegen jeden ihren Willen durchgesetzt hat, daß ihr verstoßener Bruder ein Begräbnis erhielt, sie selbst ist, als sie in den Tod geht, völlig allein. Von Kreon dazu verurteilt, lebendig begraben zu werden, geht sie in die Gruft, mit all ihren Tränen allein gelassen. Ihr Verlobter, der sich gegen Kreon, seinen Vater, aufgelehnt hat, ist in Schmerz und geistiger Verwirrung geflohen ... So wird Antigone, von Menschen und Göttern verlassen, zum Sinnbild des Opfers schlechthin!«

Stille trat ein; auf der Bühne völlige Dunkelheit, dann warf ein einziger Scheinwerfer schräg von oben gelbliches Licht auf eine junge, weißgekleidete Frau, die recht korpulent aussah. Sie wartete.

»Jetzt habe ich zuviel geredet!« fing Jacqueline etwas leiser wieder an. Eve sah sie vorne auf der Bühne, jetzt sprang sie mit einem Satz in den Zuschauerraum hinunter.

»Ich hätte es einfacher ausdrücken sollen, Djamila: Du, Antigone, hast selbst dafür gesorgt, daß du am Ende in all deinem Schmerz allein bist!«

Während die Schlußszene, in der Antigone zu ihrem Tod geleitet wird, begann wie im roten Leuchten eines Traums (ein Feuer schien den Wachen vorauszugehen, doch war es lediglich der Schein der Fackeln in ihren Händen), zählte nur noch die endlose Klage oder das düstere Lamento dieser »Antigone der Vorstadt«:

Grab, Hochzeitszimmer, unterirdisch Haus,
Das ewig mich umschließt, wohin ich nun
Den Meinen folge; nahm doch alle schier
Persephone schon auf ins Totenreich ...

Ein zweiter Projektor – Antigone stand nun mitten auf der Bühne – beleuchtete im Hintergrund den Chor der Männer, vier oder fünf jugendliche Gestalten mit Stiefeln und Kleidern aus Leder und einer Maske vor dem Gesicht. Vor ihnen der Chorführer, ebenfalls ein Jüngling, der jedoch als alter Mann mit langem Bart verkleidet und ohne Maske war. Sie folgten nun der Antigone in weißem Gewand, die plötzlich verstummt war …

Jacqueline unterbrach die Szene. »Ihr Jungs, ihr dürft nicht so nah hinter ihr hergehen, ihr seid unsere Zeugen, eigentlich solltet ihr zwischen ihr und uns stehen, aber …«

Eve hörte nicht mehr zu. Sie war über den Hauptgang des kleinen Theaters nach vorne gegangen. Neben den ersten paar Reihen kauerte sie sich hin. Mit ihrer Schultertasche und ihrer Leica ließ sie sich dann gewandt auf der Seite nieder und stützte sich auf den Unterarm, um nur die hohe Gestalt der Antigone einzufangen – »breit, stark und leuchtend« (ihre Stimme entfaltete sich erneut zu einer fließenden Klage in melancholischer Deklamation:)

… Kreon aber erscheint dies Schuld
Und freches Wagnis, brüderliches Haupt!
Nun faßt er so und führt mit Schergen mich,
Der noch kein Hochzeitsbett bereitet ward,
Die Ehe nicht und nicht der Kinder Glück.
So ganz verlassen von den Lieben muß
Ich lebend in die Gruft der Toten gehn.

Eve machte sich an die Arbeit. Während die Klagen von Djamila-Antigone erneut alles einhüllten, ging es ihr nur um die in der Mitte ragende Gestalt, die Schritt für Schritt näher kam. Einige Schatten von den jungen Männern verdunkelten in ihrer Bewegung zuweilen das standhafte weiße Mädchen, wie dunkle Bedrohungen, die sich auflösten und wiederkehrten. Eve richtete ihr Objektiv auf den Anführer, für eine Großaufnahme: das Gesicht eines Alten mit Haaren aus gekräuselter Wolle und einem etwas zu weißen Bart, der eben mit Stentorstimme deklamierte:

Noch immer von demselben Sturm
Erschüttern die Stöße der Seele sie.

Eve vergaß die Stimmen und den Atem des Sophokles: Für sie waren nur die Gebärden, die nach vorn gereckten Arme des Jungen, die einzelnen Masken der anderen im Chor und wieder die Gestalt der Heldin von Bedeutung, die jetzt vornübergebeugt, fast wankend an den Bühnenrand trat, als wäre hier, so nahe vor uns, schon ihr Grab.

In diesem Augenblick konnte Eve unter der üppigroten, hennagefärbten Haarpracht der Schauspielerin einen schwarzen Blick einfangen. Jetzt hatte sie Gelegenheit, sich ganz auf die Gesichtszüge, die Haltung des Kopfes, die stummen Augen zu konzentrieren, die nicht mehr baten, nein, die wütend blitzten, denn ohne auf die wenigen Zuschauer der Probe zu achten, sah sich Djamila-Antigone endlich nur noch ihrer Einsamkeit gegenüber.

Wieder war Jacquelines Stimme zu hören, während die Scheinwerfer erloschen, als überließen sie es der Helligkeit von Djamilas Gewand und ihrer Präsenz, die Pause zu beleuchten.

»Manchmal will ich es selbst nicht glauben, aber hier hat sich Sophokles geirrt! Antigone erhängt sich nicht in ihrem Grab, Haimon, ihr Verlobter, stößt sich nicht, die Leiche der Geliebten umschlingend, die Waffe in die Seite, die Mutter von Haimon erwürgt sich nicht und gibt sich nicht selbst einen Stoß in die Leber. Was für eine Reihe wilder, wütender Tode! Wir wollen nur die Worte von Teiresias behalten, der von einem Kind geführt wird, er prophezeit:

Die ganze Stadt wird feindlich aufgeregt,
Wo Hunde, Vögel, wilde Tiere die
Zerfetzten Leichen weihten …

Ich vertrete folgende Auffassung: Djamila geht edel in ihr Grab. Wozu sollen wir all das Unheil, das Kreon danach von dem Boten verkündet wird, auf die Bühne bringen? Mir scheint es, als bliebe Antigone für immer am Leben, selbst nachdem sie eingemauert ist, und durch ihren Tod erscheint uns alles darauf folgende Unglück gleichsam aufgehoben! ... Antigone wird zu einem Licht, das zu uns spricht, einer Hoffnung, die leuchtet am Grunde völliger Hoffnungslosigkeit ...«

Jacqueline redete weiter, aber Eve, die sich erneut in die letzten Reihen des Saales zurückgezogen hatte, hörte sie schon nicht mehr: In aller Eile machte sie die letzten Fotos, wie Djamila in langsamen Schritten die Bühne seitlich verließ, und, auf der Gegenseite, der Chorführer reglos dastand, um sich zum Schluß an das Publikum, an uns alle zu wenden.

Eve wechselte den Fotoapparat, nahm diesmal nur auf, wie Teiresias die Bühne betrat, geführt von einem kleinen, schwarzen, halbnackten Jungen.

Als Thelja in Begleitung von François eintraf, umringten die Schauspieler Jacqueline und die weißgekleidete Djamila und redeten, nachdem alles vorbei war, aufgeregt durcheinander. Falls die drei für die nächste Woche geplanten Aufführungen ein Erfolg würden, »selbst wenn es ein Achtungserfolg ist«, warf der Jüngste spitzbübisch ein, ja, beschlossen sie in einem Anflug von Begeisterung, warum sollten sie dann nicht eine feste Theatergruppe gründen, die von der Stadt ein wenig Geld bekommen und ein langfristiges Programm aufstellen würde?

»Dazu brauchen wir aber einen Namen ... für unsere Truppe!« sagte er.

»Ich habe einen«, schlug ein anderer Junge vor. »Wir könnten uns das ›Theater der Smala‹ nennen.«

»Der Smala?«

»Ein arabisches Wort, das ins Französische Eingang gefunden hat ... Wie der Suk, wie ...«

»Wie Algebra, wie die Null, wie ... die Chemie!« sagte Thelja leise. »Ihr könnt es einmal in einem etymologischen Wörterbuch nachzählen: Ihr werdet ohne Probleme über zweitausend Wörter finden! Überdies sehr gebräuchliche Wörter!«

»Smala, der Name gefällt mir«, sagte einer träumerisch.

»Man denkt an eine Entführung, an einen Raub, an die Plünderung wertvoller Handschriften und kostbarer Bücher! Und die diese Bücher plündern und zerstören, stehen nicht auf der Seite, auf der man sie vermutet ... Kennen sie überhaupt die Einzelheiten der Geschichte von der ›Entführung der Smala‹ unseres Emir Abdelkader?« fragte sich Thelja, da sie nur noch mit sich selbst sprach. Sie mußte sich zurückhalten, um ihnen nicht vorzuschlagen, nach Versailles zu fahren, nur um das berühmte Bild von Horace Vernet anzuschauen.

Diesem Gedanken hing sie noch nach, als sie, zwischen Hans und François gehend, das Theater verließ.

»Diese Jugendlichen!« meinte Eve, als sie sich ihnen näherte, ein wenig müde von der Arbeit, aber auch froh. »Sie stecken so voller Ideen. Ich habe sie einmal gesehen, kurz bevor Jacqueline zu uns kam. Sie hatten ganz allein ein kleines, witziges Theaterstück eingeübt! ... (Sie lachte.) Sie hatten es, ihr werdet es nicht erraten, auf Elsässisch aufgeschrieben oder improvisiert! Eine Reihe von Sketchen, mit denen sie das Leben in ihrem Viertel darstellten: der Metzger, der Briefträger, die Frauen beim Einkaufen und ihre Gespräche im Treppenhaus ... All diese Momente des Alltagslebens waren in einem lebendigen Elsässisch eingefangen, mit Witzen, Wortspielen ... Leider kamen nur die Familien aus Hautepierre, um es sich anzuschauen, hauptsächlich die Eltern, einige wenige Elsässer, die Nachbarn ... Aber sie sind richtige Schauspieler, wenn auch bislang nur Laien, und in ihrer Mehrzahl Einwanderer aus dem Maghreb!«

»Hast du die Dialoge in diesem Stück denn verstanden?« fragte Thelja.

»Kein Wort davon«, gab Eve zu. »Ich war mit meiner Nachbarin, die auf dem gleichen Stock wohnt, hingegangen, eine ehemalige Postangestellte, sie hat es mir übersetzt ... (Eve seufzte und fügte hinzu:) Wenn das Theater, das von diesen Jugendlichen gemacht wird, in einer *no future* Stimmung angelegt gewesen wäre, hätte die Presse wahrscheinlich mehr darüber geschrieben! Dann hätte es eher dem entsprochen, was man im Grunde von der Beur-Kultur erwartet, wie sie immer genannt wird ...«

Eve brach ab, ermüdet von ihrer eigenen Begeisterung. »Ich glaube, die Aufnahmen sind schön geworden, das ist Jacqueline und ihrer wunderbaren Arbeit zu verdanken!« schloß sie, als die beiden Paare sich anschließend auf der Straße verabschiedeten.

»Bevor es dunkel wird«, schlug Thelja im Auto François vor, »lassen Sie uns bitte durch ›Klein-Frankreich‹ spazierengehen! Ich möchte noch einmal die Brücken sehen und das Wasser, so dicht zu unseren Füßen ...«

Fünfte Nacht

Im Bett murmelt Thelja: »In der ersten Nacht hatte ich große Angst, daß du im Krieg drüben bei uns gekämpft haben könntest ... Mir blieb das Herz fast stehen: Selbst wenn du mir gesagt hättest: ›Ich habe im Aurès gekämpft, dann bin ich desertiert und habe mich auf eure Seite in die Wälder geschlagen‹, nichts hätte sich geändert. Es hätte keine weitere Nacht zwischen uns gegeben, und sogar die Erinnerung an unsere Lust von früher wäre zerstört gewesen ...«

Ihr kommen noch andere Erinnerungen. »Ich wurde früher einmal einer Heldin unseres Landes vorgestellt, ich war noch sehr jung, gerade Studentin, sie war um die Vierzig. Sie war schön und elegant; und es genügte, ihren Vornamen zu nennen, denn überall galt sie als das Symbol für die Kämpfe der Vergangenheit, für Mut und Tapferkeit. Ich habe sie vor Bewunderung mit den Augen verschlungen. Natürlich mußte ich an meinen Vater denken – er war ein toter Held. In jener Zeit sagte ich mir immer: Nur die Toten sind Helden! Dagegen trugen die anderen, die am Leben geblieben waren, vielleicht noch Spuren ihrer ›Großtaten‹, über die sie selbst nicht sprachen, entweder aus Bescheidenheit, oder weil die anderen das für sie übernahmen. Die Fama ihrer ruhmvollen Vergangenheit umgab sie mit einer Art Heiligenschein … Wenn ich sie sah, haßte ich sie, diese ziemlich etablierten Männer, die sich bequem eingerichtet hatten in diesem Leben, mit traurigem Gesicht und einem Körper, der immer mehr in die Breite ging … Doch da war diese Frau! Und ihre außergewöhnlichen Taten, die sie vollbrachte, als sie gerade zwanzig war! Sie wurde von der französischen Justiz zum Tode verurteilt, zusammen mit mindestens drei ihrer Mitkämpferinnen! Sie war die Berühmteste, sicherlich wegen ihres Engelsgesichts und ihres versteckten Lächelns, aber es war keineswegs schüchtern … eher zurückhaltend. Heute morgen habe ich vor den törichten Jungfrauen des Münsters plötzlich an diese Berühmtheit aus meinem Land denken müssen, an ihr Lächeln, als ich sie das erste Mal sah, ein geheimnisvolles Lächeln wie in höchster Erfüllung …

Als ich sie traf, lag ihr Prozeß zwanzig Jahre zurück: Sie war im Gefängnis gewesen, dann amnestiert worden, war in den ersten Tagen der Unabhängigkeit im Triumph in die Heimat zurückgekehrt … Sie erschien mir noch schöner als auf den Fotos, die von ihr in Umlauf waren, selbst aus ihrer früheren großen Zeit … Ich habe dann meinen grundsätzlichen Zweifel hinterfragt, den ich diesen Heldinnen und Helden entgegenbrachte … Wenn sie viele Jahre später, wohlgenährt, mit Haus, Familie, Kindern, durch die Verehrung schon beinah zum Denkmal geworden waren … Ich konnte meinen Vater nicht vergessen, dessen Leiche nie gefunden wurde … Angeblich war er aus einem Hubschrauber geworfen und von den Schakalen in den Wäldern zerrissen worden … Man hat meinem Vater sogar ein Mausoleum errichtet, aber ich habe es nie besuchen wollen, nicht ein einziges Mal. Im Gegensatz zu meiner Mutter und meiner Großmutter, die jeden Freitag dorthin pilgerten!«

»Und was war mit der Heldin?« fragt leise der Mann, im Dunkeln rauchend.

»Warum lasse ich mich so von der Erinnerung hinreißen?« wundert sich Thelja, während sie sich ins Bettzeug kuschelt.

Schließlich nimmt sie den Faden wieder auf: »Ich habe kein Wort an diese Frau, diese Ikone gerichtet. Aber in der Biblio-

thek wollte ich danach endlich alles über diesen Krieg lesen, na ja, es waren meist von Journalisten geschriebene Chroniken mit dieser oder jener Tendenz! Ich habe nur ein Faktum davon behalten, denn eben über diese Heldin hatte ein anekdotensüchtiger französischer Journalist folgendes herausgefunden: Nach ihrer Verhaftung wurde sie tagelang gefoltert, doch plötzlich hörte er auf. Ihr Befrager versuchte es mit Verführung.

Manche behaupten, es sei ihm tatsächlich gelungen, sie zu verführen. Sie wurden sogar zusammen gesehen, wenn sie abends ausgingen, obwohl die Stadt damals im Belagerungszustand war … Man erzählte sich, sie hätte Feuer gefangen! … Dennoch hatte es keine weiteren Folgen, denn sie erklärte sich verantwortlich für alle Attentate, die ihr vorgeworfen wurden. Ja, sie war eine Bombenlegerin. Ja, sie hatte Waffen transportiert. Zuerst war sie als reiche Europäerin verkleidet gewesen, dann als einfache Frau aus der Kasbah. Sie gab alles zu, und doch stellte ich, mit meinem strengen Urteil, mir noch Jahre danach verwirrt die Frage: ›Wie konnte sie ihren Verfolger lieben, sich für eine Weile von ihm umgarnen lassen?‹ … Der französische Offizier soll anschließend auf eigenen Wunsch in das Gebiet mit den heftigsten Gefechten versetzt worden sein. Da er ohne jede Rücksicht das Äußerste riskierte, fiel er bald im Kampf.

Es hat mich lange gequält … Vielleicht hat es mein Verbot der Liebe zu einem Franzosen verstärkt«, sagt sie und rückt mit einer lebhaften Bewegung unter der Decke eng an ihn heran.

Er hat sich aufgesetzt.

»Halten Sie mich fest, was soll aus mir werden in dieser Durchgangsstadt?«

Er antwortete ihr erst viel später, nachdem ihre Lust noch einmal geflossen war und ihren Höhepunkt erreicht hatte, als er ihr zuflüsterte: »Es ist seltsam! Gestern oder vorgestern habe ich dir etwas erzählt (und doch kommt es mir vor, als sei es schon viel länger her!), habe mir jene ferne Nacht, die Christmette mitten im leeren Straßburg förmlich aus dem Gedächtnis gerissen … Und doch bist du es, die leidet!«

Sie sieht ihn an, mit einem tapferen Lächeln, doch es ist umspielt von einer zitternden Traurigkeit: »Diesen Tag habe ich schon beinah vergessen!« seufzt sie. »Ich spreche meine Erinnerungen aus, weil ich nackt ganz nah neben dir liege. Wird ihr übler Beigeschmack irgendwann verfliegen? … Ach könnte ich vergessen!«

Und sie schreit fast, ächzt aber zumindest: »Frankreich, liegt allein in diesem Wort mein Leiden?«

Sie fängt leise an zu weinen. Als er sie wiegt, gleichmäßig, ohne zu ermüden, bemerkt sie schließlich dankbar: »Du bist ein Mann, und doch finde ich … mütterliche Züge. Wie wohl mir das tut!«

Er lacht, ehrlich überrascht, und beginnt wieder zu rauchen.

Spät in der Nacht, als der erste Schein der graublauen Dämmerung durch die Läden dringt, öffnet Thelja die Augen und bleibt einen Moment reglos liegen, bevor sie richtig wach wird. Sie streckt die Arme aus: François liegt da und raucht bereits schweigend … Sie streichelt seine Schulter, seinen Hals … »Ich will ihm meinen Traum nicht erzählen, sonst verfliegt er sofort. Vor und nach der Lust kommen so viele Worte aus mir heraus. Wozu all dieses Gemurmel?«

»Wenn ich weder Französisch noch Arabisch sprechen könnte«, flüstert sie, während er ihren Kopf an seine Schulter bettet. »Wenn ich kein Arabisch und Französisch und du kein Französisch und … sagen wir Deutsch könntest, auch kein Elsässisch, würden wir uns dann in diesen Nächten auf die gleiche Weise lieben?«

»Was für eine Frage, du Denkerin!« wundert er sich.

Er holt seine etwas kalte Hand von ihrem Bauch, streicht über ihre Hüften, dann über ihre Brüste. Seine Finger fließen über ihr Gesicht und betasten ihre Lippen.

»Du Rednerin im Morgengrauen«, fügt er hinzu.

Sie streckt ihre Zungenspitze heraus und leckt seine Fingerspitzen.

»Pst … Hör zu«, sagt sie sanft. »Es sind noch immer Worte der

Nacht. In der Nacht, kurz bevor sie hinweggleitet, bevor sie sich ganz verflüchtigt, sprechen wir noch wie im Halbschlaf, und manchmal finden wir etwas, wenn auch nur wenige Spuren, um ganz allmählich zu beleuchten, was uns den Tag über im hellen Licht beschäftigen oder quälen wird ...«

Thelja sinniert: »Auch wenn ich ihn überhaupt nicht kennen würde – im Grunde ist er fast so alt wie mein unbekannter Vater! –, und er wäre ebenso gut und aufmerksam zu mir, wie er es die ganze Zeit ist: Dennoch ...«

Sie spricht halblaut weiter: »Wenn du keine der Sprachen sprechen könntest, die ich verstehe, würde ich dich ohne Vorbehalte ganz genauso lieben! Ich würde mir von dir Verse in deiner Sprache aufsagen lassen, sie wären für mich unverständlich, ein Gebrabbel, ein Vogelgezwitscher ... Geräusche, oder nein, Musik. Jeden Morgen würde ich inmitten der Küsse in der Höhle deines Mundes jedes feuchte Wort deiner unbekannten Zunge nachsprechen! ... Es wären nicht mehr so sehr unsere Arme, unsere Knie, unsere Fersen, mit denen wir uns betasten und umschlingen würden ... Es wären unsere Münder, unsere Zungen, unser Speichel ... Vor allem unser Atem, mit dem wir uns immer so nah sind!«

François lacht in die Stille hinein. Er hat immer noch seine Finger auf ihre halbgeöffneten Lippen gelegt.

»Die Liebe bestünde dann in unseren Übungen der Aussprache, des Rhythmus, der Betonung ...«

»Hat jede«, sagt sie unter seinen Liebkosungen (die Finger des Geliebten fahren nun über ihre Wangen, ihre eigensinnige Stirn, ihre Augen, die sie sofort schließt, um seine Berührung länger zu spüren), »hat jede Sprache ihre eigene Schwierigkeit, oder auch ihr Geschlecht? Hat etwa deine ein Geschlecht, das ich allmählich in mich aufnehmen würde, das ich mir in den Mund legen würde, jeden Laut für sich, das ich schlucken würde, als wäre es ein anderer Samen von dir?«

Sie richtet sich wieder auf, sucht im heller werdenden Halbdunkel nach irgend etwas, findet aber nur ein Taschentuch oder Kopftuch. Sie bindet sich damit den Mund zu, reißt sich mit einer raschen Geste das Nachthemd vom Körper, ist nun wieder nackt und denkt mit blitzenden Augen: »Oder wollen wir uns statt dessen lieben, als wären wir stumm? Es wäre genau das Gegenteil ...«

Da stürzt sie sich mit verbundenem Mund und aufgerissenen Augen auf ihn, erdrückt ihn mit ihrem schmalen Körper ... Während der ganzen Dauer ihres morgendlichen Gebärdenspiels, ihrer Choreographie von müde Daliegenden, sagt sie sich immer wieder begierig: »Ja, wie Stumme! Unsere Körper, Figuren der Stille! Unsere Waden, unsere Zehen, unsere Muskeln, die sich anspannen, die zittern. Uns so lieben wie zwei fühllose Körper, wie sehr möchte ich diesen Männerkörper besitzen, der mir so fremd ist, der eine Sprache spricht, die ich nie verstehen werde ... So könnten wir mitten in der Ödnis der Worte einander kreuzen, uns durchdringen, sogar zerreißen, aber uns vor allem anderen erkennen!«

Während der ganzen Dauer ihres Spiels, das zunächst langsam beginnt, träumt sie: Die Wollust steigt noch nicht auf wie eine Flut, sie betäubt mir noch nicht die Ohren, jedenfalls noch nicht völlig, ein langsames Beginnen. Soll ich ihn lieben, nur aufgrund jener sonderbaren Geographie, die sich durch einen blinden Zufall abzeichnet? Unsere Körper, Landschaften, die sich nahe sind, nichts weiter. Wo bin ich hier?

Und sie schreit, sie klagt. Sie reißt mit einer Hand das Tuch von ihrem Mund, kurz bevor er sie besteigt.

»Wo bleibt bei alledem die Sprache?« fragt sie sich nun träge, als sie ermüdet von der Lust im Morgengrauen daliegt. Der Geliebte schläft, sie hört seinen regelmäßigen Atem, vielleicht hat er vorher die ganze Nacht geraucht, auf sie wartend, bis sie aus ihrem Traum erwacht, den sie hatte behalten, ihm nicht hatte erzählen wollen – sie hatte ihn, den Franzosen, begehrt, aber mit einer wilden Sprache vom anderen Ende der Welt!

»Wo bleibt bei alledem die Sprache?« wiederholt sie hartnäckig ihre Frage. »Nun, die Sprache verschließt sich! Ich werde die Lebensweise der Krustentiere, der Schildkröten, der

seltsamen Fische tief unten im Meer studieren, äonenalte Tiere ... Wie sie schließt die Sprache ihre Lider, wie eine schwerfällige Amphibie, sie preßt ihre schmalen Lippen über den Zähnen zusammen, sie hält ihren Atem an, der ihr offenbar für ein ganzes Leben genau bemessen ist ... Vor allem (Thelja erinnert sich an die eben erlebte Lust und auch an die zu Beginn der Nacht), da ich vor allem den Saft der Sprache dieses Mannes liebe – die französische also? – und ihren Geschmack, ihre klare Flüssigkeit, ihren geheimen Bienenstock, ihren Met (wie mein arabischer Met, den ich ihm noch nicht geben kann), also ihre tönende Nahrung, werde ich sie einsaugen, zerkauen, kneten, sie schlucken, ich werde zu einem weiblichen Tier, aber ich werde sie wiederkäuen, um sie in mir zu verschließen, nachdem ich sie von seinen Lippen getrunken habe, um sie dann verflüssigt in meinem Körper mitzunehmen, wenn ich weit weg gehe von dieser Stadt ...

In Paris sah ich von diesem Mann nur die Beine, seine Augen mit dem Fächer der Falten, nur, wie er seinen Blick auf mir ruhen ließ, dem ich auswich: Ich glaubte, wegen ihm herzukommen, war mir nicht sicher, was es sonst war ... An ihm, an mir, ich wußte es nicht! Das ist nur fünf Tage her, und seitdem habe ich so viel erlebt! ... Ich werde alles mitnehmen, was ich von seinen Lippen empfangen habe, aus seinem Mund, von seinen Zähnen, von seinem Atem in der letzten Dunkelheit des Tages, während er noch schläft, während sein Atem den Rhythmus meiner Geduld, meines Wartens vorgibt ... Ich habe sogar die Worte empfangen, die ihn früher gefangen hielten, während er als kleiner Junge neben seiner hochmütigen Mutter hertrottete, durch dieses verschneite, menschenleere Straßburg ... Das ist jetzt fünfzig Jahre her, und doch ...«

Sie krümmt sich zusammen. Ein Gedanke stört plötzlich ihre Suche und ihre wohlige Müdigkeit. »Mein Vater, dieser Unbekannte, dieses Phantom, das mich heimsucht! Ein berberischer Kämpfer, wie so viele vor ihm, seit der Zeit, als die römischen Legionen zu uns kamen. Wo genau war dieser Mann aus den Bergen, der mich stets verfolgt, an Weihnachten 1939? ... War er, der damals Achtzehnjährige, in der Uniform eines französischen Soldaten nach Frankreich zwangsrekrutiert worden? Vielleicht gar in einer der Kasernen von Straßburg? Gab es dort auch algerische Infanteristen? … Ich werde es herausfinden!«

Sie dreht sich um und versucht, die Soldaten aus vergangener Zeit zu vergessen. Draußen schlägt eine Glocke. Sie beginnt die Schläge zu zählen, es ist sechs Uhr, der Tag beginnt …

Beim Kaffee, den sie im Wohnzimmer zu sich nahmen, schienen sie beide ruhig, die vielen nächtlichen Worte waren ausgelöscht, sichtbar blieben nur ihre Liebkosungen, die Berührung der Hände bei den kleinsten Gesten, ihre Zugewandtheit (wenn sie sich eine Tasse, einen Löffel, ein Croissant reichten). Bevor er ging, erzählte François – weil Thelja das Geläut von Jung-Sankt-Peter erwähnte, das sie erkannt hatte – träumerisch: »Als die Straßburger am zweiten und dritten September 1939 ihre Stadt verlassen mußten, war der Pfarrer dieser Kirche als letzter gegangen … Später hat er seine Erinnerungen veröffentlicht. Ein Detail hat sich bis heute in mir eingeprägt, obwohl ich den Bericht schon vor langer Zeit gelesen habe.

Da der Priester am Samstag, dem zweiten September, nachmittags keine Beichte abnehmen mußte, ging er durch das Viertel spazieren. Nur ein Mann war noch da, ein Friseur in der Oberlinstraße, erzählte er. Am nächsten Morgen, am Sonntag also, kamen zu jeder der verschiedenen Messen (angefangen bei der ersten um sechs Uhr) ungefähr fünf oder sechs Gläubige. Um elf Uhr schlossen der Pfarrer und der Küster die Kirche ab und bepackten ihre Fahrräder für den Aufbruch. Da tauchte unerwartet, so schreibt er, ein Taxi vor dem Pfarrhaus auf. Der Fahrer hatte dem Priester irgendwann versprochen, er würde ihn mitnehmen, wenn einmal Gefahr drohte … Daher verließ der Pfarrer die Stadt in einem Auto!«

François schwieg eine Weile, dann fuhr er fort: »Doch was mich anrührt, geschah erst danach. Einige Tage später durfte der Pfarrer (Julien, er hieß Julien Gwiss, plötzlich fällt es mir wieder ein) zurückkommen, um noch einige Dinge zu holen, dafür brauchte er eine militärische Erlaubnis ... Als er wieder aus dem Pfarrhaus heraustrat, hörte er plötzlich in der verlassenen Straße Musik. Aus dem Fenster einer gegenüberliegenden Wohnung, die einer jüdischen Nachbarin gehörte, erklang diese Musik aus einem Radioapparat ... Der Pfarrer kannte die Frau gut, sie gab ihm regelmäßig Kleider für die Armen seiner Gemeinde ... Sie war mit Tochter und Schwiegersohn weggegangen, hatte nur vergessen, am Knopf ihres Radios zu drehen, und so spielte es jetzt bis zum bitteren Ende.

Doch als der Pfarrer zum zweiten Mal die Stadt verließ, brach dic Musik, die aus der Leere kam, plötzlich ab.

Weder Frau Wolf (jetzt kommt mir auch dieser Name wieder in den Sinn, stammelte François verwirrt), weder Frau Wolf noch ihre Tochter, noch der Schwiegersohn sind je zurückgekehrt! Nicht nach der Niederlage im Juni 1940, und auch nicht später, nach 1945! Der Herr Pfarrer von Jung-Sankt-Peter, der zu den Elsässern in der Dordogne stieß, kam mit den meisten anderen im September 1940 wieder zurück. Seine Erinnerungen schrieb er nach Kriegsende auf ... Ich muß plötzlich an diese Frau Wolf denken und an deren Radio, das vor dem geöffneten Fenster gegenüber dem Pfarrhaus immer weiterspielte ...«

François war aufgestanden, Thelja erhob sich spontan, begleitete ihn zum Auto und hielt ihm liebevoll ihre Lippen hin: »Ein richtiger Abschied am Morgen, wir haben schon fast die Gewohnheiten eines Ehepaars angenommen«, bemerkte sie amüsiert.

VI. Der Schwur

1

An diesem Montag morgen mußten Hans und Eve Abschied nehmen, was ihnen schwerfiel.

»Bis zu seiner Geburt«, begann Hans mit tiefer Stimme, während seine Hand über Eves Bauch strich, »komme ich von jetzt an jeden Mittwochabend, um seinetwillen, auch wenn ich am Donnerstag wegen meines Seminars sehr früh aufbrechen muß! ... Du wirst sehen, das ist besser so! ... Du wirst dich weniger ängstigen.« Und er wiederholte ein wenig verträumt: »Bis zu seiner Geburt!«

Eve lächelte ihn an und stand entschlossen auf ... »Ich habe es bisher nicht gewagt, aber jetzt will ich es dir vorschlagen ... Eine Zeremonie, ein Ritual. Aber lach bitte nicht darüber! Es ist plötzlich wichtig für mich, daß es heute morgen stattfindet, bevor du wieder wegfährst ... Bitte, sag ja!«

»Wozu denn?« fragte Hans zögernd und amüsiert zugleich.

»Sag ja!« rief sie, ihm stehend zugeneigt, fast mütterlich. »Ohne daß du es weißt! ... Ein Ritual.«

»Also gut!« sagte er, die rechte Hand wie zum Schwur erhoben.

Innerlich bezeichnete Eve Hans' Geste tatsächlich mit »wie zum Schwur erhoben«, sie stellte es fast abergläubisch fest. »Oh, das ist seltsam, du hast es ohne zu wollen erraten! ... Es handelt sich tatsächlich um einen Schwur!«

»Einen Schwur?« fragte Hans wieder – er war sich einen Moment über die genaue Bedeutung des französischen Worts nicht im klaren.

Doch Eve, mit vor Eifer gerötetem Gesicht, wußte genau Bescheid.

»Die Straßburger Eide ... weißt du, was das ist? ... Du weißt es nicht oder hast es schon vergessen ... Dabei gehören sie zu eurer Geschichte, es ist die Geschichte dieser Stadt, aber auch deine, weil du Deutscher bist, und die Geschichte der Franzosen! Das hat sich vor vielen Jahrhunderten zugetragen, ich war damals weder französisch noch deutsch, ich gehörte nicht zum Norden, zu Europa, meine nordafrikanischen Vorfahren sprachen Berberisch und hatten schon vor langer Zeit den jüdischen Glauben angenommen. Vielleicht lebten sie damals sogar auf Djerba, nach Homer die Insel der Lotophagen, oder aber sie ließen sich in Spanien nieder, wie meine Familie mütterlicherseits. Dort sollten sie Arabisch sprechen und schreiben und jahrhundertelang leben, bis sie durch die Inquisition vertrieben wurden und wieder an die nordafrikanische Küste zurückkehrten ... Ja, die ›Straßburger Eide‹, das hast du in der Schule gelernt, erinnere dich, es war im Jahr 842 nach christlicher Zeitrechnung, dreißig Jahre nach Karl dem Großen. Ich habe davon in Tebessa gelesen, als wir noch auf Französisch unterrichtet wurden, wie zu Zeiten der Franzosen.«

»Die Söhne Ludwigs des Frommen, also die Enkel Karls des Großen«, Hans erinnerte sich nur mit Mühe, war immer noch überrascht.

Sie beendeten das Frühstück. Eve hatte sich angezogen, um ihn zum Bahnhof zu begleiten, wo in einer Stunde der Zug nach Heidelberg abfahren sollte.

Sie holte ein altes Buch von einem Regal herunter. »Das habe ich vor einem Monat bei einem Trödler gefunden. Ich war fasziniert, es ist die Geschichte der französischen Sprache ... Hier steht in wenigen Worten, was sich die beiden Söhne von Ludwig, Karl der Kahle, der Anführer des Frankenheers, und Ludwig der Deutsche, der Heerführer auf der anderen Seite des Rheins, in Straßburg geschworen haben: Sie hatten gegen den dritten Bruder, Lothar, gekämpft, doch zu viele Tote hatte diese Schlacht gefordert. Jetzt galt es, aufzubauen und nicht mehr gegenseitig Krieg zu führen. Die beiden versprachen sich daher Hilfe und Unterstützung, sicher auch um den dritten dazu zu zwingen, den Erbfolgekrieg zu beenden.«

Eve holte Luft. Sie öffnete das leicht angestaubte Buch auf einer bereits gekennzeichneten Seite.

»Das Wichtigste – was heute und für uns am wichtigsten ist – an diesem Bündnisschwur (bei uns ist es ja eher ein Liebesschwur) ist, daß Ludwig, der Ältere, den Eid auf französisch sprach, oder genauer gesagt, auf altfranzösisch, in der Sprache des Bruders, und Karl, der Franzose, las es in althochdeutsch, der Sprache des anderen, ab ... (Sie näherte sich Hans und berührte seine Lippen mit den ihren.) Ja, und die Armeen tun das gleiche, jede spricht den Eid in der Sprache der anderen Armee ... des anderen Heerführers ... Ein politischer Akt, der vor allem in einem Austausch der Sprachen besteht! Verstehst du, warum dieser Schwur so ... bedeutsam und so ungewöhnlich ist?«

Hans sagte nichts, er erwiderte nur den leichten Kuß, so wie sie es erwartete.

»Eine seltsame Zeremonie«, sagte er dann.

Eve hatte plötzlich fast Tränen in den Augen.

»Heute bin ich bereit, Hans, endlich in deiner Sprache mit dir zu sprechen ... Du sagst den Schwur zuerst, auf französisch, danach lese ich ihn auf deutsch! Ich möchte ... ich möchte dich dann zum Bahnhof bringen, ohne ein Wort zu sprechen!«

Er nahm sie in die Arme. Sie öffnete das Buch an der gekennzeichneten Stelle. Mit dem Finger zeigte sie ihm den französischen Text – den altfranzösischen Dialekt des Nordens –, und er buchstabierte langsam: ›Aus Liebe zu Gott, zu des christlichen Volkes (er zögerte, lächelte und sprach dann weiter:) und unser beider Heil von diesem Tag an in Zukunft, soweit Gott mir Wissen und Macht gibt, will ich diesen meinen Bruder Karl sowohl in Hilfeleistung als auch in anderer Sache so halten, wie man von Rechts wegen seinen Bruder halten soll, unter der Voraussetzung, daß er mir dasselbe tut; und mit Lothar will ich auf keine Abmachung eingehen, die mir mit meinem Willen diesem Bruder Karl schaden könnte.«

Zwischen Eve und Hans trat Schweigen ein. Sie schauten sich ernst in die Augen, ohne zu lächeln, selbst ohne an ihre

Liebe zu denken. Eve wollte plötzlich wirklich ganz der König Karl von einst sein – er hieß damals wahrscheinlich noch nicht der Kahle, denn als er diesen Schwur leistete, war er kaum achtzehn Jahre alt, während der Ältere, der Deutsche, sich bereits den Neununddreißig näherte. Mit leicht erstickter Stimme begann Eve also den Eid in deutscher Sprache. Ihre Stimme wurde allmählich klarer, sie traf die Lautung und auch den Rhythmus von Hans' Muttersprache, der ihr gerührt zuhörte: »Ich will diesen meinen Bruder Ludwig sowohl in Hilfeleistung als auch in anderer Sache so halten, wie man von Rechts wegen seinen Bruder halten soll.«

»Wer außer mir«, dachte Hans, »wäre so ergriffen wie ich, wenn ihn seine Geliebte ›Bruder‹ nennen und ihm mit den Worten einer so reinen Brüderlichkeit Treue schwören würde … Nie«, sagte er sich, »hat vor ihr eine schöne Fremde, die das Kind eines Mannes trägt, der ihr aber bisher noch nicht das Wort gegeben hat, nie hat eine Frau aus dem Abendland, aus Frankreich, sich so völlig hingegeben!«

»O mein Liebster!« sagte Eve bei sich, während sie das Auto lenkte, »aller Krieg zwischen uns ist zu Ende! Noch bevor das Kind auf die Welt kommt, haben wir alles getilgt, was an die Stammlinie erinnert! … Gott sei geehrt, oder wie es im Schwur heißt: ›Aus Liebe zu Gott, zu des christlichen Volkes und unser beider Heil …‹«

Die Straßen von Straßburg waren an diesem Morgen laut. Hans dachte einen Moment, er würde den Zug verpassen, aber er blieb ruhig. Eves sichere Stimme klang noch in ihm nach, in diesem Deutsch von vor vielen Jahrhunderten, dessen Rhythmus und Atem er liebte.

2

Das Schwimmbad, zu dem Eve an diesem Morgen ging, gehörte zu den ältesten der Stadt, hatte hohe, blau und grün gekachelte Wände und eine Decke aus lichtspendendem Glas mit Art-déco-Verzierungen ... Die feuchten Geräusche, das in Garben aufsteigende Lachen der Kinder, drangen bis hinauf. Als Eve hereingekommen war, war sie mit einer ganzen Schulklasse von Jugendlichen zusammengetroffen.

Direkt vom Bahnhof war sie hierhergegangen und ruhte sich jetzt am Rand des kleinen Beckens aus, das um diese Zeit von einer Gruppe von Schwangeren zur Unterwassergymnastik belegt war.

Sechs Schwimmerinnen plätscherten im Wasser, unter der Anleitung einer munteren, stämmigen Savoyardin in rotem Badeanzug, die vor ihnen am Beckenrand stand. Unter den Badenden waren zwei sehr junge Migrantinnen, sie wirkten ein wenig ungelenk und lächelten Eve zu, als sie diese wiedererkannten. Ihnen war ihr Ungeschick nicht mehr so peinlich wie bei den letzten Malen. Sie freuten sich und kicherten wie kleine Mädchen ... Als sie aus dem Becken herauskamen, verhüllte sie ihr Badeanzug ganz, bis zur Mitte der Oberschenkel, und ließ sie ein wenig aussehen wie trächtige Pelikane, was Eve anrührte. Es waren junge Türkinnen, diese morgendliche Gymnastik kam in ihrem normalen Alltag wahrscheinlich einer Revolution gleich. Sie unterhielten sich manchmal mit Eve in einem noch unsicheren Französisch ...

Eve legte sich schließlich auf den Rücken, um besser atmen zu können ... Heute morgen war sie mit noch größerem Eifer bei den Übungen gewesen als sonst. »Wie wenn Hans noch nicht ganz weg wäre ...« Sie ließ ihre Blicke über die Decke schweifen und hörte die ermatteten Stimmen der anderen. Eigentlich müßte sie sich schnell anziehen, denn Irma würde bald eintreffen. Für sie war es ein bedeutender Tag. Eve sollte sie im Auto in ein Dorf fahren, wo sie mit dem Bürgermeister einen Termin vereinbart hatte.

Tatsächlich stand Irma plötzlich da, in einem ärmellosen Kleid und mit einer Strickjacke über dem Arm. Ihr Gesicht war von Schweißperlen bedeckt. »Hier drin ist es so heiß! ... Ich hätte fast Lust, mich auszuziehen und selbst eine Runde durch das große Becken zu kraulen!«

Eve stand auf und nahm die Besucherin am Arm. Sie gingen zusammen zu den Umkleidekabinen. Eve kam schließlich angezogen, ihr nasses Haar mit einem Handtuch frottierend, wieder heraus.

»Machen Sie sich Sorgen wegen Ihres Termins?« fragte sie leise, an Irmas Bild im Spiegel gewandt.

»Heute kommt so vieles zusammen!« antwortete Irma besorgt.

Die beiden Frauen verließen das Schwimmbad. Eve ging zu ihrem kleinen Auto. Während sie einstiegen, fügte Irma sinnierend hinzu: »Ja, ich habe wirklich schlecht geschlafen, nur weil ich diesen Besuch vorhatte. Gott sei Dank kommen Sie mit! Denn ich bin pessimistisch, ich habe kein gutes Gefühl ... Außerdem mußte ich um neun schon für ›meine Alten‹ dasein, wie jeden Tag ... Ich habe Ihnen von Lucienne erzählt ... Sie ist natürlich mein Liebling ... Wenn ihr danach ist, vergißt sie alles, an manchen Tagen ist es besonders schlimm! ... So ist das bei vielen alten Leuten, aber Lucienne ist erst siebenundsiebzig!«

Das Auto fuhr los. Eve mußte noch einmal nach Hautepierre. Irma erzählte mit ihrer sanften, kaum hörbaren Stimme immer weiter. Um diese Zeit, am späten Vormittag, waren die Straßen noch lauter, der Verkehr noch dichter.

»Erinnern Sie sich? Ich hatte Ihnen erzählt, daß man Lucienne auf meine Abteilung verlegt hat, weil sie unaufhörlich schreit. Es ist ein durchdringender Schmerzensschrei, ohne Worte, zuweilen ein Kinderweinen oder ein seltsamer Ruf eines Guanovogels, bis sie heiser ist. Die Schwestern halten es nicht mehr mit ihr aus, schon nach fünf Tagen. Heute habe ich sie zum dritten Mal gesehen, und ich bin jetzt noch unruhig, denn sie haben sie isoliert. Als ich kam, war sie von den Medikamenten ganz benommen. Ich bin letzten Sonntag nur wegen ihr hingegangen. Nach meinem Besuch schien sie sich zwar nicht beruhigt zu haben, aber, wie soll ich sagen, anscheinend verstand sie irgendwie, weil ich mich mit ihr befaßte, daß ich jedenfalls für sie da war. Ich habe es an ihrem

Blick gespürt, da war ein Aufleuchten, fast als wollte sie sagen: ›Du bist also da, du bist da um meinetwillen.‹ Danach wurde ihr Blick natürlich wieder stumpf … (Bei der Ankunft in Hautepierre stellte Eve den Motor ab, hörte aber weiter zu.) Weil ich gehen wollte, bin ich aufgestanden, da hat sie mich mit einem Finger hergewinkt. Ich habe mich über sie gebeugt, sie hatte aufgehört zu stöhnen … Wissen Sie, was sie mir gesagt hat, mit einer Kinderstimme, einer Stimme aus einer anderen Zeit?«

Irma war ergriffen, sie erlebte die Szene noch einmal: »Sie hat gemurmelt: ›Périgueux, das ist nicht sehr weit vom Meer, nicht?‹ Ich habe es nicht verstanden, hielt es einfach für die Spinnerei einer alten Frau. Immerhin konnte ich sie beruhigen. Anschließend wollte ich herausfinden, wo sie herstammte, ob aus der Stadt oder einem Dorf in der Nähe. Ich bin gegangen. Doch heute morgen dachte ich an sie, und plötzlich, als ich hierher ins Schwimmbad kam, vielleicht wegen des Wassers oder wegen der Stimmen, die durch den Dampf anders klingen, während ich auf Sie zuging, hatte ich eine Eingebung …«

»Périgueux«, wiederholte Eve nachdenklich. »Hat sie dort gelebt?«

»Vielleicht, aber ich glaube, ich habe es gefunden: Périgueux, das ist der Südwesten, das ist der Exodus der Elsässer im Jahre 1939 … Diese Frau war damals zwanzig, wahrscheinlich war es ein Schock für sie, oder sie hatte Angst, ich weiß es nicht …«

»Ich bin gleich zurück«, sagte Eve schließlich. »Thelja will kommen, ich muß meiner Nachbarin Bescheid sagen.«

Sie stieg aus.

Thelja war im Wohnzimmer, die Arme voller Wiesenblumen, auf der Suche nach einer Vase. Den Freundinnen blieb kaum Zeit, sich zu umarmen.

»Irma und ich müssen los. Du kannst hier auf uns warten oder hinaufgehen zu Touma, sie wird sich freuen. Sie hat sogar verkündet, sie würde dir Krapfen wie die von zu Hause backen!« Sie entschuldigte sich: »Weißt du, es ist wichtig, daß ich Irma heute begleite. Wir sind im Laufe des Nachmittags wieder zurück ...«

Die kleine Mina lächelte ihnen in der Tür zu, sie trug die ägyptische Katze auf dem Arm. Schon im Weggehen deutete Eve auf das Mädchen.

»Oh, ich habe vergessen, der schöne Mann aus Deutschland ist heute morgen weggefahren. Das bedeutet Trauer für die zwei Frauen in diesem Haus!«

Sie brach in ein lautes Lachen aus und entfloh über die Treppe.

Bei Touma kostete Thelja die noch heißen Krapfen. »Einer reicht mir! Mit deinem Milchkaffee ist das ein ganzes Mittagessen!«

Touma beharrte und rief auf arabisch alle Heiligen ihrer Gegend an, um die junge Frau zum Essen zu bringen.

»Du könntest meine Tochter sein ... Ach, dann hätte ich noch eine ... Anstatt ...«

»Aber du hast doch eine Tochter, hat mir Eve erzählt ... und sie ist in Mulhouse verheiratet.«

»Mit einem Franzosen!« erwiderte Touma voller Verbitterung.

Thelja schwieg. »Wenn ich ihr jetzt geradeheraus sagen würde, daß ich, die Tochter eines Mannes, der von der französischen Armee getötet wurde, mit einem Franzosen aus dieser Stadt die Nächte verbringe? Vielleicht weiß sie es sogar.«

Sie hörte auf zu essen. Sie beschloß, das Gespräch, das ins Banale abzugleiten drohte, nun auf arabisch weiterzuführen.

»Du hast, glaube ich, einen Sohn, den Vater von Mina. Wenn er jetzt eine Französin heiratete, würdest du ihm das nicht übelnehmen, oder? Du wärst vielleicht sogar stolz! Bist du da nicht ungerecht, du, als Mutter? Möchtest uns Frauen ihre Regeln überstülpen, wie zu Hause? Den Jungen ist alles erlaubt, den Mädchen alles verboten? Ausgerechnet du, eine Frau! Was hast du davon, emigriert zu sein, wenn du deinen Horizont nicht erweiterst?«

Touma setzte sich auf das Schaffell am Boden, Thelja gegenüber, die im Schneidersitz auf der sehr flachen Matratze hockte.

Sie träumte.

»Höre«, sie atmete schwer, »ich weiß, daß mein Sohn verliebt ist, er ist geradezu verrückt nach einer Französin. Sie hat ihm sein Herz gestohlen, diese Diebin! Und jetzt will sie sich von ihm trennen! Obwohl sie mit ihm zusammengelebt hat. Ali erzählt mir nichts, aber wir Migrantenmütter sagen uns alles. Sie war das ganze letzte Jahr mit ihm zusammen. Und jetzt will sie ihn nicht mehr!«

Touma näherte Thelja, über den Teller mit den erkaltenden Krapfen hinweg, ihr gebräuntes Gesicht, das zwischen den Augenbrauen tätowiert war, jetzt aber vor allem besorgt aussah. Sie versetzte der Katze neben sich einen Schlag, damit sie das Zimmer verließ. Sie verwünschte und beschimpfte sie, als hätte sie das Bedürfnis, irgend etwas anderes zu verjagen.

»Offenbar leidest du um deinen Sohn ... Mach dir keine Sorgen, er kommt darüber hinweg!«

»Nein, ich habe Angst ... Ich kenne ihn, er kommt von dieser Frau nicht los. Er ist wie wahnsinnig. Die Samstage verbringt er bei mir. Er kann nicht mehr mit mir sprechen, er sieht durch mich hindurch! ... Früher nahm er Mina nachmittags mit ins Kino oder auch in den Zirkus ... Wenn er jetzt kommt, setzt er sich hin, tut, als schaute er fern, und ich setze mich dicht neben ihn und sage: ›Erzähl es mir! Sag's mir, mein Sultan, mein Löwe, mein Prinz! Sag mir, wie dein Tag abläuft, oder was dir wehtut, mein Leben!‹ Es nützt nichts, auch all meine Liebe, all meine vertrauten Worte nicht! Er lächelt, den Blick in die Ferne gerichtet, als hörte er ich weiß nicht was, eine alte, abgenutzte Platte ...«

Mina war in eine Ecke geglitten und hörte zu. Sie hatte ihren Liebling, die Katze, wieder auf den Arm genommen.

Touma wackelte mit dem Kopf: »Ja, meinem Sohn geht es schlecht ... Und ich habe Angst, habe Angst um ihn!«

Nachdem Thelja vergeblich vorgeschlagen hatte, Mina solle mit ihr kommen, sie würde ihr »Bonbons, was zum Anschauen, was zum Spielen« kaufen – Mina schüttelte traurig nur noch den Kopf –, stand sie auf. Sie versprach, Touma noch einmal zu besuchen, bevor sie »endgültig abreiste«.

»Du verläßt diese Stadt, o Tochter meines Landes?«

»In drei oder vier Tagen ...«

»Komm wieder und vergib mir, daß ich heute so voller Sorge war. Komm wieder, damit wir von dort sprechen können!«

Während sie aufstand und Thelja umarmte, murmelte sie sehnsüchtig: »Weißt du, daß ich auch aus dem Aurès komme? Aus den Beni-Souik, kennst du sie?«

Thelja lächelte: »Natürlich, die Familie meines Vaters stammt von der anderen Seite des Oued Abbiod! Das ist etwa drei Tagesritte von euch entfernt!«

»O ja«, wiederholte Touma sanft. »Wir hätten von Anfang an über unsere Berge reden sollen!«

»Ich komme wieder«, versprach Thelja, während sie sich umarmen ließ.

Beim Hinausgehen beschloß sie, zu Fuß bis in die Innenstadt zu wandern.

3

Sie wollte in das Münster hinein, brauchte nun nicht mehr vor dem Portal stehenzubleiben oder im Innern erst einmal damit zu beginnen, die Skulpturen und Glasmalereien zu bewundern oder den Pfeiler mit den Engeln, sie konnte jetzt direkt bis zur Treppe oder zum Aufzug gehen, der ihr mehr als die Hälfte des Aufstiegs ersparen würde, und dann hinauf, so schnell wie möglich, auf den Wachturm und von da in den hohen Turm des Münsters.

Dieses Verlangen überkam Thelja am frühen Nachmittag, in diesem etwas kalten Licht an einem Montag im Frühling.

Von da oben würde sie endlich die ganze Stadt sehen, mit ihrem fruchtbaren Umland, am Horizont die Linie des breiten Stroms. Sie wollte sich die Augen füllen mit der Landschaft, in welche die berühmte Stadt gebettet war, die aber, wegen ihrer fließenden Grenze, auch stets eine Spur ihrer vergangenen Verletzlichkeit – gewissermaßen als sichtbare Tätowierung – bewahrte.

Ein Omnibus hatte seine Touristenherde auf den Vorplatz des Münsters entlassen. Die meisten von ihnen stellten sich in die Schlange, um ebenfalls auf den Turm zu steigen. Thelja beschloß, in der Nähe zu warten und zurückzukommen, wenn der Andrang vorüber wäre …

Kurz darauf fand sie sich auf dem »Ferkelmarkt« wieder, sie blieb stehen, um das Haus zu betrachten, das »Haus zum Ferkel« hieß, an der Fassade war das Jahr seiner Erbauung vermerkt: 1477. Auf der anderen Seite der Gasse befand sich ein kleines Hotel mit unauffälligem Charme. Da Thelja bis vor wenigen Tagen noch Lust gehabt hatte, jede Nacht das Hotel zu wechseln, notierte sie seinen Namen. Dann streifte sie bis zum Fischmarkt, der an diesem Montag verlassen dalag. Sie kehrte dem Rohan-Schlößchen den Rücken und ging den gleichen Weg zurück … Sie betrat eine Winstub.

Sie nahm Platz, bestellte ein Getränk, und plötzlich mußte sie an Tawfiq denken, ihren fünfjährigen Sohn. (»Er ist auch fünf«, dachte sie unwillkürlich.) In einigen Tagen würden die Schulferien beginnen. War er jetzt schon in dem Bergdorf bei seiner Großmutter, oder war er noch bei seinem Vater? … Ihr kam die rauhe Stimme von Touma wieder in den Sinn, ihre Art zu grüßen, ein Verlangen quälte sie, nur den Akzent, eine Stimme von zu Hause zu hören. Beim Münster hatte sie, auf der anderen Seite des Platzes, ein Postamt gesehen. Und seit diesem Augenblick hatte sie die Sehnsucht erfaßt …

Sie trank das Glas nicht aus, stand auf und ging eilig zur Post. Es wollten nur wenige Leute ins Ausland telefonieren. Sie gab Halims Nummer an. »Eine Viertelstunde Wartezeit«, hieß es. Während sie sich geduldete, ging sie immer wieder zur Tür und stellte fest, daß der Münstereingang gegenüber nach wie vor von Touristen umlagert wurde, da immer neue hinzukamen.

»Ach, offenbar haben hier auch die Ferien begonnen«, sagte sie sich.

Endlich stand Thelja in der Telefonkabine. Sie nahm den Hörer. Sie hatte das letzte Mal zwei Tage vor ihrer Abreise aus Paris angerufen und nur eine Nachricht auf den Anrufbeantworter gesprochen: »Ich bin zehn Tage lang nicht in Paris. Ich melde mich, wenn ich zurück bin.«

Plötzlich sagte die ferne, ein wenig barsche Stimme von Halim ein paarmal: »Hallo? ... Hallo?« Dann holte sie wieder Luft, und Thelja konnte sprechen. Sie sagte, sie sei in Straßburg, es sei heute schönes Wetter, sie hätte sich gerade entschlossen, auf den Turm von Meister Ulrich hinaufzusteigen, als sie eine große Sehnsucht (sie benutzte das arabische Wort: *el ouehch*) nach »unserem Kleinen« überfallen habe. Wo er denn sei? Ob die Ferien schon angefangen hätten?

Als Halim ihr antwortete, wobei er darauf hinwies, daß er in seinem Büro nicht allein war, erschien es ihr, als wäre er ganz nah bei ihr: sein längliches, feingezeichnetes, schmales Gesicht, seine kurzgeschorenen krausen Haare, seine schmalen Augen, sein scharfer Blick, sein Lächeln, das sie liebte ... Er sagte, Tawfiq würde in zwei Tagen mit ihm nach Oran fahren.

»Und was ist mit meiner Mutter? Hast du daran gedacht, daß sie bestimmt auf ihn wartet? Er sollte doch seine Cousins treffen!« schaltete sie sich etwas ärgerlich ein.

Halim schwieg einen Moment, dann fügte er in einem neutralen Ton hinzu, daß Tawfiq die letzten vier Tage »im Dorf bei deiner Mutter« verbringen würde.

»Meine Mutter ist schließlich seine Großmutter!« entgegnete Thelja.

Wieder eine Pause, die von einer Störung gefolgt war. Sie wußte nicht, ob Halim aufgelegt – und damit ihre Feindseligkeit beendet hatte, die sie nicht in den Griff bekam – oder ob die Telefonleitung zusammengebrochen war, die nach Auskunft der Beamtin »um Algier herum immer überlastet ist«.

Thelja ging völlig verstört hinaus. Sie betrachtete mit abwesender Miene das Münster auf der anderen Seite: Es schienen weniger Besucher dazusein. Aber ihre Lust, hinaufzusteigen, zu klettern – »davonzufliegen«, dachte sie – war ihr vergangen. Sie ging weiter, wollte umherwandern, um die Schwaden des Kummers, die in sie eindrangen, zu vertreiben ... »Weitergehen, immer gehen«, sagte sie sich, bis sie mit jemandem zusammenstieß. Sie drehte sich um, als sie eine fröhliche Frauenstimme hörte: »Sind Sie nicht die Freundin von Eve ... Thelja?«

Das Gesicht kam ihr bekannt vor. Sie zögerte und erinnerte sich erst im letzten Moment, wer die Passantin war: »Jacqueline! ... Entschuldigen Sie, ich war zerstreut ...«

Jacqueline hatte sich lächelnd genähert, sie drückte ihr die Hand.

»Ich lasse Sie nicht so einfach gehen!« sagte sie mit munterer Bestimmtheit. »Wir wollen uns irgendwo hinsetzen, wenigstens zehn Minuten. Sie brauchen kein Wort zu sagen.«

Sie führte Thelja in eine leere Gasse ganz in der Nähe und zeigte ihr ein Café: »Da werden wir es nett haben!« Sie ließ nicht locker. Ein wenig zu Thelja geneigt, sagte sie leise: »Merken Sie es denn nicht? Ihr Gesicht ist tränenüberströmt!«

Verwirrt strich sich Thelja über die feuchten Wangen und stotterte: »Ich habe gerade mit Algier telefoniert ... Mein Sohn.«

Jacqueline suchte ihr einen Platz und umhegte sie: »Hören Sie, ich erzähle gern eine Geschichte, die sowohl von Algerien als auch vom Elsaß handelt. Ich habe eine Freundin, sie heißt Anne. Sie war eigentlich eine jüngere Freundin meiner Mutter und ist inzwischen meine Freundin geworden ... Sie besuchte mitten im Algerienkrieg ihre ältere Schwester, die eine Stelle als Lehrerin in einer Kleinstadt in der Nähe von Constantine hatte. Anne war damals etwa siebzehn oder achtzehn. Sie waren zu der Zeit noch gar nicht auf der Welt, nehme ich an! ... Was sollte sie im Jahr 1959 in einem Ort anfangen, den sie nur ›das Kaff‹ nannte?«

»1959 bin ich geboren!« warf Thelja ein.

»Anne machte in diesem Dorf nichts anderes, als Fahrrad zu fahren und zu lesen ... Marc Aurel! Ja, ein etwas ernster Autor für ein so junges Mädchen! Sie wurde krank, nichts Schlimmes, nur eine Grippe, die sich zu einer Bronchitis auswuchs. Sie wollte zu einem Spezialisten in Constantine gehen ... Doch man hielt ihr entgegen, es sei gefährlich, wegen der ›Ereignisse‹, so nannte man damals den Krieg. Sie suchte einen Taxifahrer, viele lehnten ab, da es auf der Straße über die Berge in der letzten Zeit öfter ›falsche Kontrollen‹ von Freiheitskämpfern gegeben hatte. Aber Anne war dickköpfig. Ein Taxifahrer erklärte sich bereit, indem er ihr sagte: ›*El mout?*‹, dann machte er eine wegwerfende Handbewegung und fügte hinzu: ›*El koul en mout!*‹ Er verlangte einen vernünftigen Preis, und Anne beschloß, am nächsten Tag mit ihm zu fahren ... Auf diese Weise kam meine Freundin zu einem jungen Arzt, der sich erst kurz zuvor in Constantine niedergelassen hatte. Er empfängt und untersucht sie und bemerkt interessiert die ›Briefe von Marc Aurel‹ in der Hand der jungen Französin. Am Ende fragt er sie, wie sie denn von dem Dorf, in dem ihre Schwester wohnte, hergekommen war.

Die unerschrockene Anne antwortete: ›Das war ganz einfach. Ich habe ein Taxi von einer dortigen Firma gefunden, das Taxi heißt: ›*El koul en mout!*‹

›*El koul en mout?*‹ wiederholte der Arzt amüsiert.

Schließlich übersetzte er ihr den arabischen Spruch: ›Der Taxifahrer hat zu Ihnen gesagt: ›Sterben? Müssen wir alle!‹

Meine Geschichte endet so«, schloß Jacqueline sanft: »Anne hat den jungen Arzt drei Monate später geheiratet und Algerien seither nicht verlassen ... Wie es in den Märchen immer heißt, sie lebten lange und bekamen viele Kinder.«

Thelja lächelte. Sie erzählte Jacqueline, daß sie am Morgen

schon die Bilder von der Probe bewundert hatte, die Eve bereits entwickelt hatte.

»Darunter ist ein ganz außergewöhnliches Foto von Djamila! … Und eines von Ihnen auf der Bühne, in eine Ecke gelehnt, während der alte Teiresias mit dem Knaben hereinkommt.«

Bevor sie aufbrachen, fragte Jacqueline, auf die Gefahr hin, aufdringlich zu wirken, wie sie bemerkte: »Ich weiß, daß Sie nur vorübergehend hier sind … Ich wohne ja in der Regenbogengasse, nicht weit von hier … Ich habe einen alten Onkel, er ist Dominikanerpater. Ich habe ihm zufällig von Ihnen erzählt … Es wird gerade ein ehemaliges Wohnheim für Nordafrikaner geschlossen, es bestand, glaube ich, seit Ende der vierziger Jahre … Mein Onkel meinte, wenn Sie einmal bei ihm vorbeikämen, würde er Ihnen einiges zeigen! Das Wohnheim liegt in der Polygonstraße. Die ganzen Unterlagen über die Bewohner sind offenbar noch vollständig vorhanden. Die ersten algerischen Arbeiter kamen aus dem Osten …«

»Also genau aus meiner Heimat«, bemerkte Thelja, allmählich stellte sie etwas abergläubisch fest, daß ihr bei den Wanderungen an diesem Tag schon viele Zeichen begegnet waren …

Als sie sich erhoben, entschuldigte sich Jacqueline noch einmal. Thelja protestierte lebhaft: »Aber nein! Geben Sie mir Ihre private Telefonnummer, und ich rufe Sie gleich morgen früh an!«

Nachdem Jacqueline sie fest in die Arme geschlossen hatte und dann weggegangen war, ging Thelja ein paar Schritte. Als sie vor dem Münster ankam, kehrte sie ihm den Rücken. Plötzlich lagen ihr die Zeilen von Pindar, die sie am Tag zuvor in François' Wochenendwohnung gelesen hatte, wieder auf der Zunge. Sie murmelte sie voll Trauer:

Eines Schattens Traum
der Mensch

Vor ihr wurde die Menge immer dichter; die Angestellten, die aus ihren Büros kamen, die Fußgänger, die in kleinen Familiengruppen in die Läden gingen, bildeten bunte, bewegliche Flecken, die, als sie sich im aufkommenden Dunst verloren, unwirklich wurden.

4

Während der ersten Hälfte der Fahrt mit Irma zu dem großen Dorf am Rande der Vogesen hatte Eve schweigend das Auto gelenkt.

Ein- oder zweimal hatte Irma sanft angefangen: »Eigentlich kenne ich diesen Weg auswendig ... und doch« und den Satz dann abgebrochen, ohne ihn zu beenden.

Aufmerksam behielt Eve die Straße im Auge, denn sie hatte manchmal unvorhergesehene Kurven. Sie wurden von großen Lastwagen überholt, die mit stark überhöhter Geschwindigkeit vorüberbrausten.

»Ja, diese allzu gerade Straße mit den unerwarteten Biegungen dort hinten kenne ich wirklich auswendig ... Ich bin sie schon viermal gefahren ...«

Eve hörte zu, wandte einen Moment ihren Kopf, um Irma zuzulächeln, die so angespannt war, blickte dann wieder aufmerksam geradeaus ... Sie hatten nicht die Autobahn nehmen wollen.

»Wenn ich allein bin, habe ich auf der Autobahn Angst«, wandte Irma ein, »aber vor allem stelle ich mir vor, ich könnte Lust bekommen, alle Viertelstunde anzuhalten! Auf einer ›normalen‹ Straße ist das kein Problem, ich halte einfach am Rande an ... Ich springe über den Straßengraben, gehe eine Runde über ein Feld oder durch ein Wäldchen.« Ganz melancholisch fügte sie hinzu: »Sehen Sie, genauso habe ich es in meinem Leben gemacht. Ich habe oft ... am Wegesrand angehalten!«

»Ich liebe es, schnell zu fahren und langsam zu leben!« rief Eve aus.

»Beim ersten Mal hatte ich mir übers Wochenende einen Leihwagen genommen und kam in diesen Ort, wo wir jetzt hinfahren, wie eine Touristin. Ich nahm mir ein Zimmer in einem Gasthof am anderen Ende des Dorfes. Am Sonntag ertappte ich mich dabei, wie ich allein durch die menschenleeren Gassen ging. Im größten Restaurant am Ort hingegen war viel Betrieb. Ich habe gut gegessen, das muß ich zugeben. Am Nebentisch ließen sich zwei oder drei Ehepaare nieder, alle waren sie groß und breit, die Frauen stattliche Matronen. Sie haben gegessen und gegessen … Sie tranken Bier und führten laute Gespräche auf elsässisch. Die Geschichten waren offenbar witzig. Einer von ihnen, mit einem roten Gesicht, schielte zu mir herüber und lachte über ihre Reden in sich hinein, daß sein ganzer Leib bebte … Am Ende bin ich geflohen.«

Eve hatte das Tempo gedrosselt und brachte das Auto an einer Zapfsäule zum Stehen.

Irmas Blick war die ganze Zeit ins Leere gerichtet, während Eve den Zapfhahn nahm, Benzin tankte, zur Kasse ging und wieder losfuhr.

»Beim zweiten Mal«, murmelte sie mit verhärteter Stimme, »habe ich die Strecke schnell und ohne Unterbrechung zurückgelegt. An einem Wochentag! Ich bin geradewegs zu der Mutter hingefahren. Das heißt, zur Mutter meiner angeblichen Mutter«, sie verzog das Gesicht, »ich werde auf keinen Fall ›Großmutter‹ sagen. Ich habe geklingelt und mich vorgestellt. Sie konnte die Tür zu ihrem kleinen Garten nur mit Mühe öffnen.

›Ich bin es, die angerufen hat‹, sagte ich, ›Irma Delaporte, Delaporte, genau wie Ihre Tochter, denn sie hat mir diesen Namen während des Krieges geliehen‹, ich sagte ganz bewußt, geliehen!

›Kommen Sie rein‹, sagte die alte Frau ziemlich kalt.

In der Küche haben wir uns beide hingesetzt.

›Was wollen Sie von meiner Tochter? Ihr danken? … Dann können Sie ihr schreiben. Ich habe Ihnen schon am Telefon gesagt, sie ist nie hier, immer auf Reisen! (Sie sah mich mit einem harten, aber auch stolzen Blick an.) Sie haben bestimmt davon gehört, meine Tochter war während des Krieges eine Heldin, obwohl sie noch so jung war. Sie hat einen ganzen Haufen von … Verfolgten gerettet. Ihre Eltern sind allerdings leider …‹

›Ja‹, antwortete ich, ›bis vor ganz kurzer Zeit, bis ich fast vierzig Jahre alt war, habe ich mit dem Gedanken gelebt, daß meine jüdischen Eltern denunziert wurden und in ein KZ kamen … von wo sie nie mehr zurückkehrten! Glücklicherweise, so hat man mir erzählt, versteckte eine junge Elsässerin, die großen Mut hatte, das will ich nicht anzweifeln, deren drei Monate altes Baby, und das war ich … Sie hat mich später als ihr eignes Kind ausgegeben und mir so das Leben gerettet! So hat es mir die Pariser Ärztin Adeline, die bald darauf meine Ziehmutter wurde, immer erzählt. Bis ich zwanzig Jahre alt war, war Adeline für mich noch mehr als eine Mutter! Aber jetzt ist sie tot. Deshalb bin ich hergekommen, um Einzelheiten aus meinem ersten Lebensjahr zu erfahren, die mir nur Ihre Tochter erzählen kann.‹

›Wollen Sie sich bei ihr bedanken?‹ wiederholte die Mutter der Abwesenden langsam.

Sie streckte die Hand nach einem Heft aus, zögerte und beschloß dann: ›Ich werde sie anrufen, während Sie hier sind. Sie lebt zur Zeit weit weg, im Ausland. Sie ist mit einem Schweden verheiratet … Ich werde sie anrufen, dann können Sie sich bei ihr bedanken!‹

Sie brachte das Telefon schwerfällig zum Tisch und stellte es in dem Durcheinander zwischen den Brotkorb und die Obstschale. Ein riesiger Kater schnurrte, ohne sich von seinem Kissen zu rühren. Mit ihrer leicht zittrigen Hand steckt die alte Frau das Telefon ein. Sie setzte ihre Brille auf und wählte umsichtig die Nummer.

Sie sprach in ihrem Dialekt … Ich hörte zum ersten Mal den Vornamen der Unbekannten, die mir im Herbst 1944 ihren Namen gegeben hatte …

›Mai…te, Maite?‹

›Ist das Ihre Tochter?‹ rief ich und sprang mit klopfendem Herzen auf. Ich streckte meine Hand aus: ›Ich möchte mit ihr sprechen … Sagen Sie ihr, daß ich dringend mit ihr sprechen möchte!‹

Die Frau sah mich mit einem seltsam lastenden Blick an, fast warm, schien mir … Sie erhob einen Finger als Zeichen, ich sollte mich gedulden, und redete plötzlich auf französisch weiter: ›Sie ist da, Maite, die angerufen hat! Sie sagt, sie will mit dir sprechen … um sich bei dir zu bedanken, Maite!‹

Die Stimme der Großmutter wurde eindringlich, fast sanft … Sie schickte sich an, mir den Hörer zu geben … Da ließ am anderen Ende der Leitung eine laute, spitze, nein schrille Stimme einen Schwall heftiger, überstürzter Worte los … Die wütende Stimme schien zu schimpfen, auf elsässisch? … Ich kann Deutsch und verstand einige Worte: Sie sagte offenbar, ich sei verrückt, sie rügte ihre Mutter, warum sie mich überhaupt reingelassen hatte, wer war ich denn, eine Unbekannte …

Plötzlich legte sie auf. Die Mutter (ihre zitternde Hand hielt den Hörer immer noch ans Ohr) senkte den Kopf, hob ihn dann wieder und schaute mich traurig an: ›Kommen Sie lieber nicht mehr hierher, junge Frau! … Was kann ich schon tun? Meine Tochter hat bekanntlich einen sehr eigenwilligen Charakter!‹

Sie schenkte mir schweigend ein Glas Wein ein. Sie seufzte: ›Nur ein Kind, und dann ist es so weit weg! … Sie sehen selbst, ich werde hier bald einsam sterben. Ich habe nur noch meine Katze!‹

Sie weinte aber nicht etwa. Sie begleitete mich bis zur Gartentür. Ohne ein weiteres Wort.«

Irma versank wieder in ihren Sitz. Eve sah die ersten Schilder, die auf das Dorf hinwiesen.

»Wir sind da«, sagte sie. »Wir machen erst einmal in einer Gaststätte Pause, um uns ein wenig auszuruhen.«

»Ich kenne eine gegenüber dem Rathaus«, antwortete Irma.

»Die beiden anderen Male bin ich hergekommen, um vor dem Bürgermeister um mein Recht zu streiten. Das Gesetz erlaubt mir, die ›Mutterschaft feststellen zu lassen‹ ... Aber beim letzten Mal ist Maite Delaporte nicht zu dem Termin erschienen ... ›Diesmal‹, hat mir die Sekretärin des Bürgermeisteramts versichert, ›haben wir sie dazu gezwungen.‹«

Sie fuhren in das schmucke Dorf hinein. Die Häuser in seiner Mitte machten einen wohlhabenden Eindruck.

Als sie sich in dem Lokal hinsetzten, beruhigte Eve Irma: »Lassen Sie sich Zeit! ... Ich habe etwas zum Lesen mitgebracht ... Ich werde an Sie denken«, fügte sie hinzu, während sie die Freundin, die sich noch einmal gekämmt hatte, auf beide Wangen küßte.

Einige an der Theke stehende Gäste, ausschließlich Männer, begutachteten die Besucherinnen schweigend. Eve setzte sich ans Fenster ins Sonnenlicht. Sie folgte Irmas Gestalt mit ihrem Blick, wie sie langsam den Platz überquerte und unter der Freitreppe des Rathauses ins Gebäude eintrat.

Irma kam eine Stunde später mit verzerrtem Gesicht zurück. Als sie sich setzte, wandte sie der Theke den Rücken zu. Geschlossen gingen die Gäste hinaus, es waren immer noch die gleichen, um zum Eingang des Rathauses hinüberzustarren.

Irma sagte mit erstickter Stimme: »Sie war einfach abstoßend!« und brach in Tränen aus. Sie langte sofort nach ihrem Taschentuch, senkte den Kopf und versuchte, sich zu beruhigen.

»Sie müssen etwas trinken«, sagte Eve. »Ich hole Ihnen eine heiße Schokolade.«

Irma wartete angespannt, versuchte dann einen Schluck aus der dampfenden Tasse. »Wir wollen gehen«, sagte sie und wandte sich wieder dem Lokal zu. »Lassen Sie uns gehen«, bat sie, und beide erhoben sich gleichzeitig.

Draußen beobachteten die Neugierigen offenbar, wer aus dem Rathaus herauskommen würde. Eve und Irma flohen in das kleine Auto. Eve startete und verließ den Platz durch die erstbeste Straße. Irma hatte, die Hände vors Gesicht geschlagen, wieder angefangen zu schluchzen.

Ganz mit dem Lenken beschäftigt, fuhr Eve durch das Dorf, ohne recht zu wissen, wo sie hinwollte. »Zuerst mal nichts wie weg!« dachte sie. Schließlich beruhigte sie sich, denn offenbar hatten sie die richtige Richtung eingeschlagen und mußten nicht noch einmal durch den Ort. Auch Irma beruhigte sich allmählich.

»Es tut mir leid«, stammelte sie, indem sie ihren Kopf hob und schließlich ihre Frisur wieder in Ordnung brachte. »Wenn ich daran denke, daß ich Sie habe fahren lassen, obwohl Sie in diesem Zustand sind!«

Eve fing an zu lachen: »Ich bin schwanger! Aber ich bin nicht körperbehindert!«

Ihr lebhaftes Lachen verleitete auch Irma zu einem schwachen Lächeln. Der Wagen hielt. Mit einem geheimnisvollen Unterton gab Eve bekannt: »Schon auf der Hinfahrt ist mir dieses Restaurant aufgefallen! Es sieht ganz gut aus. Auch wenn es schon spät ist, haben sie hoffentlich noch etwas für uns. Sauerkraut ... was meinen Sie?«

»Wie Sie möchten«, murmelte Irma. »Ich kann nichts essen ... Eve, wenn es Ihnen nichts ausmacht, bis Straßburg das Steuer zu übernehmen, dann werde ich Wein trinken, und zwar ausgiebig!«

Sie setzten sich unter eine Laube im Schatten einer Linde. Sobald der Gewürztraminer gebracht worden war, fing Irma wieder an, abgehackt zu reden, um sich zu befreien.

»Verbitterte Mutter«, begann sie. »Eve, diese Frau war so voller Haß! Sie schaute den Bürgermeister an, sie drehte sich nach mir um, aber nicht einmal, stellen Sie sich vor, nicht ein einziges Mal richtete sie ihren Blick auf mich! ... Sie tat absichtlich so, als sähe sie mich nicht – und sie tobte: ›Sie ist verrückt! Sie ist verrückt!‹ sagte sie immer wieder, sie, die Heldin der Résistance! Es fehlte gerade noch, daß sie mit all ihren Medaillen aufgetreten wäre, um immer nur diese drei Worte zu hämmern: ›Sie ist verrückt!‹«

Irma holte wieder Luft und sagte dann wie ein Echo: »Ich soll verrückt sein!«

Eve schwieg. Sie schaute auf die langen, zitternden Finger von Irmas rechter Hand. In der anderen hielt sie das Stielglas, auch wenn sie gerade nicht trank. Sie unterbrach ihren Bericht durch kleine Schlucke.

»Was haben Sie ihr geantwortet?« fragte Eve, indem sie ihr über die nun ruhig gewordenen Finger der rechten Hand strich.

»Außer meinem Gruß, den ich zu Beginn an den Bürgermeister richtete, habe ich, glaube ich, kein Wort gesprochen.

Dieser brave Mann sagte mir, während wir auf die Lokalgröße warteten: ›Ich warne Sie, Sie werden es schwer haben mit ihr, wenn sie Sie als ihre Tochter anerkennen soll. Ich möchte Sie noch einmal darauf hinweisen, denn so ist das Gesetz, daß Sie auch später noch Gelegenheit haben werden, Ihr Ersuchen um eine Anerkennung der Mutterschaft weiterzuverfolgen! … Es gab leider allzu viele jüdische Eltern, die nach Strutthof gebracht wurden und dort umkamen! Aber in Ihrem Fall sind über eine solche Abstammung keinerlei Unterlagen gefunden worden … Die einzige Zeugin ist Madame Maite, und sie will nicht aussagen, was schon an sich ein Beweis gegen sie ist … Das Gesetz ist auf Ihrer Seite, und ich bin zuallererst für das Standesregister verantwortlich … Andererseits kenne ich diese Dame … (Irma konnte den Namen nicht mehr aussprechen). Sie ist eine außergewöhnliche Frau‹, sprach der Bürgermeister weiter, ›eine wichtige Persönlichkeit in unserer Region, ihre Vergangenheit ist äußerst ruhmvoll, und diesen Ruhm hat sie sich wirklich verdient! Aber selbst wenn Ihnen das Gericht recht gibt, wird sie Ihnen in diesem einen Punkt nicht entgegenkommen. Sie wird Sie nicht als ihre Tochter anerkennen!‹

Und dann ist diese Dame«, schloß Irma ihren Bericht, während sie sich noch ein Glas einschenkte, »dann ist diese Frau mit der ruhmreichen Vergangenheit hereingekommen … nur, um mich zu beschimpfen!

Haßerfüllt habe ich sie genannt? Das ist nicht das treffende Wort, sie war eher tragikomisch. Wie ein Alptraum! Wissen Sie, Eve, ich erkenne es erst jetzt, da ich mit Ihnen darüber sprechen kann – das wird mich entspannen –, sie sah mich nicht an, weil sie im Grunde ihre eigene Vergangenheit leugnete! Wie konnte sie, die Heldin, eine uneheliche Mutter sein? Nein, das war unmöglich. Ich mußte die Verrückte sein, damit sie das tugendhafte Denkmal bleibt … für ihr Dorf! Auch wenn sie am anderen Ende der Welt lebt, mit einem Schweden verheiratet ist, darf die Statue nicht von ihrem Sockel gestürzt werden! In ihrem Dorf warteten in der Kneipe alle Neugierigen auf sie, auf ihre ewig jungfräuliche Heldin!«

Eve mußte Irma stützen, als sie zum Auto gingen, sie hatte offenbar zuviel getrunken. Sie schlief bis Straßburg.

Als sie vor Irmas modernem Wohnhaus am Eiserner-Mann-Platz angelangt waren, mochte Eve die Freundin nicht alleine lassen.

»Oh, mein Pärchen von ›Unzertrennlichen‹ erwartet mich in seinem Käfig«, seufzte sie. »Letzte Nacht waren sie ganz aufgeregt und prusteten, weil sie hörten, wie ich auf dem Flur auf und ab ging.«

»Ihre afrikanischen Papageien, ein Männchen und ein Weibchen?«

»Ich habe keine Ahnung«, antwortete Irma. »Ich habe sie erst seit einem halben Jahr. Ich hatte mir nie ein solches Geschenk gewünscht! Es wurde mir völlig unerwartet aus Madagaskar geschickt …«

»Einer Ihrer Verehrer?« fragte Eve verschwörerisch, froh darüber, Irma von dem unglücklichen Ausflug abzulenken.

»Ja«, sagte Irma mit einem bedauernden Lächeln, »von Tom, einem amerikanischen Professor. Er war jünger als ich … Wenn ich ihn geheiratet hätte, anstatt mich in Straßburg zu bewerben, würde ich mich nicht so viel mit meinen Alten beschäftigen, die rührend sind, aber manchmal auch hoffnungslos ... Ich wäre jetzt wahrscheinlich Hausherrin in Michigan, wo Tom herstammt.«

»Ein Unzertrennlichen-Pärchen, schau an, er hat Humor, ihr Liebhaber, von dem Sie sich getrennt haben!« Eve fragte noch: »Wollen Sie, daß ich mit hinaufkomme? Bei Ihnen bleibe?«

Irma lächelte und umarmte Eve.

»Nein, ich mache mir einen starken Kaffee ... Karl kommt gegen sieben Uhr. Wir gehen, glaube ich, zu einem Konzert bei Freunden. Falls ich dazu die Kraft habe! Nochmals danke!«

Als Irma in ihrer Wohnung angekommen war, las sie mit zitternden Händen die Antwort, die ihr das Gemeindeamt von Luciennes Dorf geschickt hatte, das nicht weit entfernt, am Odilienberg, lag. »Wir haben Nachforschungen angestellt«, schrieb die Sozialfürsorgerin. »Die von Ihnen behandelte Frau ist in unserer Gemeinde geboren und hat tatsächlich hier gelebt. Sie war zusammen mit dem gesamten Dorf zwischen 1939 und 1940 umgesiedelt worden. Sie und ihr Ehemann, ein Winzer, haben in den ersten Tagen der Evakuierung eine dreijährige Tochter verloren. Bevor sie in den Zug stiegen, blieb das Kind, offenbar wegen des Gedränges, unauffindbar. Auch alle Nachforschungen in den folgenden Monaten waren vergeblich ... Das Paar kam im August 1940 zurück, der Mann verkaufte ein Jahr später sein Land ... Nach dem Krieg verließen sie das Dorf. Sie bekamen ein weiteres Kind.«

Irma las den Brief wieder und wieder. Sie versuchte, sich das Drama vorzustellen, oder genauer gesagt, das Fehlen, den Verlust des Kindes, die klaffende Lücke ... Luciennes Stimme schlug nach und nach den Takt zu Irmas wiederholtem Lesen. Sie hatte dieses Trauma nicht verstehen können – die Verstörtheit Luciennes wegen eines Unglücks, das sie jahrzehntelang in sich erstickt hatte! Lucienne, die immer wiederholte: »Ist Périgueux weit vom Meer? ... Périgueux ...« Da sie darauf keine Antwort bekam, hatte sie sich im Schrei eingerichtet. Ihrem langen Schrei von heute.

Die Worte ... Worte erheben sich im Dunkel des Zimmers. Das Dunkel ist nicht undurchdringlich, sondern erfüllt von blinden Liebkosungen, innigen Berührungen, gekrümmten, streichelnden, suchenden Händen, sie brauchen kein Licht, die Finger nehmen sich Zeit, begegnen einander, verbinden sich, gehen dann wieder einzeln auf Entdeckungsreise, untersuchen die Haut, die an manchen Stellen kalt ist, und, dann wieder in ihren geheimen Vertiefungen, fast glühend heiß ... Es sind die Stimmen, die dieses Wissen beleuchten, wispernd, oder plötzlich laut und klar, sie sind es, welche die Zeit einteilen oder zu einem Halt führen ...

Worte. Thelja ist kalt, aber die zärtlichen, leisen Worte des Geliebten, der sich in sanften Geständnissen fast preisgibt, die nicht immer hörbar sind, halb verschluckt, diese Worte rieseln über ihren Hals, bedecken ihre Kehle, umfangen ihre Schulter, die sich vorneigt, oder die Linie ihres aufgerichteten Rückens, in einer gerade begonnenen Gebärdensprache.

Ihre Beine. Auf dem Bettzeug gekreuzt. Sie lacht kurz auf. Ihre Fersen, dann ihre Zehen, spannen sich an. Der Geliebte schweigt, mit seinem gebeugten Oberschenkel hält er Theljas Hüften gefangen, die jetzt seufzt, murmelt, sich wiegen läßt, ihre Stimme und ihre Arme ...

Lachen. Perlende, verwobene Stimmen.

Sie hört ihn nicht mehr. Er spricht nicht laut. Er verschluckt seine Worte manchmal. Seine Stimme sinkt, ein wenig metallen. Für ihre fließende Lust hat sie keine Sätze mehr, ihr bleiben noch kurze, atemlose, verkürzte Worte, die zerspringen, sich aufsplittern – sie keucht –, die wiederkommen, ihr auf der Zunge liegen, aber nicht mehr gesprochen werden können.

Plötzlich eine einzige zarte, samtige, zweigeteilte Vokabel, immer die gleiche, wiederholt und moduliert. Ein arabisches Wort, das kommt und geht. Die Lust, in der sie nicht versinken will, läßt diesen Ruf vibrieren, dieses Vogel-Wort, das bebt, prustet, haucht und dabei die kopflose Lust der Geliebten zu-

rückhält: »Ta ... inta.« Wie das Ticken einer Uhr, das plötzlich ausrastet.

Das bis zum Bersten volle Liebeswort ballt sich in Theljas Mund. Füllt sie aus. Schwingt sich auf, kreist über den Gesichtern, kommt in einer Spirale zurück und vergeht, sinkt in sich zusammen ...

Der Geliebte in diesem letzten Moment, er dringt ein, in sie. Das arabische Kosewort, das sie, nun ermattet, wiederholt, hat ihnen seine Kraft eingehaucht. Der Mann stößt seinen Phallus in sie hinein, sie ruft ihn wieder mit dem Wort, er zieht ihn zurück, versenkt sich erneut, sie hält ihm mit ihrer fremden Vokabel stand, die ihre Schwingung und ihren starken Klang wiedergewonnen hat, als versuchte sie, ihre Lust hinauszuschieben, sie verhärtet sich in ihrem Innern, sie will den Schmerz, sie sucht die Gewalt, sie will gepflügt werden, sie gibt sich nicht hin, sie empfängt den erregten Mann, stößt ihn weg und nimmt ihn wieder auf, während ihre Stimme unermüdlich das Wort »inta« skandiert, es ist gerichtet an ein anderes, arabisches »Du«, sie widersetzt sich mit ihrem tiefsten Innern, sie ruft ihn, den Glühenden, und schickt ihn fort, der Standhafte läßt sich nicht abweisen, es ist nicht nur ein Spiel von Angriff und Gegenangriff, vielmehr eine Jagd im Getümmel und ein feindlicher Dialog ...

Sie möchte still sein. Aber sie möchte ihn auch in sich behalten. Sie reicht ihre Lippen dar, trotz der Dunkelheit, sie sucht das andere Gesicht. Sie streckt die Arme aus. Ihre emporgereckten Knie und Beine halten ihn um die Hüften, er besitzt sie lange, verläßt sie nicht mehr, während er jetzt mit ihr spricht, in abgehackten Worten, einer rauhen Stimme, leise, ganz leise ...

Sie bemächtigt sich wieder seines Mundes. Sie hält auch sein Geschlecht in sich fest, indem sie seinen Rücken mit ihren gekreuzten Waden umspannt. Seinen Mund füllt sie mit Speichel. Sie trinkt sich selbst, aus ihm. Plötzlich ist da das Wort, mittendrin, sie atmet es ein, nimmt es mit ihren Lippen wieder auf, will nicht, daß er sich in ihr verliert, sondern daß er auf der Lauer bleibt, daß er in ihr gräbt, allmählich in ihr wirbelt, und sie hilft ihm dabei mit ihren unruhigen Schenkeln. Das Wort bleibt allein bestehen, es wacht, fließt zwischen ihnen, in ihrem Atem: ein seltsames Wort, jedenfalls fremd für François. Da, ein anderes, ganz neues Kosewort, diesmal eine scheinbar französische Vokabel, ihr Sinn jedoch unbestimmt, ein zufällig erfundenes Wort, vollkommen künstlich, und das einen Moment die Wellenbewegungen ihrer beider Hüften und Beine unterbricht ... Sie wiederholt die sanfte Vokabel in verschiedenen Tonlagen, läßt ihre Musik spielen: ein Gurren. Dann entspannt sie ihre Schenkel, öffnet halb die Lippen, hört auch da noch, ganz nah, das kostbare, seltene, fast exotische Wort, wie es um sie herumflattert ...

Sie legt den Kopf in den Nacken, um besser atmen zu können. François leckt ihren Hals, gleitet aus ihrem Unterleib, nur um ohne Hast und sanft wieder in ihn einzudringen. Sie zwickt ihn mit kleinen Zungenschlägen an der Wölbung der Schulter. Auf einmal versteift sie sich, von den Zehen, den Beinen bis hin zur Schulter und zu den geschlossenen Lidern: die Lust kommt, ein kurzer Sturm.

Wenig später, Thelja, mit gerecktem Hals, zurückgeworfenem Gesicht. Eine fließende, sinnliche, erleuchtete Frau. Ihre Stimmen sind verloren, sie schweben beide über ihnen, schweben in noch wirren Wolken, über zwei erschöpften, verschlungenen Körpern.

VII. Verbitterte Mutter

I

Thelja kam überraschend zu Eve und erzählte ihr: »Gestern abend begleitete ich Karl und Irma zu einem Konzert, einer privaten Aufführung. Ich hörte aber nur den Anfang, ich wäre sehr gern geblieben, aber ich war mit François um acht am Gutenberg-Platz verabredet ... Mit Irma und Karl fühlte ich mich wohl – Irma wirkte angespannt, aber sie war elegant und so schön ... Ein Freund von Karl kam mit, ein Musiker aus Kambodscha ...«

»Möchtest du etwas?« Eve wollte ihr einen Salat oder etwas Obst anbieten.

»Er sprach kein Französisch, nur Englisch. Karl übersetzte es mir. Ich dachte, in Kambodscha spricht man Französisch, aber der junge Mann war kaum älter als fünfundzwanzig, nur die Vierzig- und Fünfzigjährigen können noch Französisch.«

»Was ist an dem jungen Künstler Besonderes? Sah er gut aus? Hast du seine Musik gehört?«

»Na hör mal!« Thelja war ungehalten. »Für wie oberflächlich hältst du mich? Es wurde übrigens eine Kantate von Maurice Ohana gegeben, ein zwölfstimmiger Chor sang ein Sonett von Louise Labé.«

Sie summte:

O braune Augen, abgewandter Blick,
O heiße Seufzer ...

Sie lachte kurz auf. »Es hat mir leid getan, daß ich nicht bis zum Schluß bleiben konnte!«

»Ich warte darauf, daß du mir von dem unbekannten Khmer erzählst«, warf Eve ein.

Thelja trank schließlich einen heißen Tee.

»Dieser junge Mann erzählte mir folgendes, jedenfalls hat es Karl mir so übersetzt, kurz bevor die Kantate begann.« Theljas Blick war in die Ferne gerichtet, ihr Gesicht konzentriert, dann sprach sie lebhaft und in einem Zug weiter: »Über die Roten Khmer und das schreckliche Massaker – nennen wir es ruhig Völkermord –, weißt du, was der junge Mann in ein oder zwei Sätzen darüber gesagt hat? Er ist zur Zeit in Paris ... um ihre höfische Musik wiederzufinden, die seit Jahrhunderten überliefert worden war. Unter der Bevölkerung von Phnom Penh, die im Jahr 1975 deportiert wurde (das ist nun schon vierzehn Jahre her), befand sich auch das Orchester, mit ihren bedeutendsten Musikern! Alle kamen sie um! Der Zufall wollte es, daß ein Teil der Tänzerinnen des Palastes gerade auf Tournee im Ausland war. Drei oder vier Musiker, die sie begleiteten, haben als einzige überlebt.«

»War der junge Mann einer von ihnen?«

»Er war noch ein Kind und sicher weit weg! Seine Eltern sind jedenfalls Musiker! Er hat seine ganze Verwandtschaft verloren, das hat mir Irma erzählt, ohne daß er es hörte ... Er ist, glaube ich, nach Straßburg gekommen, um Unterstützung vom Europaparlament zu beantragen. Sein Plan ist, anhand der wenigen Überlebenden, aber auch mit Hilfe der Aufnahmen, die vor dem Desaster in vielen Ländern gemacht wurden, ›unsere zerstörte Musik‹, wie er sie nennt, zu rekonstruieren.«

»Du siehst aus, als würdest du schon seinen Antrag vertreten, deine Augen glänzen ja!«

»Aber ich bitte dich, Eve, was mich berührt oder quält, ist eben die ›zerstörte Musik‹, die jahrhundertealte Kunst eines ganzen Volkes! Ist sie wirklich unwiederbringlich verloren? Er hat gesagt, daß er schon seit drei Jahren daran arbeitet, aber erst jetzt stellen sich die ersten Ergebnisse ein ...«

Thelja brach ab. Eve dachte plötzlich, daß Irma am Tag zuvor mit der gleichen unbeirrbaren Intensität von der alten Elsässerin gesprochen hatte, die unaufhörlich schrie.

»Als ich mich von den dreien gerade verabschiedet hatte«,

fing Thelja wieder an, »kehrte ich noch einmal um. Ich verstand selbst nicht, was ich wollte, es war wie ein Zwang. Vor Irma und auch vor Karl, die ich kaum kannte, hatte ich die Frechheit (ja, es war wirklich Frechheit, ich wurde selbst rot dabei), den Kambodschaner nach seiner Adresse in Paris zu fragen. ›Ich möchte Sie besuchen und mir wenigstens einmal anhören, was Ihre Suche bisher erbracht hat … Ich möchte erfahren, ob Ihre Bemühungen, ihr musikalisches Erbe zurückzugewinnen, Erfolg haben werden.‹ Er hat mir seine Adresse aufgeschrieben und dazu gesagt, er sei oft längere Zeit unterwegs … Unsere Freunde übersetzten es … Ich hoffe, daß ich ihn in Paris wiedersehe.«

Eve konnte es sich nicht verkneifen zu sagen: »Dabei hast du mir bisher immer von der Geschichte Straßburgs erzählt, wo ich wohne und wo François wohnt!«

»Zerstörte Musik!« wiederholte Thelja, sie schien das letzte nicht gehört zu haben.

2

Als Karl am Abend zuvor mit Irma aus dem Konzert kam, bot er ihr an, sie langsam zu Fuß nach Hause zu begleiten.

»Die Luft ist so lau!« bemerkte sie, als sie die Nase zum sternenübersäten Himmel hob.

Sie gingen schweigend, bald gelangten sie in die verschlungenen Gassen von »Klein-Frankreich«. Es bereitete ihnen plötzlich Vergnügen, mit einer verschwörerischen Freude von einer Brücke zur nächsten zu laufen und in Begeisterungsstürme über den Halbmond im Wasser der Kanäle auszubrechen. Die Umgebung sah aus wie der Dekor zu einer Operette. Irma hörte ihr eigenes Lachen. Während sie zu einem Kai rannten, entdeckten sie einen verlassenen kleinen Platz, als hätten sie sich dieses nächtliche Spiel vorher ausgedacht.

Ermüdet oder vielmehr erstaunt blieben sie dann stehen, um das dunkle Wasser zu ihren Füßen zu betrachten. Auf die

Brüstung gelehnt, mit offenen Haaren, wandte Irma ihren Kopf zum dunkler werdenden Himmel empor. Sie lächelte Karl zu: »Jetzt haben wir frei!« rief sie und dachte daran, daß sie am gleichen Tag zusammen mit Eve jenes Dorf besucht hatte. Die Aufregungen des langen Tages erschienen ihr jetzt unwirklich.

Besorgt über ihren Anflug von Traurigkeit nach so viel fröhlicher Anmut, ging Karl auf sie zu und nahm, ohne zu überlegen, ihre Hände: »Sie sind so zart! Und Ihre Stimme ... Irma, ich bitte Sie, geben Sie mir eine Chance!«

Enttäuscht über diesen unerwarteten Vorstoß, fing Irma an zu stottern und beschloß dann, es im Scherz zu nehmen: »Ach, Sie sind so jung!«

Einmal in Fahrt gekommen, ließ Karl sich nicht abbringen. Die Worte sprangen aus ihm heraus, als hätte er zu lange darauf warten müssen.

»Sie sprechen nie von sich! Sie sind die Sanftmut selbst! ... (Er zögerte, bat:) Sagen Sie mir wenigstens, welche Sorte Männer Sie bisher geliebt haben! Dann werde ich versuchen, Ihnen zu gefallen ...«

Irma hatte sich wieder gefangen. Sie wollte ihn heftig tadeln, aber nach einem Zögern bemerkte sie nur: »Wir gehen zusammen zu Konzerten oder besuchen Freunde. Sie werden allmählich zu meinem echten Vertrauten ... So soll es bleiben! Es ist so beruhigend, mich in dieser Grenzstadt nicht mehr so einsam zu fühlen!«

»Sie weichen aus? Denken Sie doch einmal an mich!« dann, leiser werdend, bat er sie: »Ich brauche Sie!«

Sie waren weitergegangen. Irma hatte seinen Arm genommen. Karl ging mit gesenktem Kopf, als hätte er sie vergessen. Er fing ein fast oberflächliches Gespräch an. Obwohl diese Frau sich an ihn gelehnt hatte und neben ihm herging – er hörte das Geräusch ihrer Absätze auf dem Pflaster –, schien er nur mit sich selbst zu sprechen: »Ich habe gestern abend Ihre Freunde beobachtet. Diese Algerierin mit dem feurigen Blick und François, der so offensichtlich zärtliche Gefühle für sie hegt; ihre Freundin, die Fotografin, die wenig sprach, doch wenn der junge Deutsche sich ihr näherte – er sieht wirklich gut aus –, leuchtete ihr Gesicht auf. Sind diese Paare wirklich glücklich? Das will ich gar nicht wissen, aber dann sehe ich Sie, Irma. Wie an jenem Abend zeigen Sie immer das gleiche ferne Lächeln, Sie wenden sich mit Ihrer unerschöpflichen, leicht distanzierten Sanftmut an jeden von uns. Lassen Sie mich näherkommen!

Ich habe meinen Khmer-Freund, den ich Ihnen heute abend vorgestellt habe, ins Hotel gehen lassen … Ich fühle mich plötzlich voller Wagemut, vielleicht wegen der Liebesverse aus der Kantate von Ohana, vielleicht im Gegenteil, weil ich den ganzen Tag bedrückt war von der schrecklichen Geschichte Kambodschas, von der mir mein Freund berichtete…«

Er verstummte für eine Weile, Irma nahm seinen Arm.

»Erlauben Sie mir, Sie häufiger zu besuchen, nicht nur, um Sie zu einem Konzert abzuholen! … Seien Sie nicht widerspenstig! Stellen Sie sich nicht ins Abseits! Leben Sie denn wirklich in dieser Stadt? Sie wirken immer so abwesend …«

Sie hatten den Eiserner-Mann-Platz erreicht. Karl sah sich schon vor dem Haus von Irma Abschied nehmen, indem er ihr einen Kuß auf beide Wangen gab, wie ein jüngerer Bruder, ein Cousin, ein Nachbar.

»Leben Sie wirklich in dieser Stadt?« wiederholte er lebhaft.

Irma schaute ihn verblüfft an. Ihre kurzsichtigen Augen blinzelten einen Moment. Dann fing sie sich und lachte: »Sie behandeln mich wie eine ›Frau aus Innerfrankreich‹, wie sie hier sagen würden!«

Angesteckt von ihrem Lachen, wurde Karl wieder heiter, sie war jetzt schalkhaft, anders. Er nahm sie bei den Schultern und hatte Lust, ihr zu sagen: »Wir sollten nicht so auseinandergehen!«

Mit einem Schwung öffnete Irma die Tür, nahm seine Hand und ging mit ihm zum Fahrstuhl, sie fuhren in den siebten Stock.

Während Irma vor der Wohnungstür ihre Schlüssel suchte, aufsperrte, das Licht im Flur anknipste, setzte Karl seine Rede fort, die er schon vorher begonnen hatte, wie jemand, der für alles taub war. Hörte Irma ihm wirklich zu? Er redete und redete, als sie durch den langen, mit Bücherregalen vollgestellten Flur gingen, als sie sich in dem runden Wohnzimmer niederließen, dessen Fenster auf drei Seiten das in der Nacht erleuchtete Zentrum von Straßburg überblickten.

Sie setzten sich einander gegenüber, sie stand auf und schaute nach, welches Getränk sie ihm anbieten konnte, und Karl redete ohne Atempause, als müßte er sich beeilen: Er hatte angefangen, ihr seine Geschichte zu erzählen, sein hiesiges Leben, seine Beziehung zu seiner Familie. Er erzählte, als hätte diese Frau, die er liebte und die sich dessen eben erst bewußt wurde, als Vorbedingung ein umfassendes Geständnis von ihm verlangt … Es schien, als würde diese Flut seiner Worte nie aufhören, dabei war er bis dahin so zurückhaltend und eher schweigsam gewesen.

Es war Mitternacht. Irma gab ihm einen Kognak und nahm sich selbst einen Portwein. Sie beschloß, sich hinzusetzen und ihm zuzuhören. Durch die geöffneten Fenster glitt die Nacht über der Stadt mit den erleuchteten Glockentürmen bis zu ihnen und leckte selbst noch am Lichtschein der Lampe, die auf dem niedrigen Tisch stand, auf dem sie ihre Gläser abstellten und wieder aufnahmen. »Die Nacht«, dachte Irma flüchtig, nun milde gestimmt, »umhüllt uns fast zärtlich …«

Karl war zwar elsässischer Abstammung, aber im Ausland geboren: Er erzählte im Ton eines Chronisten. (Irma hörte aufmerksam zu, sagte kein Wort, trank in kleinen Schlucken.) Sein Vater war früher kleiner Landbesitzer im Westen Algeriens gewesen, in der Nähe von Mostagenem, einem kleinen Hafen, dann war er kurz nach der Unabhängigkeit 1962 ins Elsaß zurückgekehrt, wo er herstammte. Seine Vorväter hatten das Elsaß 1871 verlassen und waren ins Exil gegangen, um nicht deutsche Bürger werden zu müssen. Danach hatten drei

Generationen aus Karls väterlicher Linie in der französischen Kolonie Algerien gelebt und waren schließlich wieder in die Heimat zurückgekehrt, aber waren sie das wirklich? …

Damals, im letzten Jahrhundert, hatten sich etwa zwanzig Familien in dem Dorf am Meer angesiedelt. Die Kinder heirateten nur innerhalb des Dorfes. In der Mehrzahl waren die Bewohner Protestanten, manchmal hatten sie auch Verbindung zu anderen Familien, die ebenfalls aus dem Elsaß ins Land gekommen waren, aber am Fuß der Kabylischen Berge lebten …«

Irma machte große Augen. Seitdem sie mit Eve befreundet war, hatte sie schon einige Einwandererfamilien kennengelernt … Sie wohnten, wie Eve, in Hautepierre – außer Djamila, die in der Theatertruppe die Antigone spielte, aber sonst alle anderen Jugendlichen aus der Gruppe um Jacqueline. Jacqueline selbst, mit ihrer hohen Stirn und der rauhen Stimme, hatte Irma bisher nur einmal, bei Eves Einladung, gesehen. Auf ihre eigene Weise war Eve so etwas wie das Gedächtnis der Leute von Hautepierrre. Sie hatte Irma gegenüber auch die vergangene, ereignisreiche Liebesbeziehung von Jacqueline mit einem gewissen Ali erwähnt, welche sie als »Gewitter und Geflüster« bezeichnete. Doch Eve zog es vor, über ihre Nachbarin Touma zu erzählen, die Mutter dieses Geliebten, oder Exgeliebten, von Jacqueline.

Irma löste sich wieder aus diesen Geschichten vom »Béatrice-Ring in Hautepierre«, wie Eve in einem scherzhaft feierlichen Ton zu sagen pflegte. In der ganzen Zeit, als Irma ihre Gedanken wandern ließ, hatte sie Karl nicht aus den Augen gelassen.

Es war eine Ironie des Schicksals: Dieser junge Straßburger, den sie wirklich für einen Einheimischen gehalten hatte – »hier verankert«, hatte sie gedacht –, erzählte jetzt folgendes von seiner Mutter:

Gleich nach 1945, als das Elsaß wieder französisch wurde, war Karls Mutter, damals ein junges Mädchen von sechzehn, das sein Dorf nördlich von Straßburg nie verlassen hatte, abgeholt und nach Algerien, an die Westküste, gebracht worden. – Algerien war von den Wirren des Weltkriegs verschont geblieben. Sie heiratete dort einen Enkel oder Urenkel einer elsässischen Familie, nämlich Karls Vater. In dem Dorf war Endogamie die Regel, sogar auf algerischem Boden, daher kam alle zwanzig Jahre einer zurück in das Dorf, von dem sie einst ausgezogen waren, um junge elsässische Bräute zu holen! (Um die lächerliche Seite dieses Brauchs etwas abzumildern, fügte Karl hinzu: »Die Sizilianer in Amerika machen es offenbar ebenso, sie lassen sich junge Mädchen aus ihrem Heimatdorf schicken, die noch keiner gesehen hat, höchstens Angehörige, die dort geblieben waren. Sie nehmen sie am Schiff in Empfang, mit klopfendem Herzen, um sie anschließend zu heiraten.«)

Nachdem sie in Algerien verheiratet war, hatte Karls Mutter die Mission, zu der sie bestimmt war, durchaus ernstgenommen: Sie hatte die Familien der arabischen Arbeiter nur von Ferne betrachtet und ihren Sohn, kaum daß er im Hof oder am Rand der Weinberge umherlaufen konnte, daran gehindert, mit den Kindern der »Eingeborenen« zu spielen. Wie die anderen Elsässerinnen hatte sie einen Sauberkeitsfimmel, sie wusch das Kind immer wieder, zog es zu jeder Mahlzeit frisch an und überwachte es eifersüchtig. So war in der Gegend von Oran am Mittelmeer ein kleines Elsaß entstanden, wie in einem abgeschlossenen Gefäß, und die Frauen der Landbesitzer glaubten so wahrscheinlich ihre Kinder vor fremden, vielleicht gar »barbarischen« Einflüssen beschützen zu können …

Später sollte Karl auf die höhere Schule gehen, wahrscheinlich als Internatsschüler ans Gymnasium Lamoricière in Oran, aber dann war der Unabhängigkeitskampf (man sagte »die Ereignisse«) ausgebrochen. Nach zwei oder drei Jahren der Ungewißheit sah man sich gezwungen, in die »Metropole« zurückzukehren … ins Dorf der Mutter. Auch der Vater mußte später in die Heimat zurück. Da er alles verloren hatte, wurde er frühzeitig alt, schwieg und sank immer mehr in sich zusammen, bis zu seinem plötzlichen Tod nach einem Herzinfarkt. Karl konnte sich nur noch an weniges aus seinem Geburtsland erinnern: die Ängste der Mutter, die Landarbeiterinnen mit ihren Kindern, die sich auf den Feldern bückten und in Hütten aus gestampftem Lehm wohnten, die er nie betreten hatte …

»Doch«, er lachte ein wenig bitter, »ich erinnere mich noch an einen Geruch. An den Geruch von Weihrauch und feuchtem, leicht fauligem Heu, das meine Mutter mir auf Kleider und Haut rieb, bevor sie mich zu meinem allabendlichen Bad auszog! Ich glaube, dieser Geruch ist die einzige Erinnerung, die mir von diesem sonst so geheimnisvollen Land geblieben ist!«

Irma war verwundert, daß Karl, mit dem sie regelmäßig ins Konzert oder in die Oper ging und den sie für einen »alteingesessenen« Elsässer gehalten hatte, ihr jetzt mit viel Gefühl und ausschließlich anhand der Verbote seiner Kindheit von einem Land erzählte, das sie bestimmt nie sehen würde, nämlich Algerien.

Elsaß, Algerien: Diese beiden Wörter gerieten plötzlich ins Trudeln. Sie hatten einen ähnlichen Klang, eine Musik, die sie miteinander verband, vielleicht war es aber auch eine ähnliche, alte Verletzung, dünne Narben, die in ihrer Verbindung wieder aufzuspringen drohten … Ja, es verband sie wirklich ein tauber Schmerz: Elsaß, Algerien. Irma flüsterte mit gespitzten Lippen die beiden Ländernamen, schwarze Erde, geprägt von Invasionen, Trennungen und bitteren Rückzügen. Die vielen Gesichter Theljas und Eves, die so zerbrechlich wirkt mit dem schwangeren Bauch und dennoch genügend Kraft hatte, um Irma an diesem Nachmittag in ihrem Zusammenbruch zu stützen, oder auch die Nachbarin, Touma, die sie nur einmal kurz gesehen hatte, mit ihrer kleinen, lebhaften dunklen Mina. Die Gesichter dieser Frauen schienen Karl zu umringen, der nun schwieg. Er fragte sich, warum er sich dazu hatte hinreißen lassen, die Geschichte seiner Familie preiszugeben.

Irma träumte vor sich hin, auf der Lehne eines Sessels sitzend, ein Glas in der Hand. Scheinbar geistesabwesend, aber seltsam gerührt, betrachtete sie Karl, der nun wieder eingeschüchtert wirkte.

»Kommen Sie zu mir zurück, Irma?« fragte er mit unsicherer Stimme. Er sagte sich, daß er um der Liebe zu dieser Frau willen seine seit Monaten zurückgehaltene Ungeduld noch meistern würde …

»Sie haben geredet«, stammelte Irma, »und ich bin immer noch ganz verblüfft: Ihr Vater war ein Landbesitzer in Algerien! Dann sind Sie ja im Grunde ein Straßburger ›Pied-noir‹?«

»Ganz genau!« sagte Karl ironisch, er sah in ihrem scherzhaften Einwurf lediglich ein Interesse an seiner Person.

»Wenn es mir gelänge, sie wenigstens ein bißchen zu amüsieren«, seufzte er für sich.

Etwas ernster sagte er dann, auf gut Glück: »Hat meine Genealogie Sie interessiert?«

Irma wollte in bedauerndem Ton antworten: »Vor allem deshalb, da ich keine Genealogie habe, keine Bindungen und keine Wurzeln!«

Aber sie lächelte und sagte nichts. Sie wußte, daß sie mit diesem Mann, der jünger war als sie, noch lange nicht über ihre eigenen Probleme sprechen würde. Doch heute abend rührte er sie an. (Er erweckte ein in ihr schlummerndes Feuer, aber sie würde es verbergen …) Falls sich daraus zufällig eine ernsthafte Verbindung ergeben, falls etwas Schwebendes wie Musik zwischen ihnen entstehen würde, dann sollte er nichts davon ahnen, wie leer sie sich fühlte, warum sie sich manchmal fühlte wie eine Alge, die jede Welle mitreißen konnte …

Ja, auch sie war eine Emigrantin, aber sie hatte keinen Ausgangspunkt und daher auch keine Hoffnung, je anzukommen. Nicht einmal eine Zeichnung von der Reise, die sie gemacht hatte, daher im Grunde auch keinen Lebensweg …

Wenig später begleitete sie ihren Besucher zur Tür, auf der Schwelle hielt sie ihm die Wange hin. Er suchte nach einem Erkennen in ihrem Blick, schien zu zögern, noch etwas sagen zu wollen, doch dann lächelte er nur zum Abschied.

»Auf Wiedersehen, Karl – und danke.«

Er nahm ihre Hand und ließ sie nicht los. Sie leistete keinen Widerstand, wartete nur. Er gab es auf, zu sagen, was ihm auf der Zunge brannte, drehte sich abrupt um und entfernte sich in Richtung Fahrstuhl.

Als Karl verschwunden war, schloß Irma die Tür und lehnte sich mit dem Rücken an das Holz, senkte den Kopf: Sie fühlte sich unendlich müde. Sie ging geradewegs in ihr Schlafzimmer. Im Nebenraum hörte sie das Prusten ihrer Papageien aus Madagaskar. Die ganze Zeit, während sie mit Karl im Wohnzimmer war, hatten die Vögel ruhig gewartet, bis sie zu ihnen hereinkäme und sich, wie jeden Abend, mit ihnen unterhielte. Diesmal verzichtete sie darauf. »Ich will vor meinen lieben Unzertrennlichen nicht weinen!« durchzuckte es sie. Sie zog sich aus, legte sich ins Bett, während die beiden sich nebenan hörbar aufrcgten.

Mitten in der Nacht erwachte sie in ihrem viel zu breiten Bett. Sie konnte stundenlang nicht mehr einschlafen, die verqueren Gedanken des Tages, unterbrochen von Fetzen aus Karls Bericht, bemächtigten sich ihrer. Sie war gerade wieder beim Einschlummern, da wurde die Decke ihres Zimmers von einem Flug seltsamer Vögel überfallen, von schwarzen Schatten.

3

Pater de Marey erhob sich mühsam aus seinem Stuhl, als Jacqueline und Thelja den kühlen dunklen Raum betraten.

Jacqueline hatte Thelja vorgewarnt: »Der Pater ist ziemlich erschöpft – zum einen hat er die Siebzig überschritten, aber seine Angehörigen sind auch besorgt über seine Gesundheit –, es ist sein Herz! Er ist dabei, alles zu ordnen, danach geht er in ein Altersheim am Odilienberg, nicht weit von hier.«

Thelja begrüßte den Dominikaner, der seinen Blick einen Moment auf der jungen Frau ruhen ließ: »Sie sind also aus dem Osten Algeriens?«

Thelja nickte schüchtern.

»Ich habe gerade die gesamte Kartei geordnet«, fuhr der Pater fort, indem er auf einen mit Akten überladenen Tisch wies. »Ich lasse Sie jetzt allein. Ich gehe in die Kapelle. In einer Stunde bin ich zurück.« Langsamen Schrittes verließ er den Raum.

Sie setzten sich hin ... Ein junger Seminarist klopfte an und trat ein: »Der Pater hat mich gebeten, Ihnen etwas zu trinken zu bringen, Tee oder Kaffee? Ich mache Ihnen auch mehr Licht!« und ging zu den Fenstern, die auf den Hof hinausblickten.

Thelja, am plötzlich sonnenbeschienenen Tisch sitzend, stürzte sich auf einen Stapel mit Papieren. Ihre Finger öffneten hastig einen der Karteikästen, die daneben standen. Sie sah kaum auf, als Jacqueline mit einem Tablett und einer Teekanne wieder hereinkam. »Jetzt sind wir hier die Archivarinnen, zumindest für eine Stunde! Der Pater (er ist ein Cousin meiner Mutter, aber ich sage Onkel zu ihm) hätte mit mir nie von sich aus über diese Vergangenheit gesprochen, wenn Sie nicht gekommen wären!«

Dann nahm sie ein Heft, öffnete es und blätterte darin. Ganz vertieft in ihre Kartei, hörte Thelja sie kurz darauf seufzen und sagen: »Thelja, dieses gelbe Heft enthält das ganze Leben des Paters im Wohnheim in der Polygonstraße! Er hat uns vor seinem Umzug wirklich alles überlassen, ohne Ausnahme!«

Thelja wandte sich um und lächelte Jacqueline in Gedanken zu: »Wenigstens wird das nicht verlorengehen! Jedenfalls nicht ganz ...«

Sie betrachtete den dampfenden Tee, nahm die Tasse aber nicht. Von plötzlichem Eifer gepackt, setzte sie sich in eine

Ecke und griff sich einen weiteren vollen Karteikasten – auf jeder der Karten schaute das Foto eines jungen Mannes, zumeist aus El Oued, Biskra, Batna oder Tebessa, sie aus der Ferne an ... Seit den fünfziger Jahren, als so viele dieser »französischen Moslems« (so wurde damals das Kolonialvolk genannt), die oftmals gerade aus der Armee entlassen waren, in das Wohnheim von Pater de Marey einzogen, um für zwei, drei Jahre oder auch länger als Hilfsarbeiter oder Klempner, Tischler, Elektriker zu arbeiten. Sie waren aus dem algerischen Süden hierhergekommen. Während ihre Heimat zwischen 1945 und 1955 allmählich in den Krieg hineingezogen wurde, blieben sie im Elsaß. Sie wurden verdächtigt, verfolgt und verhaftet, weil sie nationalistische Flugblätter besessen oder transportiert hatten. Sofort betrachtete man sie als Sympathisanten der »Gesetzlosen«, wenn sie, freiwillig oder nicht, Schutzgeld an sie gezahlt hatten, und manchmal konnten sie nur durch die Protektion des Dominikaners freikommen oder gerettet werden.

Für Jacqueline war es einfach nicht möglich, die Fülle der genau aufgezeichneten Erinnerungen für sich zu behalten, die sie mit dem gelben Heft in Händen hielt: »Thelja, hören Sie nur! Der Pater hat seit dem Dezember 1953 Tagebuch geführt, bei seiner Eröffnung bestand das Heim nur aus zwei in drei Zimmer aufgeteilten Baracken mit jeweils zwanzig Betten. Über die ersten Tage schreibt er: ›*Noch kein Wasser, keine Kanalisation und keinen Strom. Das Büro beleuchte ich mit einer Kerze. Wasser wird in Kannen vom Steinmetz geholt, der dem Heim gegenüber wohnt.*‹

Auf der nächsten Seite steht dann: ›*Die sechzig Betten werden im Sturm genommen!*‹«

Jacqueline fuhr fort, als erzählte sie einen Roman nach: »1955 verbesserte sich die Lage. Die Zimmer können beheizt werden ... Hier, ich überspringe einiges, hören Sie, was der Cousin meiner Mutter hier festhält: ›*Die Tulpen blühen vom zwanzigsten April bis zum zwanzigsten Mai!*‹ Er nimmt es wirklich sehr genau. Zwei Seiten vorher hat er Statistiken abgeschrieben. (Jacqueline hebt ihre Stimme wie bei einem Vortrag.) In Straßburg leben siebenunddreißig gemischte und siebenundzwanzig rein muslimische Familien! Es sind also siebenundzwanzig arabische oder berberische Ehefrauen über das Mittelmeer gekommen und fühlen sich wie Sie, meine Liebe, als ›Passantinnen‹, als ›Exilantinnen‹, oder wie würden Sie es bezeichnen?«

Als ginge es um einen Wettstreit, sagte Thelja ironisch: »Ich fühle mich in Straßburg wie eine ... ›vorübergehende Besucherin‹!«

»Dank der Aufzeichnungen des Paters wissen wir also, daß es vor etwas über dreißig Jahren siebenundzwanzig dieser ›Besucherinnen‹ in Straßburg gegeben hat!«

»Das gelbe Heft soll ein Tagebuch sein? Wohl eher eine Geschichte der Einwanderung!« bemerkte Thelja.

»Im gleichen Jahr, 1958, beschreibt er mehrere Polizeikontrollen im Heim und verschiedene gewalttätige Vorfälle, in die Insassen des Heims verwickelt waren. Und dann erinnert er sich an eine Episode, bei der ein Heimleiter, den er offenbar schätzte, verhaftet wurde: *›Boubaker wurde am 22. September um sechs Uhr morgens verhaftet und in das Gefängnis von Metz verbracht!‹* (Pause, Jacqueline ist bewegt.) Am 30. September schreibt der Pater dann, daß er nach Metz fährt, um Boubaker Wäsche zu bringen! Er darf ihn nicht besuchen! Er läßt den Koffer mit Grüßen zurück ... Ich überspringe wieder, im Jahr darauf, es ist der 21. Mai 1959, wird Zemmouri verhaftet, *›der siebte Leiter des Heims‹*, schreibt er. Hier wieder unser wackerer Pater: *›4. Juni. Ich besuche Zemmouri in der Fadengasse.‹«* – »Dort ist heute kein Gefängnis mehr, nur ein Kommissariat«, bemerkt Jacqueline. »Hier steht, wie die Geschichte weitergeht, am Donnerstag, 9. Juli notiert er: *›Achtzehn Uhr. Zemmouri kehrt strahlend ins Wohnheim zurück. Sein Verfahren wurde eingestellt.‹* Der letzte Satz ist zweimal rot unterstrichen!«

Die beiden Frauen schweigen. Jacqueline beginnt wieder: »So geht es weiter bis zum Ende des Algerienkrieges: kleine

Feste, darum herum die Gewalt, Verhaftungen durch die Polizei ... Dann hört das Heft auf. Der gute Pater ist geblieben, bis das Wohnheim geschlossen wurde.«

Thelja ging weiter die Karteikarten durch. Die Paßfotos zogen unter ihren Fingern vorüber. Ihr flogen sozusagen lebensnah die Gesichter junger oder erwachsener Unbekannter entgegen – ein gerader, auf den Fotografen gerichteter Blick, ernst, erwartungsvoll oder mit einem Anflug von Unruhe im Augenblick des Posierens. Sie stellte sich die Schultern, die Arme, Muskeln vor, die auf den Baustellen schufteten, so viele Exilanten arbeiteten im Straßenbau, und wie sie dann zum Wohnheim zurückkamen, in die Zimmer mit zwanzig Leuten, anfangs ohne Wasser und Strom, und die Razzien, die polizeilichen Untersuchungen. Sie waren nicht hergekommen wie sie, als »vorübergehende Besucher« oder, genauer gesagt, als Zugvögel, sie rackerten sich ab und schickten ihr Erspartes an den Familienclan in El Oued oder Batna. Und jeden Abend sanken sie völlig erschöpft in den Baracken der Polygonstraße in den Schlaf ... Jede Nacht überwältigte sie ihre Erschöpfung und manchmal wohl auch ihre Angst.

All das geschah unter dem wohlwollenden Blick von Pater de Marey.

Der eben eintrat und anbot, den beiden Frauen wieder heißen Tee bringen zu lassen.

»Nein, danke«, sagte Jacqueline. »Wir sind ganz gefangen von dieser Geschichte! Eine echte ›Dokumentation der Einwanderung‹, wie meine Freundin es genannt hat!«

Unter dem fragenden Blick des Paters erklärte Thelja, sie stamme aus Tebessa, ihr Vater sei während des Krieges »in den Bergen« umgekommen, dies fügte sie etwas rasch hinzu, und ihre Mutter lebe noch drüben.

»Und Sie?« fragte der Pater.

»Seit einem Jahr habe ich ein Stipendium für Kunstgeschichte in Paris ... Wäre ich in Straßburg, würde ich über die Belagerung von 1870 schreiben ...« (Sie verstummte.)

Da sagte der Pater, plötzlich in gelöster Stimmung, zu ihr: »Einer von Ihren Leuten, das heißt einer von uns, war im Jahr 1871 dreizehn. Er ist in der Nähe des Broglie-Platzes geboren, später hat er mit seiner Familie die Stadt verlassen, um nicht deutsch werden zu müssen.«

»Einer von unseren Leuten«, nahm Thelja das Gespräch auf. »Sie sprechen von Charles de Foucauld, er starb in Tamanrasset und hat das erste Wörterbuch der Sprache der Tuareg verfaßt!«

»Ich habe einen Teil seiner ›Geistlichen Schriften‹ wieder gelesen. Wissen Sie, daß einer der gelehrten Brüder in unserer Stadt und ein großer Arabist unserer Tage, ich glaube, es war Ibn Qutaiba, an manchen Stellen fast die gleichen Sätze mystischer Dichtung gefunden hat wie bei Pater de Foucauld?«

»Ibn Qutaiba!« rief Thelja und erinnerte sich daran, daß Halim von dem Sprachwissenschaftler einen zweisprachigen Text besaß, in dem sie manchmal nachgeschlagen hatte.

»Ibn Qutaiba hat im 9. Jahrhundert in Bagdad gelebt. Seine Bücher, welche die klassische arabische Dichtung analysieren, mit ihren Regeln, ihrer Rhythmik, waren wichtige Nachschlagewerke, bis die Hauptstadt von den Mongolen Jahrhunderte später in Brand gesetzt wurde ...«

Während sie einander anblickten, dachten sie und der Pater gleichzeitig an den gewaltsamen Tod Foucaulds in der Sahara.

»Er ging als Exilant von Straßburg fort, machte sich dann auf die mystische Suche, zunächst auf Routen durch das unentdeckte Marokko, dann in einer Einsiedelei in Nazareth, am Schluß wählte er die Sahara Algeriens zu seiner Heimat, wo Meditation und Studium der Schriften immer mehr Raum einnahmen ...«

Als sie so über den Lebensweg des letzten elsässischen Mystikers nachdachten, mußte Thelja sich zurückhalten, um nicht auszurufen: »Das war erst gestern!«

Jacqueline hatte die Karteikästen und das gelbe Heft weggeräumt. Sie beugte sich zu dem Cousin ihrer Mutter, um ihn zum Abschied zu umarmen. Thelja verneigte sich in der Tür.

»Ich möchte wiederkommen, um das ganze Archiv zu lesen … und um Sie zu besuchen!«

»Wenn Gott uns so lange das Leben schenkt«, antwortete Pater de Marey, nachdem er sich schnaufend erhoben hatte.

4

Als Irma endlich im Bett lag, träumte sie von Thelja, die in dieser Stadt nur auf Durchreise war (sie verbesserte sich ungeduldig), in dieser »Durchgangs-Stadt«. Thelja wußte wenigstens, daß sie nur Passantin war, dachte sie …

Irma spürte die stumme Glut, die Thelja während ihres kurzen Aufenthalts mit François verband, ihr waren seine weißen Schläfen, sein offener Blick, seine langen Hände aufgefallen. In einem bestimmten Moment jenes Abends bei Eve hatte dieser Mann mit seinem horchenden Schweigen auf Irma gewirkt, als bereitete er sich (indem er die Algerierin kaum aus den Augen ließ) auf einen bevorstehenden Schmerz oder auf eine Trennung vor … Thelja war wie ein Windstoß gekommen und würde genauso wieder verschwinden, offensichtlich hatte sie die Aufgabe, François aufzuwecken. Das bedeutete, sie würde ihn dann aufgeschreckt in der Falle zurücklassen. Er würde sich nie wieder sicher fühlen, das war klar. Selbst wenn er sich am Ende entschließen sollte, als Einsiedler zu leben, oder im Gegenteil, wie früher, in ferne Länder zu reisen, sich später noch für Indien oder den Fernen Osten zu begeistern (er hatte sie gegenüber Irma an jenem Abend kurz erwähnt). Diese dunkelhäutige Nomadin mit dem Namen Schnee war nur zu dem Zweck hierher gekommen, diesen Fünfzigjährigen (Irma spürte, daß er ihr ähnlich war, sowohl vom Alter her als auch in seiner zurückhaltenden Melancholie) in die Ruhelosigkeit oder eine unstillbare Sehnsucht zu stürzen.

Irma konnte nicht wieder einschlafen, stand auf und ging in die Küche, um sich einen Tee zu machen. Sie wollte die frühe Morgendämmerung abwarten. Sie hörte keine Musik, nahm kein Buch. Sie dachte an die Menschen, die sie in diesen Tagen wie in einem Reigen umgaben. Sie beschützten?

Sie ging auf leisen Sohlen in das winzige Zimmer, wo zwei hohe Käfige für das Pärchen der Unzertrennlichen aufgestellt waren. Die beiden Papageien schliefen. Sie hatte sie eines Tages in einer Anwandlung von Übermut Sokrates und Sophokles genannt. Sokrates, er hatte paradiesgrünes und nachtblaues Gefieder mit goldenen Flecken, öffnete schwerfällig ein Auge und fixierte Irma mit einem unerschütterlichen Blick. Er rührte sich nicht. Er starrte sie, noch schlafend, an, betrachtete sie halb im Traum. Sie blieb vor den langen Stäben des Käfigs stehen. Sie brach diese eigenartige Begegnung ab und ging aufgeheitert wieder hinaus. Wenigstens ihre beiden Freunde waren da.

Sie setzte sich, ohne das Licht einzuschalten, ins Wohnzimmer. Durch das große Fenster ihr gegenüber sah sie einen Teil des Münsterturms vor dem Hintergrund eines taubenblauen Himmels ... Die Dämmerung nahte.

Irma dachte wieder an ihr Leben in Straßburg. Es war also beschlossene Sache, sie würde nicht wegziehen, würde aber auch das »Dorf der Widerstandskämpferin« – sie dachte: »der verbitterten Mutter« – nicht wieder besuchen.

Bevor sie hierhergekommen, bevor der Zweifel an der »verbitterten Mutter« in ihr aufgekeimt war, hatte sie einen amerikanischen Freund gehabt. Ein Kollege aus ihrer Zeit in Amerika, dann hatte sie ihn zufällig in Paris wiedergetroffen. Er lud sie noch am selben Abend zum Essen ein und gestand ihr, wie sehr er sie damals in New Hampshire, wo sie beide am College unterrichteten, von weitem heimlich verehrt hatte. (Ganz erstaunt erwiderte Irma: »Entschuldigen Sie! Ich bin oft so zerstreut!«)

Eine Woche später waren sie ein Liebespaar. Eine unerklärliche Fröhlichkeit hatte sich in Irma ausgebreitet. Es traf sich gut, daß Tom sein Sabbatjahr in Paris und im Burgund verbringen wollte.

Ihre Verbindung dauerte ein Jahr. Tom wurde immer liebevoller und glühender, war aber manchmal ihretwegen auch etwas betrübt. Denn Irma war zwar in seinen Armen nie kalt, die übrige Zeit, außer in den Nächten, war sie jedoch unverändert geistesabwesend. Als er dann nach Boston zurückgekehrt war und ihr regelmäßig lange Briefe in englisch schrieb – mit Postskripta in einem ungeschickten, jungenhaften Französisch –, war sie ganz verwundert. War das der gleiche Mann, der sie ins Restaurant, ins Konzert und zu Freunden begleitet hatte, oder am Sonntag zu Spaziergängen am Ufer der Seine, draußen vor Paris, bei Sonnenschein oder beißender Kälte?

Sie setzte sich hin, um ihm zu antworten, und versuchte ihm dabei zu verheimlichen, wie ungemein schnell sie vergaß. Ihre Antworten wurden immer seltener, und sie kehrte wieder zu ihren alten Rundgängen zurück, die ihr ebenso vergnüglich erschienen. Tom rief sie an. Der Klang seiner Stimme rührte sie, sie wurde zugänglicher, wirklich freundlich, und telefonierte dann öfters mit ihm. Er schöpfte wieder Mut und verkündete, er würde in den Semesterferien nach Paris kommen.

Als er zwei Monate später eintraf, schrieb sie ihm nicht mehr. Es war zu spät. Zwei Wochen zuvor waren Zweifel über ihre Herkunft, über ihre unbekannten Eltern in ihr aufgestiegen. Den Anlaß hatte ein älterer Herr gegeben, der Vater einer jungen Kollegin, den sie bei einer Cocktailparty kennengelernt hatte. Er hatte sie über ihre Adoptivmutter und über das Dorf im Elsaß ausgefragt, in dem sie angeblich geboren war.

»Waren Sie wenigstens einmal dort? Haben Sie daran gedacht, daß es möglicherweise Ihr wahrer Geburtsort ist? Die Frau, deren Namen Sie tragen und der Sie offenbar nie begegnet sind, könnte doch auch Ihre echte Mutter sein, warum denn nicht?«

Sie hatte den Mann, der sie so angesprochen hatte, entgeistert angestarrt. Angesichts ihrer Fassungslosigkeit wiederholte er, etwas gedämpft: »Warum nicht?« und machte auf dem Absatz kehrt. »Er hält mich für eine Idiotin«, dachte sie unwillkürlich ... Gleich danach wiederholte sie für sich: »Diese Frau, deren Namen Sie tragen ... Ihre Mutter?« Die Frage des Mannes bewegte in ihr eine seit langem verborgene Angst, die nun auf einmal an die Oberfläche kam.

Am selben Abend beschloß sie, wenigstens einmal ins Elsaß zu fahren. Dann versuchte sie, den Vorfall zu vergessen. Einen Monat später, als sie eine Präferenzliste für eine Bewerbung ausfüllen mußte, trug sie ohne Zögern den Namen des Krankenhauses in Straßburg ein, obwohl sie unter mehreren anderen Städten in Frankreich wählen konnte.

Das alles erzählte sie eines Sonntags ihren Freunden. Eve und Hans saßen ihr in ihrer Wohnung gegenüber (sie waren gekommen, um sich die Unzertrennlichen anzusehen, aber die beiden Exilanten von der Großen Insel hatten ihrer Neugier nur stille und steife Arroganz entgegengebracht). Hans hatte einen Arm um Eves Schultern gelegt, die der alleinstehenden Irma aufmerksam zuhörte.

Irma begann, ohne Federlesen ihre ungewöhnliche Lebensgeschichte vor ihnen auszubreiten (in farblosen Worten, die den Schmerz ausdrückten, ohne ihn zu zeigen).

Sie erzählte ihnen das Wesentliche: Ihr Name klang so französisch, weil eine junge Angehörige der Résistance, die ihre Eltern nicht hatte retten können, wenigstens sie, einen Säugling, behalten und unter ihrem Namen gemeldet hatte. »Im Grunde hat sie mir das Leben gerettet, und dafür war ich dieser unbekannten Frau immer dankbar!«

Sie schilderte ihre Adoptivmutter, sie nannte sie »meine wahre Mutter«, welche die Schmerzen eines schrecklichen Krebsleidens nicht ausgehalten und sich das Leben genommen hatte, kurz bevor Irma zwanzig wurde.

»Das war für mich die erste Katastrophe in meinem Leben ... Ich wußte mir nicht anders zu helfen, als mein Studium in den USA fortzusetzen ... Mit allem brechen, um schneller zu vergessen. Ich habe Englisch gelernt, neben meiner französischen Muttersprache und der deutschen – ich glaubte, die

Sprache würde mich mit meinen ermordeten Eltern, die ich nicht gekannt hatte, verbinden!

Nachdem ich schon einige Jahre in den USA gelebt hatte, sah ich mich mit einer scharfen Bemerkung meines Doktorvaters konfrontiert – ich hatte ihm gegenüber erwähnt, daß ich, trotz meines französischen Namens, die Tochter von verfolgten Juden aus dem Elsaß war. Der amerikanische Professor sagte barsch: »Wann lernen Sie also Hebräisch? Wann gehen Sie nach Israel?«

Ich hatte nie daran gedacht. Meine Eltern hatten höchstwahrscheinlich Deutsch gesprochen, hatten sich in dieser Sprache geliebt, für mich traf es sich gut, denn ich hatte eine Schwäche für die zeitgenössische deutsche Literatur! Der Professor hielt mir das mit einem schneidenden Ton entgegen. Vielleicht war ich damals noch eine beeindruckbare und gefügige Studentin ... In den beiden folgenden Jahren lernte ich jedenfalls Hebräisch. Und im Sommer danach verbrachte ich meine Ferien in Israel.«

»Bestimmt zur gleichen Zeit«, unterbrach sie Hans, »als ich im Gaza-Streifen bei meinen palästinensischen Freunden war!«

»Ich besuchte nur Jerusalem!« antwortete Irma. »Blieb nicht lange in Israel, sondern kehrte nach Paris in das kleine Haus zurück, das mir meine Adoptivmutter vererbt hatte und vor dem ich zunächst geflohen war! Eine Zeitlang hielt ich mich für eine schlechte Jüdin.

Ähnlich war es mit meiner Berufswahl. Nachdem ich mir in Vergleichender Linguistik ein großes Wissen angeeignet hatte (sie lachte), nahm ich, da ich mich wieder als Französin betrachtete, ein weiteres vierjähriges Studium auf: So wurde ich also erst ziemlich spät Logopädin!«

Sie verstummte. Nachdem sie sich derart ihren Freunden eröffnet hatte, durchzuckte sie wie ein Blitz der Gedanke: »Da war ich endlich in Straßburg, warum habe ich dann immer noch so lange hin und her überlegt, bevor ich mich entschloß, ins ›Dorf der verbitterten Mutter‹ zu fahren?«

Irma stand im Morgenmantel im Wohnzimmer, dann ging sie auf und ab, von einer Wand zur anderen. Welcher Stachel hatte sie aus dem Schlaf getrieben, war es etwa der Spaziergang mit Karl am Abend zuvor?

»Die verbitterte Mutter!« sagte Irma zu sich, während sie von einem Fenster zum anderen ging. »Was habe ich von dieser Unbekannten, dieser treulosen Seele verlangt, doch nur, daß sie meinen Vor- und Nachnamen einmal laut aussprach – oder einfach nur meinen Vornamen, egal ob auf französisch, deutsch oder elsässisch! Wenn sie ihn doch nur einmal vor mir ausgesprochen hätte, wie leicht hätten dann meine Gefühle alles andere aufgewogen! Die arme Frau dachte offenbar, ich wollte sie nach dem Namen des Vaters fragen, ob er lebt oder tot ist, und nach den Umständen meiner Geburt, wie sie mich weggegeben hat ... Als ob diese ganzen Einzelheiten nicht nur eine nutzlose, belastende Geschichte gewesen wären ... Dabei wollte ich bloß meinen Namen, meinen Vornamen hören, aber von ihr ausgesprochen – in der Ur-Sprache, der Sprache der Geburt, der Liebe oder auch einfach der Sprache der Leere!«

Und Irma weinte, schluchzte alleine in ihrem Wohnzimmer, dann im Schlafzimmer. Sie schaltete überall das Licht ein – es war wahrscheinlich fast Mittag. Sie ging schließlich ins Badezimmer, beugte sich zu einem der Spiegel, ging wieder zurück ins Wohnzimmer und starrte sich im Spiegel über dem Kamin an: die Hände vorgestreckt, mit verstörtem Blick. Sie lief von einer Ecke zur anderen, konnte aber nur noch weinen, Krämpfe erschütterten ihre Brust.

Erschrocken betrachtete sie sich in jedem Spiegel, während eine innere Stimme keuchend wiederholte: »Mein Name, mein Vorname, der durch die Leere hallt!«

Das Telefon klingelte. Irma schaute ihre zitternden Hände an, dann ihr weinendes Gesicht im Spiegel vor ihr. Sie fragte sich: »Ist es morgens, ist es nachmittags?«

Das Klingeln, das verstummt war, fing nun gebieterisch wieder an.

»Hallo«, sagte Irmas gebrochene Stimme, sie verstand nicht, einen Moment lang dachte sie an Eve oder Hans, mit denen sie sich, so schien ihr, gerade eben unterhalten hatte.

»Was ist mit Ihnen?« fragte die Stimme von Karl sanft und sehr leise.

Er schwieg einen Augenblick, sagte dann etwas lebhafter: »Bleiben Sie in Ihrer Wohnung! Ich komme. Ich werde zweimal klingeln. Öffnen Sie mir. In einer Viertelstunde ...«

Sie legte auf. Sie ging zum Spiegel zurück und stand vor dem marmornen Kamin. Sie schämte sich wegen ihrer verschwollenen Augenlider. »Ich sollte mir Kompressen mit Rosenwasser auflegen!« dachte sie automatisch. Aber sie löschte nur alle Lichter und zog dann die Vorhänge zurück. Die Sonne durchflutete den vorderen Teil des Wohnzimmers. Sie ließ sich auf das Sofa fallen und rührte sich nicht mehr.

Als Karl zweimal klingelte, wie er angekündigt hatte, öffnete ihm Irma die Tür, dann ging sie ins Wohnzimmer zurück und sagte entschuldigend: »Setzen Sie sich, ich will mich nur schnell anziehen!«

Sie wollte rasch ins Badezimmer gehen, sich das Gesicht mit großen Schwällen von Wasser waschen, kurz Kompressen auflegen, sich ein wenig frisch machen. Doch Karl hielt sie mit Bestimmtheit zurück. Er nahm sie noch im Flur in den Arm und murmelte: »Oder Sie machen mir einen Kaffee in Ihrer Küche, oder ich tröste Sie, umarme Sie ...«

Sie flüsterte: »Kommen Sie, wir gehen ins Schlafzimmer, einen Plan machen wir später.«

Siebte Nacht

In seinen Armen, aber nicht im Dunkeln liegend, erzählt sie plötzlich davon – in trockenen, raschen Worten –, wie sie sich einmal das Leben nehmen wollte, ein einziges Mal, vor Jahren, es ist lange her.

»Sehr lange?« fragt er.

Sie zögert, denkt nach: »Ich war noch keine Achtzehn!«

Er wartet, drückt sie an sich, mit der freien Hand streichelt er ihre nackte Schulter.

Ihr Gesicht wirkt bleich im Schein der Lampe, ihr Blick ist abwesend. Dann lächelt sie, entspannt sich, erwidert seine Liebkosung und beginnt zu erzählen. Sie fühlt sich ihm nah, einerseits zugewandt, aber zugleich auch fern. Da war etwas anderes, was sie anzog, sie fühlt sich immer noch verbunden mit dieser kleinen Stadt im Osten Algeriens.

»Eine kleine Liebesgeschichte … unschuldig, aber hitzig. (Ihre Stimme versagt, spult dann aber rasch, in ruhigerem Verlauf die ganze Geschichte ab.) Es ist seltsam, ich kann mich an das Gesicht meines Verehrers nicht mehr erinnern! Ich weiß nur noch, daß er sehr dunkelhäutig war, fast schwarz. Er kam aus dem Süden. Daß er so mager und dunkel war – mit weichen Haaren und Locken, die ihm in die Stirn fielen –, kurz, sein exotisches Auftreten verfehlte wohl nicht die Wirkung auf mich. Ebenso sein Ruf im Gymnasium der Jungen. In jenem Jahr hatte mein Onkel mich ins Mädcheninternat geschickt. Das Gymnasium der Jungen lag nicht weit entfernt, die ganze Woche gingen Gerüchte zwischen ihnen und uns hin und her. Er galt als ein frecher Schüler und war angeblich stolz darauf. Er stellte auch sonst seine Aufmüpfigkeit zur Schau.«

Sie bricht ab, liegt zusammengekauert da. Nachdem sie das Bild ihrer ersten Liebe so vor ihrem fremden Liebhaber hat auferstehen lassen (sein dunkler Blick unter den Locken ist wieder lebendig geworden und blitzt sie an), begreift sie: Der romantische Jüngling »aus dem Süden« war für sie damals wie der Bruder, den sie gerne gehabt hätte – eine leicht inzestuöse Verirrung, stellt sie so viele Jahre später fest.

»Das Äußerste, wozu es zwischen uns kam, waren Knutschereien«, fährt sie fort. »Ich riskierte in jenem Jahr einiges. Ich zeigte mehrfach eine gefälschte Ausgeherlaubnis vor und ging am frühen Abend einfach weg. Im Sommer, denn es war Sommer, kam ich oft ziemlich spät zurück. Ziellos irrte ich mit dem jungen Mann durch mir unbekannte Viertel der Stadt, die in der Nähe eines Güterbahnhofs lagen. Die Bauern, die dort ihre

Kisten und Paken abluden, schielten mißtrauisch zu uns herüber. Sie hielten mich wohl für eine Französin, und dazu dieser Dunkelhäutige, der von Peul-Nomaden abstammte! Sie können sich vorstellen, was sie von uns hielten ... Im Halbdunkel überließ ich ihm jedenfalls meine Lippen, es war, als spürte ich all diese gierigen Blicke! (Sie lacht fast bedauernd.) Ich verhielt mich ihm gegenüber kokett. Plötzlich erinnere ich mich wieder ganz deutlich an seine Hände, lang und unruhig. Er hatte einen goldenen Siegelring, ich neckte ihn, indem ich ihn abnahm und ansteckte, er nutzte es aus, um mich anzufassen ... Bei diesem Spielchen habe ich ihn eines Tages sogar geohrfeigt ... unter einem Baum, im verborgenen!«

Sie lacht wieder, François rückt im Bett von ihr ab und zündet wieder eine Zigarre an. Sie hockt sich in den Schneidersitz, ohne Umstände, als kauerte sie auf dem Erdboden. Voller Ironie macht sie sich über das junge Mädchen lustig, das sie einmal war: »Ich war fast achtzehn, habe ich dir das schon gesagt? Bei euch entspräche das dreizehn oder vierzehn, nicht wahr? Die schal gewordenen Spiele der Kindheit ... (François antwortet nicht. Die Vergangenheit, in die sie jetzt vorstößt, ist gar nicht so fern, denkt er, es war die Zeit, als er sich endlos mit seiner Frau stritt, als sie beide daran dachten, sich endgültig zu trennen!)

»Ich hätte so gerne gehabt, daß er mir lange Briefe schreibt. Er hätte mir unter einem Mädchennamen sogar Mitteilungen direkt in die Schule schicken können! Er hätte mir sagen können, wie er mich fand, das schlug ich ihm vor, er hätte mich beschreiben sollen, mein Äußeres, meinen Charakter, hätte sogar über unsere Streitigkeiten schreiben können, über unsere Spaziergänge oder irgend etwas anderes. Ich hätte die Briefe mit klopfendem Herzen geöffnet, mit einer wachsenden Lust an der Gefahr ... Er hörte sich meine Vorschläge zwar an, aber ihn beschäftigten nur mein Mund oder meine Augen! Er zuckte die Schultern: Wozu waren Briefe gut? Und wir verabredeten uns zu einer weiteren Eskapade. Aber ...«

Thelja erinnert sich lächelnd. »Aber?« wirft François geduldig ein.

»Als ich ihn bat (Samstag abends hatte ich häufig Ausgehverbot), unter den Balkon eines Schlafsaals zu kommen, der auf eine Gasse hinausging, da kam er … Er setzte sich allein auf den Gehweg gegenüber und blieb dort mit dem Rücken an einen Strommast gelehnt sitzen … Die Mädchen rannten herbei, um mir Bescheid zu sagen: ›Dein Verehrer!‹ Ich war nicht die einzige, der er so gut gefiel.«

Schweigen im Zimmer. François löscht seine Zigarre.

»Warum beschreibe ich diesen Jungen so ausführlich?«

»Am Anfang hast du behauptet, du hättest ganz vergessen, wie er aussah!«

»Ich wollte eigentlich gleich zum Kern vordringen und dir von einem Augenblick dunkler Verwirrung erzählen! … Und jetzt gerate ich in diese kitschigen Aufwallungen! … (Mit rauher Stimme:) Streichle mich, halt mich fest! Küß mich am ganzen Körper!«

Sie hält ihm zwischen ihren beiden Händen ihre Brüste hin. Sie will nicht in der Lust versinken, sondern sich nur dem Vorspiel hingeben, aber es soll leidenschaftlich sein!

»Du darfst mir auch weh tun!« schlägt sie vor.

Sie lächelt. Sie wünscht sich Bisse, sieht sich schon mit blauen Malen … François liebkost sie im schummrigen Mondlicht. Sie hat mit der einen Hand das Licht ausgeknipst: Das Zimmer bleibt dennoch hell, ist in einen grauen Dunst getaucht. Von der Straße dringen die Stimmen verspäteter Zecher herauf.

»Deinen Mund«, fordert sie. Sie gibt ihm einen langen, gierigen, nicht enden wollenden Kuß. Sie beschließt, sich auf ihn zu setzen, um seine Begierde zu wecken. Sie erweist sich in solchen Momenten als eine Expertin, fast kalt vor lauter Aufmerksamkeit. Ihr einziges Ziel ist, nur ein klein wenig weiterzukommen.

»Ich werde dich also führen«, seufzt sie, »ich bin deine Führerin …« Und schließlich (sie wird ihn, mit der Zeit, die es braucht, zur Feuersbrunst bringen, zum umfassenden Brand, dann soll er sie zerstören, daß sie weint, auf einer weiten Ebene der Wollust), während sie in aufeinanderfolgenden, kontrollierten Wellen auf ihm reitet, als sie spürt, daß der Höhepunkt

naht, mit einer Gewalt, die sie von vornherein angestrebt hat, überrollen sie unbeschreibliche Wonnen.

Ihn einhüllend und von ihm eingehüllt, reichlich mit Samen bedacht und davon triefend, ausgehöhlt in der Brust, dem Becken, im Inneren der Muskeln, in den Kniekehlen, den Fesseln, den Zehenspitzen, mit weichgewordenen Schultern und aufgegangenen Brüsten. Schließlich bleiben von den Lippen, den Zähnen, der Höhle, der Tiefe des Mundes und Gaumens, von der samtigen Innenseite der Wangen nur die geschlossenen Lider unversehrt, die dort oben schweben und doch ganz nah an den verschlungenen Armen und Beinen sind, sie treiben dahin, schwimmen, sind nur nach innen geöffnet: das Auge, tief, still, aufgewühlt, das riesige, undurchdringliche Auge der fortdauernden Lust.

Dann entlädt sich die Woge, die süße Grausamkeit, auf der Schneide einer heftigen Ungeduld, »schnell, schnell«, sie nimmt seine Hand – wieder das Gefühl, über dem Phallus zu thronen, von ihm durchdrungen zu werden, dort oben in einen einzigen Punkt verwandelt zu sein, glitzernd, pochend, mit grellen Blitzen, das Sperma steigt auf, tritt hervor, wird ausspritzen – sie nimmt die Hand von François, »o ja!«, während der Rhythmus der Bewegung schneller wird, während der Baum der Körper sich über die Maßen anspannt – schnell, der unendliche Lauf, das Schwert selbst wird zum Licht, das sich um den Kopf legt, überströmt die Brüste, das Becken, ein brandendes, unendliches Meer, da nimmt sie seine Hand und steckt sie sich in den Mund, denn sie schreit, sie brüllt ihre Lust und befürchtet dennoch, eine letzte Vorsicht, daß davon das Haus einstürzen könnte.

Sie fällt auf den Körper des Mannes, schweißgebadet. Halb erstickt, schöpft sie allmählich wieder Atem … Dann wird sie vom Brustkorb des Mannes, der noch in der Ermattung keucht, geschüttelt.

Thelja schläft einige Minuten ein, oder auch länger, ihre Beine umschließen in einem Gürtel die Hüften des Geliebten. So schläft sie, beinah ganz zusammengekauert.

Als sie die Augen wieder öffnet, lächelt sie und riecht auf der Haut des Geliebten – auch er schläft nun – die Schweißperlen. Ohne sich zu rühren, wartet sie, bis er erwacht.

»Ich habe alles getrunken, was deine Muskeln ausgeschieden haben ... für mich«, sagt sie ihm kurz darauf. »Morgen früh möchte ich dich waschen. Wie eine Mutter oder ... (sie zögert, aber es ist gut zu spielen, selbst wenn man erschöpft ist) eine Sklavin!«

Sie schlafen, nachdem sie sich voneinander gelöst haben, wieder ein. Bei Tagesanbruch hört sie, wie er das Licht einschaltet, auf die Uhr schaut, das Licht wieder ausknipst und sie auf der anderen Seite des Bettes sucht, nur, um sie zu berühren, wiederzufinden.

»Es ist, glaube ich, Zeit für dich, aufzustehen!«

»Die Arbeit soll warten. Ich möchte mit dir ausschlafen!«

»Dann laß das Licht aus.«

Sie kuschelt sich wieder in seine Arme und hält ihm im Halbdunkel ihre Lippen hin: »Nur einen lieben Kuß, wie von einem Vogel!« In der Dämmerung, ihr Körper ist noch erschöpft von der Lust der Nacht, kann sie sprechen: »Kann ich dir jetzt meine erste Liebe weitererzählen?«

Er setzt sich in den Kissen auf, bettet sie, die in der Kühle zittert, in seine Arme und wartet.

»Damals wollte ich wirklich sterben!« beginnt sie. »Ich weiß heute noch nicht, warum. Manchmal kommt mir nur eine Ahnung. Jedenfalls wollte ich unbedingt sterben ... aus einer Freude, sozusagen einer unpersönlichen Freude heraus: Wenn ich nach dem Warum suche, manchmal nähere ich mich ihm ... Die Wahrheit erhellt mich wie ein Blitz, etwa in dieser Nacht oder vorhin, weil die Lust so vollkommen war ...«

François streckt die Hand nach Zigarre und Feuer aus, aber er zündet sie nicht an, raucht nicht. Er wartet, was diese zögernde Stimme hervorbringen wird. Er drückt die Schultern der vor Kälte zitternden Thelja an sich. Er deckt sie zu.

»Einige Monate bevor ich achtzehn wurde – es war am Ende

der Philosophieklasse ... Das ganze Jahr über war ich einsam gewesen, es gab zwar dieses oberflächliche Abenteuer mit dem ›Schuft aus der Wüste‹, wie die anderen ihn nannten, und doch war ich einsam, das ganze Jahr hindurch gab es Momente, da ich sterben wollte, das heißt, ich dachte daran, mich in Luft aufzulösen oder still zu vergehen ... Was mir von diesem Wunsch von damals geblieben ist, wie soll ich es sagen, ist die Lust, davonzufliegen. Dies mag seltsam erscheinen, dieser Wunsch des Ikarus bei einer Frau, noch dazu in einer arabischen Stadt, dieses unstillbare Verlangen nach dem leeren Raum. Der Raum zog mich an!«

Sie schweigt. Der Gedanke an dieses Internat, nicht weit vom goldenen Staub um den Caracalla-Bogen, hat sich wieder in ihr festgesetzt: »Ich habe dir gestern von dieser Liebesgeschichte erzählt. Alle Internatsschülerinnen schauten zu ... Bei mir war es nicht die Eitelkeit, nein, es war die Gefahr! ... Wenn mein Onkel davon erfahren hätte, hätte er mich abgeholt mit seinem Gewehr in der Hand. Wie in einem Provinzmelodram hätte er verkündet: ›Du hast uns entehrt!‹

Und dann hätte er mich vor allen, selbst vor der liberalen Direktorin, die mich gern hatte, da war ich mir sicher, er hätte mich getötet! Fast ein ganzes Jahr lebte ich in dieser Angst: der dunkelhäutige junge Mann, meine gierige und wahllose Lektüre der Philosophen, die Suche nach einer reinen Freude, meine Faszination vom leeren Raum und dann der Schatten des rächenden Onkels, alles zusammengenommen, was ich meine Einsamkeit nenne, verleitete mich ...«

»Zum Selbstmord?« fragt er.

»Du kannst es so nennen. Zumindest ist es eine solche Szene, die ich wachrufen möchte. (An dich geschmiegt, verflechte ich meine Beine mit den deinen und versuche zu verstehen, warum ich sterben wollte ... in Trunkenheit sterben!)«

Sie beschreibt die Szene, braucht dazu eine ganze Weile, muß erst ruhiger werden. Er hält sie an sich gepreßt, streichelt langsam ihre üppigen Brüste, die langen Beine, er dreht sie zur Seite, um das Grübchen in den Lenden zu finden, um mit einem be-

hutsamen Finger dem Schaft der Wirbelsäule nachzufahren, und da er fast wissenschaftlich all ihren Linien folgt, wie um ihr zu bedeuten, daß er nicht nur ihr Fleisch, ihren Zauber, ihre Lebhaftigkeit liebt, sondern sogar ihr Skelett, das sie unsterblich machen oder sie in eine ungewisse Nacht verlängern würde – diesen Körper und die Idee dieses Körpers zeichnet er schweigend nach. Daß sie so bereist wird, führt sie schließlich – mit offenen Augen, geradezu selbstsicher – zur Urszene, die sie eigentlich bedroht. Die sie seit so langer Zeit auf die Suche nach der Lust schickt: vor ihm, nach ihm, nun vor allem bei ihm – weil er ganz Ohr ist, mit seinen Fingern und seinen Augen –, weil sie seine Geliebte ist.

Sie geht zurück in der Zeit.

»Wir waren für zwei Tage in die Hauptstadt ausgerissen … Ich sehe mich dort eine sehr lange Treppe mit Blick auf den Hafen hinuntergehen. Vor mir die Leere, eine unermeßliche, volle, blaue Leere in einem goldenen Licht, darunter das Meer und die Masten der dort liegenden Schiffe. Als würde ich mit einem Mal hineintauchen. Davonfliegen und eintauchen. Plötzlich bog am Ende der Treppenflucht, auf dem lauten Boulevard de la Marine, die Straßenbahn um die Kurve, vollbesetzt und rumpelnd … Da ergriff ich die Gelegenheit: als ob die Anwandlungen, die ich in diesem Jahr im Zaum gehalten hatte, mich im letzten Augenblick vorwärts getrieben hätten!«

Er besteigt sie. Er legt sich auf ihren Bauch, er versucht nicht, in sie einzudringen, nein, er will nur auf ihr lasten, sie erdrükken, sie die Erde und sein Gewicht spüren lassen, den Körper eines Mannes über Fünfzig, mit einer Vergangenheit, einer Geschichte, einer bodenständigen Geschichte, der Geschichte einer Stadt, die einmal geräumt wurde, von Rückkehr und Unglück. Er will nicht, daß sie davonfliegt, er will sie zeichnen.

Sie klammert sich an ihn, während er, bewegt von einer weiteren Woge der Zärtlichkeit, die weniger heftig, weicher ist, sie mit den Armen umfängt – »Jetzt gebäre ich sie«, sagt er sich, und in derselben Bewegung hält er sich zurück, denn er riskiert eine Erektion, und er weiß, er würde nicht anders können, als sie zu nehmen. Doch ihre Worte sollen weiter hervorsprudeln, zwischen ihnen, ihren Körpern, sich eng an sie schmiegen, wenn sie so verschlungen daliegen. Das ist es: Sie kämpfen zusammen und mit ihrer Liebe dafür, daß sie ihr Wahnbild überwinden, daß sie dieses aus sich hervorziehen und ans Tageslicht bringen kann.

Schließlich sagt sie: »Ich bin getaucht. Ich habe mich hingeworfen. Ich habe mich auf die Straße gelegt, kurz bevor die Straßenbahn in voller Fahrt ankam. Der Schaffner bremste, das Fahrzeug kreischte ... Ich wurde ohnmächtig. Man zog mich unter dem Stahl hervor, unverletzt, nicht einmal eine Prellung. Ich wachte kurz darauf im Krankenwagen auf. Mein Verehrer, der dunkelhäutige, leichtsinnige Verführer – er hatte mir kurz zuvor eine falsche Eifersuchtsszene vorgespielt, und ich hatte ihre ganze Lächerlichkeit erkannt –, war tief erschüttert. Er weinte an meiner Seite. Als ich meine Augen öffnete, küßte er mir die Hände, voller Hochachtung. Er verstand meine Dummheit nicht ... ›Ein jüngerer Bruder‹, dachte ich, so verletzlich kam er mir vor; ich war ruhig und stark ... Aber ich verzichtete darauf, ihm irgend etwas zu erklären.«

»Warum? Aber warum nur?« fragte er verständnislos.

»Ich selbst hatte nur eine Erklärung, ich hatte davonfliegen wollen, dort, auf der Stelle, um mich in der Leere aufzulösen! ... In der blauen Leere ...«

»Davonfliegen, Schnee!« wiederholt François, während er sich seine Zigarre ansteckt.

Sie bleiben ineinanderverschlungen, alle Begierde ist gewichen.

Sie gesteht ihm: »Während all dieser Nächte, die eine auf die andere folgen in dieser Stadt – die auch einmal leer war –, werde ich vielleicht den Grund von damals herausfinden können, denn durchdringen wir einander nicht jede Nacht ein bißchen mehr, mit unserem Leib und unserer Seele?«

François gibt keine Antwort, ist fasziniert von der Glut, mit der sie ›mit Leib und Seele‹ wiederholt.

»Fühlst du dich wohl?« fragt er sie etwas später. Er war gerade unter der Dusche, zieht sich nun an. Die Müdigkeit der Nacht ist verflogen.

»Sag es mir doch, ich bitte dich«, bedrängt er sie. »Fühlst du dich wohl mit mir ... ich meine, bei der Liebe?«

Sie antwortet nicht. Sie hält ihm ihre Lippen hin. Sie füllt seinen Mund mit Speichel im Überfluß. Sie saugt sich lange mit ihrer Zunge fest, bis sie keine Luft mehr bekommt.

»Gehen Sie! Die Arbeit wartet!«

Sie richtet sich nackt im Bett auf und umschlingt seinen Hals, seine Schultern. Mit einem herzlichen Lachen.

Die Tür fällt hinter ihm zu.

VIII. Die Antigone der Vorstadt

1

Die ganze Nacht bis zum Mittwoch morgen lag Irma in Karls Armen. Sie sprach nicht, seufzte nicht einmal, bat höchstens um mehr Lust von einer zeremoniellen Langsamkeit, ein stummes, fast ernstes Zwiegespräch. Manchmal murmelte sie, ohne etwas sagen zu wollen, Erinnerungsfetzen, sie befreite sich von ihnen, ohne es selbst zu hören. Manchmal lächelte sie auch, dann versank sie wieder in nächtliche Umarmungen, obwohl der Morgen schon orangefarben dämmerte.

Sie paarten sich erneut, schließlich schlummerten sie ein. Für sie beide flog die Zeit dahin, mit verbundenen Augen, im abgeschlossenen Raum.

Irgendwann schreckte Irma auf: »Wieviel Uhr ist es? ... Ich habe solchen Hunger!«

Sie hatten seit dem Vortag nichts gegessen. »Seit vier Uhr gestern nachmittag«, sagte Karl. »Seither müssen vierzehn Stunden vergangen sein, nein, noch viel mehr!« fügte er zärtlich ironisch hinzu.

Irma eilte in die Küche, kam dann zurück, um zu verkünden, sie habe frische Eier und Obst. »Ich hole uns ein Tablett!«

Kurz darauf aßen sie im Bett aus einem Teller vier Rühreier mit Bauernbrot und teilten sich eine Orange.

»Wir wollen noch etwas schlafen«, schlug sie vor und stellte fest, ohne es laut auszusprechen: »Gesättigt von Liebe und Nahrung.«

Der Vormittag war schon weit fortgeschritten, aber Irma schlief immer noch. Karl war zur gewohnten Zeit erwacht und hatte eine Dusche genommen. Er wartete lesend im lichtdurchfluteten Wohnzimmer.

Irma tauchte gegen zehn Uhr auf, ihr Gesicht zwar ausgeruht, dennoch irgendwie besorgt.

»Ach, da bist ... Oh, ich habe ganz vergessen, seit ...«

»Seit vorgestern!« Karl kam lächelnd auf sie zu und umarmte sie. Sie stand zögernd, schwankte noch immer in ihrer ersten Verwirrung.

»Was ist mit mir los? Ich habe wirklich gestern den ganzen Tag meine Kranke vergessen, Lucienne ...«

Sie streckte die Hand zum Telefon aus, das zwischen ihnen stand und im gleichen Moment klingelte.

Irma nahm den Hörer, sagte kein Wort, horchte fast ohne zu hören, ohne zu verstehen ... Die helle Stimme einer Frau überschlug sich und wiederholte in der Ferne, in höchster Erregung: »Irma ... oh Irma!«

Karl nahm den Hörer, während er seinen Arm um Irmas Schultern legte. Die Stimme von Eve klang, als käme sie aus einer anderen Welt: »Welch ein Unglück, Irma! Das ist nicht gerecht!« schluchzte sie.

Weit entfernt, am vergessenen Ufer der Schmerzen, weinte Eve laut und überließ sich völlig der Verzweiflung.

Ja, Eve schrie, sie rief um Hilfe.

2

Eine Stunde zuvor, in der Blauwolkengasse, am Eingang zum Polizeikommissariat: unter einem großen Portal hielt seitlich ein junger uniformierter Mann Wache.

Jacqueline war zu Fuß von ihrer Wohnung in der Regenbogengasse hergekommen. Sie hatte weit ausgeholt, zuerst war sie die Brandgasse entlanggegangen, wobei sie auf der Höhe des Rathauses sogar einen Passanten anrempelte (der Unbekannte war später einer der ersten Zeugen). Nachdem sie schnell durch die Domgasse geeilt war, hatte sie den Broglie-Platz überquert und war mit resoluten Schritten in die Blauwolkengasse eingebogen.

Zwei oder drei müßige Gäste in einem Straßencafé hatten

sich nach ihr umgedreht. Sie ging so schnell, daß keiner von ihnen ihr Gesicht oder ihren Gesichtsausdruck sah, sie konnten sich später nur an ihre Gestalt erinnern: Sie trug einen weiten, karierten Rock, einen ausgeschnittenen, schwarzen Pulli mit kurzen Ärmeln, als wäre es Mai und nicht März ... Sie hatte es eilig; die drei Beobachter tauschten darüber ein paar schlüpfrige Bemerkungen aus.

Jacqueline erreichte den Eingang des Kommissariats nicht mehr. Als sie es gerade betreten wollte, drehte sie sich halb um, keiner wußte, warum. Hatte sie etwa jemand von der Ecke der Fadengasse aus gerufen? Hatte sie die Stimme eines Mannes, des Verkünders, bei ihrem Vornamen gerufen? Sie zögerte, wollte weitergehen ...

Einen Schritt, einen einzigen Schritt mit ihrem linken Bein, doch ihr Oberkörper sackte zusammen, dicht neben dem Posten, der stramm dastand wie eine Statue. Kurz zuvor war eine Gruppe von drei, vier Leuten durch das Portal hineingegangen. Das sagte er später aus.

In diesem Augenblick löste sich ein Schuß. Ein trockener Knall, zweimal. Gefolgt von einer Stille in der engen Gasse, wo auf dieser Höhe normalerweise die Autos und Fahrräder langsamer fahren müssen.

Ein Knall, zweimal. Jacqueline strauchelte, hob einen Arm, fiel zu Boden. Der Wachposten stürzte auf sie zu, dann erst schaute er nach, woher der Schuß gekommen war, besann sich eines anderen, wollte nachsetzen, während er mit der linken Hand die Waffe zog, aber es war zu spät.

Im gleichen Moment überquerte ein junger, sehr dunkelhäutiger Mann mit einem ausdruckslosen, verhärteten Gesicht in zwei Sprüngen die Straße, beugte sich über Jacqueline (sie lag jetzt auf den Platten des Trottoirs, mit angezogenen Beinen, das Gesicht in der einen Armbeuge verborgen). Sie hatte eine Wunde am Rücken, die blutete ...

Der Unbekannte richtete seine Waffe auf den Wachmann und sagte immer wieder, wie versteinert: »Siehst du, da siehst du es ... Dabei hatte ich sie gewarnt!«

Augenblicklich bildete die Menge einen Kreis um ihn. Dann wurde er von dem Polizisten gepackt, ein zweiter, ein kleiner Dicker, kam aufgeregt gestikulierend aus dem Gebäude.

Jacquelines Gesicht lag auf dem Boden, mit einem halben Lächeln, das allmählich erstarrte. (Aber wer schaute sie von den Neugierigen überhaupt an?) Plötzlich kniete sich eine behäbige Hausfrau, die gerade vorbeikam, nieder und stieß hervor: »Heilige Maria ... O heilige Jungfrau!«, dann murmelte sie in einem Singsang Gebete.

Dem jungen Mann wurde der Revolver entrissen. Ein gerade hinzugekommener Polizist versuchte den Mörder abzuführen. Doch der leistete plötzlich Widerstand. Die Menge wurde nun in einem größeren Umkreis von ihm ferngehalten. Einer beschimpfte den Gewalttäter, als die drei Polizisten ihn gerade wegbringen wollten.

Ein großer bärtiger Kerl löste sich aus der Menge und versuchte ihn zu schlagen, während ihm die Handschellen angelegt wurden. Mit seinem schwerbeschuhten Fuß gab er dem Verhafteten einen kräftigen Tritt gegen das Schienbein. »Du Schwein!« rief er und fügte dann laut brüllend hinzu: »Ausländerschwein!« Er wandte sein wutverzerrtes Gesicht den Zuschauern zu, damit sie in sein Gebrüll mit einstimmten.

Die Menge zog sich zurück. Einige gingen weg, denn die Gewalt schleicht umher wie eine Bestie, mit hängendem Schwanz und geiferndem Maul ... Der Fluchende mit dem roten Gesicht warf nun einen verachtungsvollen Blick auf Jacqueline am Boden.

In dem Moment wurde Djamilas roter Haarschopf über den Neugierigen sichtbar, die wie angewurzelt dastanden, in dem Aufruhr noch nicht weggehen konnten. »Nein, nein!« Schreiend bahnte sie sich eine Schneise.

Aber Jacqueline hörte sie nicht mehr. Durch das lauter werdende Durcheinander näherte sich eine gellende Sirene: der Krankenwagen.

Djamila kniete am Boden, als zwei Pfleger kamen, um Jacqueline hochzuheben. Der Mörder, der von der Polizei ins Innere des Kommissariats abgeführt wurde, drehte sich einen Moment um, bevor er verschwand. In dieser Sekunde breitete einer der Krankenpfleger ein weißes Tuch über Jacquelines Gesicht.

»Zu spät! Ich bin zu spät gekommen!« Es war Djamila, die so ächzte, ihre Stimme klang rauh.

Sie klammerte sich an die Krankenträger, die Männer im weißen Kittel, die mit unbewegtem Gesicht das Opfer wegbringen wollten.

»Sie müssen sie retten!« schluchzte Djamila. Sie bestieg hinter ihnen die Ladefläche des Krankenwagens. Sie streckte die Hand nach Jacquelines bedecktem Gesicht aus.

Die Menge zerstreute sich. Die Tür des Krankenwagens klappte zu. Die Sirene nahm ihren näselnden, nervtötenden Ton wieder auf, bevor der Wagen losfuhr.

Eine Glocke auf der gegenüberliegenden Seite des nahe gelegenen kleinen Platzes schlug halb zehn an diesem Mittwoch morgen.

»Ali hat seine französische Geliebte umgebracht!«

In weniger als einer halben Stunde hatte das Gerücht den Béatrice-Ring in Hautepierre erreicht.

Kleine Jungen stürmten zu Toumas Wohnung, die zunächst entgeistert reagierte und dann in Trance fiel. Sie zerkratzte sich die Wangen und sang dazu ein altes Lied, das bei Belagerungen gesungen wurde.

Die kleine Mina, mit der Katze im Arm, verstand nichts von der ganzen Aufregung. Sie floh zu Eve. Doch auch Eves Wohnzimmer füllte sich schnell mit den elsässischen Nachbarinnen und ein oder zwei Migrantinnen: »Jacqueline wurde erschossen ... Ja, Ihre Freundin! Es war Ali, er hat sich gestellt!« Als Eve das hörte, stand sie zunächst starr, eine Hand auf den Bauch gelegt, in dem das Kind sich bewegte.

Dann war sie wieder allein. Selbst Mina war verschwunden ... Da überkam Eve eine lautlose Panik. In ihrer Verwirrung wußte sie nicht, wo sie Thelja erreichen konnte. Sie griff nach dem Hörer, um Irma zu Hilfe zu rufen.

3

Ich werde nicht von deiner Seite weichen, Jacqueline! ... Ich werde das Krankenzimmer nicht verlassen, den Ärzten und Assistenten nicht antworten, auch nicht dem Professor mit seinem Gefolge von Oberärzten, die seit einer Stunde hier hereinbrechen. Sie wagen nicht, mich hinauszuschiken, sie haben den Pflegedienstleiter gefragt (er wohnt zufällig in meiner Straße, in Neudorf): »Ist sie eine Angehörige? Eine Freundin? Ist sie aus der Verwandtschaft?«

Ich gebe keine Antwort. Ich werde euch nichts sagen. Wer bin ich? Djamila oder Antigone? Keine von beiden. »Sie ist ganz bestimmt nicht die Tochter!« hat eine Hilfsschwester gewispert.

Ich sitze am Fußende des Bettes. Tue, als verstünde ich nichts, weder Französisch noch Latein, noch ... Da hat einer auf elsässisch angefangen. Ich mußte mich zusammenreißen, um ihn nicht in seinem eigenen Dialekt zu beschimpfen, ihn nicht auszulachen, denn er hatte eine dunkle Haut – vielleicht ein Mischling aus der Verbindung eines Arabers mit einer Elsässerin –, ja, ich war versucht, ihm mit dem hiesigen rassistischen Schimpfwort zu beleidigen: »Hachkele!«, das heißt »Arabersau« auf elsässisch.

Ich habe gezittert, habe geschwiegen. Nicht mit ihnen sprechen. Mich nicht von dir wegrühren, meiner Freundin, und, warum soll ich es nicht sagen, es ist ja sowieso zu spät, es ist immer zu spät: ›O Jacqueline, wir werden nicht nach Italien fahren, wie wir es vorhatten nach den geplanten fünf Aufführungen. O Jacqueline, jetzt sage ich es dir, ich müßte es schreien, irgendwann werde ich es herausbrüllen, in dieser bleiernen Stadt – meine Liebe! Hört nur, liebe Leute, Jacqueline ist meine große Liebe!‹

Ich bin eine Migrantin, die sich gegen ihre Leute aufgelehnt, alle Fesseln durchgeschnitten hat, die vorgebliche Gruppensolidarität verschmäht hat, ich, die aus dem Nichts gekommen ist und auf der Bühne einer Laienspieltruppe aus der Vorstadt an-

gefangen hat zu atmen, ich, die angebliche Djamila-Antigone, verkünde, daß ich in Wahrheit in diese tote Königin verliebt bin, die so schöne, so glühende, die mit offenen Armen auf alle zuging!

Und ich habe es ihr nicht einmal sagen können! Ich freute mich auf unsere Reise nach Italien, wie andere sich auf ihre Flitterwochen freuen ... Du und ich in Apulien bei deiner Schwester – »Du wirst sehen, sie ist sehr weise, ruhig und heiter«, sagtest du über Marie, die älter war als du, verheiratet, und zwar glücklich, im tiefen Süden der Halbinsel. Ich hatte nur ein Ziel: Jacqueline meine Liebe zu gestehen. Ich wollte es nur ihr sagen. Eine hoffnungslose Liebe, sie machte sich so oft über sich selbst lustig: »Was soll ich machen, meine Schwäche sind nun einmal die Männer, das heißt, die jungen Männer, die mir dann schnell zuwenig Mumm haben!«

Und ich wartete! Darauf, ihr zu sagen, daß ich sie liebte, ihre Geliebte sein wollte, ohne Hoffnung, daß meine Liebe erwidert wird! ... Wenn ich es ihr gesagt hätte, wenn sie sich dann mir zugewandt hätte, mit diesem fast schon violetten Blitzen in ihren Augen, voller Ironie oder gar Zärtlichkeit, und mich angelächelt hätte, welches Wunder hätte uns dann in seinem Taumel umfangen?

4

Sie hatten diesmal Jacquelines ganzen Körper mit einem Tuch bedeckt. Djamila schreckte zusammen, die zitternden Hände in Hüfthöhe vorgereckt, als hätte sie sich verbrannt.

Ein Polizeihauptmann in Zivil betrat das Krankenzimmer, er war etwa fünfzig. Zwei seiner Mitarbeiter blieben bei der Tür.

Der Mann setzte sich mit ernstem Gesicht Djamila gegenüber. Er fragte sie behutsam: »Sind Sie eine Freundin der Verstorbenen? Oder eine Angehörige? Oder waren Sie zufällig in der Fadengasse?«

Ganz versunken in ihren Schmerz – der nackt und harsch ist, kurz davor, in wilde Wut umzuschlagen –, sah Djamila ihn mit leerem Blick an. Geduldig wiederholte der Mann seine Fragen in anderen Worten. Sie rührte sich wieder, betrachtete die lange weiße Gestalt unter dem Tuch. »Werden sie sie wegbringen?« dachte sie, selbst eingehüllt in eisige Kälte. »Aber wohin? Ins Leichenschauhaus? In ihre Wohnung?«

Der Polizist in Zivil wartete. Djamila starrte ihm in die Augen, forderte seine zur Schau gestellte Geduld heraus ... (Einen Moment wanderten ihre Gedanken zu ihrem Vater, er war vom marokkanischen Atlas hierher gekommen und hatte das Gefühl, es geschafft zu haben. In seinem Gasthof hatten dreißig Jahre lang Einwanderer gewohnt, während des Algerienkriegs aber auch Unbekannte, die sich dort versteckten ... Ihr Vater hatte ihr erzählt, wie er sich damals bei Polizeirazzien verhalten hatte – sie waren auch aus der Fadengasse gekommen ... ihr Vater, der vor fünf Jahren gestorben war.) Ihre Gedanken kehrten zu dem Zimmer zurück, zu Jacqueline, die noch dalag.

»Was wollen Sie denn wissen?« murmelte sie schließlich.

Sie hatte beschlossen, sich an alles so genau wie möglich zu erinnern. Gegen fünf Uhr morgens hatte Jacqueline angerufen ...

Djamila hatte ihr gesagt, sie könne gleich kommen: Sie war bereit gewesen, zu Fuß, mit dem Taxi oder mit dem ersten Bus aus ihrem fernen Vorort bis in die Regenbogengasse zu eilen!

»Nein!« hatte Jacqueline darauf sehr bestimmt geantwortet. »Aber komm um neun Uhr zum Polizeikommissariat hier in der Nähe, Ecke Blauwolken- und Fadengasse.«

»Aber ich kann schon um sieben bei dir sein! Ich gehe mit dir hin!«

»Ich bitte dich«, hatte Jacqueline geseufzt, »ich will schlafen ... Ich stelle den Wecker auf acht! Von hier aus ist es eine Viertelstunde zu Fuß ... Ich muß unbedingt schlafen!«

»Ich werde dasein, und zwar vor neun!« versprach ich.

Djamila brach in Tränen aus: »Ich bin fünf Minuten zu spät gekommen!«

»Sie hätten nichts verhindern können«, hielt ihr der Polizeihauptmann entgegen.

Djamila schwieg ... (»Soll ich es ihnen sagen ... Soll ich mit der Polizei zusammenarbeiten? Werde ich sie damit rächen? ... Ja, alles muß raus.«)

»Ich möchte eine formelle Aussage machen. (Sie schnaufte, zögerte kurz.) ... Als Jacqueline anrief, war es wohl kurz vor fünf. Sie sagte zuerst: ›Ali ist gerade gegangen ... vor etwa einer Viertelstunde! Er ist hier mit Gewalt eingedrungen‹ – das hat sie geschrien und immer wiederholt: ›Mit Gewalt, das mußt du wissen!‹ Und dann: ›Er muß durch die Küche hereingekommen sein, das Fenster geht zum Hof. Er hat die Scheibe eingeschlagen und im Dunkeln auf mich gewartet!‹

Jacqueline machte eine Pause, ich hörte sie durchs Telefon atmen. Dann hat sie wieder angefangen, ohne zu weinen, sie sagte: ›Weißt du, er hat mich vergewaltigt, das Schwein! Ich habe mich gewehrt, ich habe gegen ihn gekämpft! Aber er hat mich vergewaltigt! ... Zuerst hat er seine Pistole gezogen und auf den Tisch gelegt, dann hat er das Telefon rausgerissen ... Jetzt ist er weg. Ich habe ihm gesagt, gleich morgen früh gehe ich zur Polizei und zeige dich an! Das habe ich ihm gesagt, damit er mich danach umbringt! ... Aber er ist gegangen! ... Schließlich ist mir das andere Telefon eingefallen, das im Arbeitszimmer am Ende des Flurs ... Ich habe dich angerufen, damit ich nicht alleine hingehen muß, um Anzeige zu erstatten!‹

Ich wandte nochmals ein: ›Ich komme lieber sofort! Ich rufe ein Taxi!‹ Aber sie wollte es nicht. ›Ich bin so furchtbar müde. Ich habe den Wecker gestellt.‹

Wäre ich meiner ersten Eingebung gefolgt«, schloß Djamila aufgebracht, »wäre ich bei ihr gewesen, und sie wäre nicht tot!«

Dann erhob sich das junge Mädchen, die Brust gereckt, und wandte sich – ohne Tränen in den Augen – an den Polizisten:

»Ich gehe jetzt mit Ihnen, um meine Aussage protokollieren zu lassen!«

Sie zögerte, drehte sich aber nicht mehr um, wollte die unter dem Tuch liegende Jacqueline nicht noch einmal ansehen müssen.

Eine Angestellte von der Krankenhausverwaltung kam, um bekanntzugeben, daß die Leiche des Opfers am späten Nachmittag, nach den Formalitäten im Leichenschauhaus, der Familie übergeben würde.

»Welche Familie?« Schon im Weggehen schrak Djamila zusammen.

»Nun ... die Familie, die darum gebeten hat!« antwortete die Frau barsch.

5

Heute habe ich zum ersten Mal ein elsässisches Haus betreten, ausgerechnet das von Jacquelines Mann! Um sie zu sehen, und sie war tot! Er, ein Psychiater, von dem sie schon lange getrennt lebte, musterte mich mit feindseligem Blick, als wollte er sagen: »Der, der sie umgebracht hat, war einer von euch!«

Danach bin ich von Robertsau nach Hautepierre gefahren, um Eve und Touma zu besuchen, in der heimlichen Hoffnung, daß bei den Einwanderern der Tod vielleicht nicht der Tod wäre! Weil er dort ein anderes Zeremoniell benutzt, eine weiße Maske, die verwaschene weiße Maske der Tragödie, die sich vielleicht auflöst.

Touma weinte nicht. Sie sprach arabisch mit mir, dann in Schawia – obwohl ich in letzter Zeit diesen berberischen Dialekt zunehmend vergessen habe! Sie schaute mich an und sagte mit einer rauhen Stimme: »Tochter meines Landes!«, dann brach sie ab und murmelte Gebetsfetzen. In lyrischem Ton fügte sie schließlich hinzu: »Gott hat es gewollt, mir erneut einen Schicksalsschlag zu erteilen, fern, fern vom Land meiner Väter!«

Als ich mich eben bei ihr niederließ (Ich hatte Sie vorher angerufen, um Ihnen mitzuteilen: »Heute nacht werde ich nicht kommen, ich bleibe bei Touma! Sie braucht mich.«), traf ihre älteste Tochter ein, still, aufrecht, mit der Haltung einer orientalischen Prinzessin. Sie trug ein vierjähriges Kind auf dem Arm. Sie arbeitet als Buchhalterin in einem Kaufhaus in Mulhouse. Sie kam also schweigend herein. Sie umarmte ihre Mutter, legte das Kind – einen pausbäckigen, hellblonden Jungen – auf das Bett. Kurz darauf nahm sie ihn wieder hoch, obwohl er schlief.

Dann wandte sie sich mir zu, ich weiß nicht, woher sie es wußte, jedenfalls sprach sie mich sogleich in algerischem Arabisch an. »Ich habe mir acht Tage freigenommen, sobald ich es erfuhr! Meine Mutter ist zuckerkrank, ich will nicht, daß ihr etwas zustößt! Ich werde auf sie aufpassen.«

Dann sagte sie: »Ich heiße Aïcha. Und du?«

»Thelja«, antwortete ich.

»Ich habe gehört, du stammst fast aus unserer Gegend.«

»Ja, aus dem Aurès.«

Und die schöne Aïcha – ihre Augen treten etwas hervor, aber sie sind seltsam durchscheinend, ein melancholisches Madonnenlächeln verzieht ihr Gesicht auf die eine Seite – fing an, von ihrem Bruder zu sprechen: »Ali«, begann sie, sie sprach jetzt Französisch mit ab und zu einem fremden Brocken, der deutsch klang. Ich schloß daraus, daß sie jeden ihrer Sätze mit einem elsässischen Wort versah. Wenn sie über ihren Bruder sprechen wollte und sich dabei an mich wandte, führte sie nicht doch eher ein Gespräch mit ihrem Bruder, der zum Mörder geworden war? Um sich davon zu befreien? Bei einer der Episoden, die sie mir erzählte, wurde das ganz offensichtlich. Ich sagte nichts, von Zeit zu Zeit stand ich auf und warf einen Blick in das Zimmer, wo Touma sich in ihrer leuchtend lachsroten Djellaba hingelegt hatte. Ihr regelmäßiger Atem wurde von Schluchzern unterbrochen, die aus der Tiefe heraufstiegen, ohne daß sie jedoch erwachte. Ich betrachtete eine Minute lang das volle, verweinte Gesicht der

Schlafenden. Ich ging wieder zu Aïcha, die am Eichentisch in der Wohnküche saß und sich alles von der Seele sprach. »Ich weiß, was Ali mir nicht verziehen hat! Bevor mein Vater starb (sie schluchzte, fing sich aber wieder), arbeitete er nicht mehr, weil er schwer krank war, aber wir, wir wußten nichts davon – in diesen letzten sechs Monaten beschloß er, uns überallhin mitzunehmen. Er hatte einen Renault-Dauphine gekauft. Er ist mit uns nach Deutschland gefahren, zwei Tage, den Rhein entlang bis hinunter nach Köln. Er hatte einen Freund, Algerier wie er, der eine Deutsche geheiratet hatte. Wir übernachteten bei ihm. Wir beide, Ali und ich, schliefen im Wohnzimmer: Die Männer redeten bis in den frühen Morgen über ihre Kriegserlebnisse. Sie waren beim Deutschlandfeldzug zusammen gewesen. Deshalb war mein Vater auch ins Elsaß zurückgekommen. Im Jahr der Unabhängigkeit 1962 hatte er um eine Versetzung nach Belfort gebeten, oder nach Deutschland, zu den französischen Besatzungstruppen. Später hatte er Ali und meine Mutter nachkommen lassen … Ich wurde in Straßburg geboren.«

Und sie weinte eine ganze Weile, während ihr Kind auf ihrem Arm schlummerte. Dann fuhr sie in vertraulichem Ton fort: »Ali hat mir später etwas übelgenommen, das mit dem Tod unseres Vaters zu tun hatte. Mein Bruder ging damals regelmäßig nach der Schule zum Reitplatz. Er hatte eine Leidenschaft fürs Reiten entwickelt. Vielleicht, weil unser Vater zuerst bei den Spahis gekämpft und uns Kindern immer stolz erzählt hatte: ›Die Männer aus unserem Stamm sind alle sehr gute Reiter! Das ist angeboren!‹

An jenem Tag kam Ali mit der Reitpeitsche in der Hand und seinen weiten Reithosen, die ich beim ersten Anblick lächerlich gefunden hatte, nach Hause. Ich habe ihn angeschaut und geschrien: ›Ali, jetzt sind wir Waisen!‹ Ich schrie noch ein zweites Mal, immer noch ohne eine einzige Träne: ›Waisen!‹ … Das letzte Wort sagte ich auf elsässisch, denn der Arzt, der vorher hinausgegangen war, hatte mich, während er die Treppen hinunterlief, genauso angesprochen: ›Jetzt seid ihr beide

Waisenkinder!‹ Das elsässische Wort ›Weiselkend‹ hatte ich danach für mich selbst wiederholt. Ich saß allein auf der Schwelle zum Elternschlafzimmer, meine Mutter kauerte neben dem Bett (sie hatten ihr Bett immer am Boden, auf einem Teppich mit hohem Wollflor). Mein Vater lag ausgestreckt da, als schliefe er, kaum starrer als sonst, sein Gesicht schien friedlich, mit seinem feinen Bart von einem so dunklen Schwarz, daß es leuchtete. Meine Mutter betete eine lange Litanei aus dem Koran.

Wie um mich zu rächen, sagte ich ›Weiselkend, Weiselkend‹ vor mich hin und mußte die ganze Zeit an meinen Bruder denken. Als ich hörte, wie der Riegel an der Eingangstür zurückgeschoben wurde, stürzte ich in den Flur und schleuderte ihm meinen Satz entgegen, vielleicht um ihn zu verletzen, vielleicht um mich für etwas zu rächen, aber wofür? ›Jetzt sind wir beide Waisenkinder!‹

Es war die unbewußte Bosheit des Arztes, die sich auf mich übertrug!«

»Und Ali?« fragte ich, denn sie hatte plötzlich den roten Faden ihrer Erzählung verloren, ihr Blick war in die Ferne gerichtet, sie hatte sogar das Kind auf ihrem Schoß vergessen.

Als sie meine Stimme hörte, schrak sie zusammen, denn ich hatte, als ich mich ihr näherte, ihre Haare berührt. »Ali«, seufzte sie, »ich weiß, er war mir von diesem Moment an böse!« (Sie war wieder ins Arabische verfallen, ich weiß nicht, warum, wohl weil ich sie angesprochen hatte.)

Ich antwortete ihr, auch auf arabisch: »Warum sollte er böse mit dir gewesen sein, du warst doch damals noch so klein?«

Nach einer Pause fügte sie etwas ruhiger hinzu: »Mein Bruder Ali mit seiner Reitpeitsche wurde kreidebleich. Sein Gesicht war völlig blutleer. Er hat mir einen Stoß in die Rippen gegeben, sonst hat er nichts gesagt. Wie ein Roboter ist er zum Zimmer der Eltern gegangen. Er hat den Anblick, den ich bis heute nicht vergessen kann, lange auf sich wirken lassen: wie mein Vater auf der Matratze lag … Mein Vater, der noch im Tod so schön war!« schluchzte Aïcha.

Sie wischte sich die Tränen aus dem Gesicht und setzte fast gefühllos wieder an: »Anschließend ging Ali und schloß sich in sein Zimmer ein. Es kommt mir vor, als hätte er danach nie wieder mit mir geredet, in all den Jahren!«

Ich fragte mich, ob diese junge Frau hergekommen war, um ihrem Bruder seine Kraft oder seine verlorene Ehre wiederzugeben oder um ihm in seiner Krise zu helfen. Sie litt. Nachdem sie als kleines Mädchen ihrem Bruder zugerufen hatte: »Wir sind jetzt beide Waisenkinder!« – auf elsässisch –, hatte sie zehn oder zwölf Jahre später einen Elsässer geheiratet, um weiter in dieser Sprache zu leiden und zu lieben: Es war die Sprache für ihren Bruder.

Auch sie kam an diesem Abend von weither. Nicht um ihrer Mutter zu helfen, die in einem Schmerz isoliert und versunken war, dessen Ursache lange vor diesen Geschehnissen lag. Sie, Aïcha das Leben, war gekommen, um sich zur Hüterin von Ali zu erklären. Damit sich weder sie noch er als »Weiselkend« fühlen mußte.

Achte Nacht

Warum spreche ich in dieser Nacht, die wir nicht zusammen verbringen werden, zu Ihnen so viel über diese Frau aus Mulhouse, die plötzlich an diesem Unglückstag aufgetaucht ist, um mit großer Ungeduld ihre Rolle als Hüterin ihres Bruders, der ein Mörder ist, zu übernehmen?

In dieser Nacht, in der Sie mir fehlen, da ich mich nicht mit Ihnen in einem unserer Hotels treffen werde, oder vielleicht im Haus Ihrer Mutter, wo wir noch keine einzige Nacht verbracht haben. Wir haben uns dort nur am hellichten Tag geliebt – ich erinnere mich daran, wie die Sonne über den Garten durch die Balkontür hereinfiel ... Das war erst vorgestern, aber es kommt mir vor, als wäre es vor einem Monat gewesen, denn die Trauer, die uns alle umgibt, ist für uns zu einem schwarz umflorten Vorhang geworden, der die Zeit abschirmt und selbst unsere nahen Liebesstunden verdunkelt ... An jenem Morgen, als ich so vor-

sichtig Ihr Familiendomizil betrat und mich dann doch in Ihren Armen hingab, hätte ich Sie fragen sollen: »Ist dies das Bett, das Sie mit Ihrer italienischen Ehefrau geteilt haben, wenn Sie jedes Wochenende zu Ihrer Mutter fuhren?« Und ich stelle mir vor, nein, ich bin sogar sicher, diese Italienerin, deren Vornamen ich herausgefunden habe: Laura (er stand in langen, eleganten Schriftzügen unter ihrem Foto auf dem Kamin in jenem Zimmer), ja, ich bin sicher, diese Laura – groß, mit den breiten Schultern einer Sportlerin und einer üppigen, blonden gewellten Haarpracht, also eine Norditalienerin – ähnelte dem Äußerem und dem Charakter nach ein wenig Ihrer Mutter, eine willensstarke Frau, Sie nannten es starrsinnig: Nachdem Sie zwanzig Jahre zwischen diesen beiden Frauen gelebt haben, habe ich keine Ahnung, was Sie nach und nach immer trauriger machte …

Es spielt keine große Rolle, daß wir so viel miteinander sprachen, während wir uns so häufig liebten, auch nicht die Wörterflut, die ich an Sie richte, seitdem ich unter diesem elsässischen Himmel weile – wenn ich von hier weggehe, wird diese Flut plötzlich in mir versiegen … Daher spreche ich zu Ihnen, suche ich Sie, richte mein ganzes Denken auf Sie und Ihre Gespenster, aber das alles ist eigentlich nicht von Bedeutung, François! Das Wesentliche ist weder in der französischen Sprache, die in mir fließt und die unwillkürlich, aber vergeblich, zum Spiegel wird für das Paar, das wir hier sind. Das Wesentliche findet sich auch nicht in dem, was ich verschweige, wenn ich mit Ihnen zusammen bin, denn ich bin in Ihre Stadt gekommen, Ihnen sogar in das Haus gefolgt, wo Ihre Mutter gestorben ist, und sogar in das Bett, in dem Sie so oft mit Ihrer Italienerin geschlafen haben, die ebenfalls tot ist. Das Wesentliche liegt nicht in den Worten, die mich verfolgen, nicht einmal in den Menschen, die in mir ausgelöscht werden, wenn ich mit Ihnen zusammen bin (Tawfiq, seine großen Augen tauchen auf wie ein Regenbogen und verschwinden dann wieder); auch nicht in der Stimme Halims am Telefon. Das Wesentliche zwischen Ihnen und mir werde ich in der nächsten Nacht erfahren – vielleicht ist sie des-

halb nicht wirklich die letzte, eher eine unangebrochene erste Nacht, die nie enden wird …

Ich habe Toumas Wohnung verlassen, sie schläft in ihrer leuchtend lachsroten Djellaba und stöhnt nicht mehr, ich habe auch die schlafende Aïcha verlassen, mit ihrem elsässischen Sohn im Arm, ich weiß nicht, wie er heißt. Das Wesentliche, François, und ich rufe Sie an, rufe Sie herbei, und indem ich immer wieder Ihren Namen sage, akzeptiere ich Ihre Geschichte, zumindest was ich davon weiß (der kleine Junge, der durch das leere Straßburg trottet, der junge Mann, der mehr als zehn Jahre später zum Studium an die Universität dieser Stadt kommt, eine Zeitlang mit der verhärteten Mutter bricht, um monatelang in Kartons nach Berichten, Aufzeichnungen, sichtbaren Spuren von seinem Vater zu suchen, der als Deportierter starb …).

Was ist es, was uns von jetzt an miteinander verbindet? Kurz bevor die Körper sich gegenseitig anziehen? Genau in dem Moment, wenn meine Begierde keinen Aufschub duldet? Ist es, weil Sie mein Frohsinn bei der Lust verblüfft? Weil die Bewegungen meiner Beine, Hüften, Arme plötzlich – und ich werde dessen nicht müde – etwas wie eine verheißungsvolle Freiheit entdecken? Mit Ihnen zusammen weiß ich (ich werde es nicht sagen, genausowenig wie damals Halim. Denn Halim und ich sprachen darüber, wir suchten zusammen nach dem Moment, wenn seine Pupillen von der Farbe warmen Honigs ganz nah bei mir naß zu werden schienen und sich dann dunkel, fast schwarz verfärbten), ich weiß es auch von Ihnen, wegen Ihres Alters, wegen Ihres schweren Körpers, der mich aber besser bedeckt, wegen Ihrer langen, kräftigen Beine (beim ersten Mal, ich habe es Ihnen nicht gesagt, aber ich werde es Ihnen noch gestehen müssen, wurde meine Begierde von Ihren Beinen mit dem leichten, rötlichen Flaum, von ihrer gebogenen, nervösen Länge noch gesteigert).

Das Geheimnis zwischen uns? Ich drehe und wende mich, doch bin Ihnen fern – ich suche Sie, es ist sogar das erste Mal, daß ich einen Mann wirklich suche, denn sich körperlich so zu lieben steigert zugleich die Erkenntnis und das Geheimnis ... Was ist das Wesentliche zwischen uns? Ein langsamer Taumel, so möchte ich es nicht nennen. Worum kreise ich also? Was habe ich dir von mir erzählt, mein Liebster, endlich duze ich dich bei Tag und bei Nacht, und ich weiß nicht mehr, in welcher Sprache ich mit dir spreche, es ist weder die meines Landes – die gewundene und rauhe Sprache, in die mich meine Mutter für immer gehüllt hat –, und schon gar nicht jene, die ich mit Halim teile, in der er mich streichelte und dank deren ich ihn lieben lernte, denn der Dialekt von Oran und dem Westen Algeriens bewirkte, daß wir miteinander jubelten, doch das verging. Als wir dann wieder zum Französischen übergingen – als echte intellektuelle »Wissenschaftler« in der prätentiösen Hauptstadt –, hat sich etwas zwischen uns versteinert. Ich verstehe endlich, warum Halim mich schließlich mit Straßenmädchen betrog, mit Vagabundinnen – sie kamen immer aus dem Westen –, und warum er sich wieder in seiner ungeschminkten Redeweise einrichtete, wieder lachte wie früher! ...

Wenn mein Vater lebte, wäre er so alt wie Sie oder ein wenig älter. Aber wenn wir durch Straßburg gehen, bemerke ich – keiner würde es Ihnen sonst ansehen – Ihren Schwung, und ich sehe hingegen älter aus – auch durch die Strenge meiner Haltung. Ein versteckter Druck meiner Hand in der Ihren, eine Berührung meiner Schultern an Ihre, ein leichter Stoß meines Knies gegen das Ihre, wenn wir uns in einem Straßencafé hinsetzen, gegenüber der Statue von Gutenberg, und ich vergesse alles, mein Körper fliegt Ihnen zu in dieser Stadt mit dem großen Gedächtnis.

Und dann nachts werde ich in jedem Zimmer ganz ich selbst, autonom, egal ob ich nackt bin oder bekleidet! Ich warte jeden Augenblick auf Sie! Ich mache keinerlei Zugeständnis. Ich erfasse auch den geringsten Ihrer Impulse, aber ich komme keinem Ihrer Wünsche zuvor. Ich vermähle mich mit Ihnen in jedem Augenblick, und nur dann, wenn ich Ihrer sicher bin, reiße ich Sie mit und lasse mich vom gleichen Fließen mitreißen oder von der vereinten Heftigkeit, manchmal auch von der Stille.

O François, wie sehr liebe ich mitten in diesen Nächten die Stille, die unseren Atem verbindet. Den Rhythmus unserer doppelten Atmung, unsere luftige Verbündete. Und wenn meine Stimme sich im Dunkeln erhebt und gurrt, höre ich sie mit Ihrem Ohr. Ich wundere mich selbst darüber, daß ich meine Wünsche so genau ausdrücke, manchmal harsch und ganz neu für mich. Diese Neugier meiner Sinne, unserer Sinne, die uns in zwei Hälften teilen, die sich dann wieder miteinander vermischen, die Neugier, die mich bereichert, als hätte ich kein Gesicht, wenn sich unsere Sprache der Nacht plötzlich verflüchtigt …

Die Stille, unsere Belohnung, François. Vorher, währenddessen und danach. Ich werde diese Stadt mit dem Geschenk unserer gemeinsamen Zeit verlassen. Ich werde im Zug auf meiner Liege die Augen schließen, aber bis Paris nicht schlafen. Ich werde versuchen, mich an die Farbe unseres ersten Zimmers zu erinnern, an den langen Nachhall der Geräusche im zweiten. An das Erwachen am Morgen, als wir zögerten, von der ausgedehnten Wollust und aus dem Schlaf in unbestimmten Gewässern zu erwachen, während die Stimmen draußen uns an den Tag erinnerten. An diese Geräuschkulisse im dritten Zimmer, bei der Schleuse, an das graublaue Licht des späten Vormittags im Junggesellenzimmer, auch an das vierte Zimmer, glaube ich, und an die totale Schwärze des folgenden, wo wir nicht miteinander geschlafen haben, wo ich nur deine Beine gestreichelt habe, jedes für sich, wo ich dein aufgerichtetes Glied stehen ließ, dich nicht einmal berührte, dir den Rücken zuwandte, so tat, als wäre ich die Zurückweisende, während es nur die stolze Entscheidung war, keusch zu bleiben. Das gleiche Zimmer, wo wir später aufwachten, uns unentwegt anschauten, um zum Schluß nur einen langen, fließenden Kuß auszutauschen. War das folgende Zimmer dann das sechste, vielleicht auch das siebte, ich weiß es nicht mehr, aber bei dieser Rückfahrt im Zug, der mich unweigerlich von Straßburg wegbringt, wird mein genaues Erinnerungsvermögen an die Zimmer der Liebe mich nicht im Stich lassen ...

Dann, am Ende der Reise, wenn ich den Bahnhof verlasse, werde ich wieder in einem Paris sein, das fast eingefroren ist. Ich fürchte mich davor, womöglich werde ich dich unmerklich vergessen, dich verleugnen, ich werde auch mich selbst vergessen, werde mich wieder zurückverwandeln, das wird notwendig sein. Habe ich mich hier etwa zu dieser grausamen Notwendigkeit gerüstet?

Jetzt ist die Reise noch nicht zu Ende, ich schlafe noch nicht im Zug der Rückkehr, der Wiederkehr, es gibt keine Wiederkehr, nie, François: Ich rufe dich also jetzt, ich rufe dich herbei. Ich bin barfuß in Eves Wohnung gegangen: Ich hatte angekündigt, daß ich wahrscheinlich im Wohnzimmer in einem Sessel am Kamin schlafen würde. Ich bin eine Nachtkatze, François, heute nacht, die nicht unsere Nacht ist, sondern die der leidenden Mutter und ihrer heimgekehrten Tochter. Der Mutter des Mörders, der ins Gefängnis gebracht wurde. Ach, auch die Nacht Jacquelines, die schon in ihrem Sarg liegt, der morgen bereits verschlossen wird, nein nein nein, auch wegen dieses Neins rufe ich dich, François!

Hans schläft im anderen Zimmer, neben Eve. Als er von dem Unglück erfuhr, kam er sofort. Er wird nicht mehr wegfahren. Er sagt, er will über seine Liebste wachen, damit sie trotz ihres Zusammenbruchs das Kind behält! ... Wir hoffen alle.

Ich kuschele mich tief in den Sessel. Ich könnte eine Nummer wählen, die du mir am Anfang gegeben hast, und eine Nachricht flüstern. »Ich rufe dich, François, ich sage deinen Namen. Bis morgen nacht!« Aber ich rühre mich nicht. In einer Eingebung sehe ich das Bild von Jacquelines Körper wieder, wie er auf dem Bett lag, neben dem offenen Sarg. Ihr wächsernes Gesicht mit kaum erhabenen Lidern, und ich sehe auch, im Haus des Mannes, den sie verlassen hatte, das Gesicht eines Eindringlings wieder: das Gesicht des Leids und des Schreckens von Djamila. Sie kam als letzte, ganz in Schwarz stand sie aufrecht in der Tür des

Zimmers mit den geöffneten Fenstern … Sie trat nicht näher, die Antigone von gestern, sie schaute nur die Füße der Toten an.

Sie hob einen Arm, in einer vollkommen theatralischen Geste, als wollte sie einen anderen schwarzen Engel herauf beschwören, der, uns allen unsichtbar, über uns schwebte, und den nur Djamila wahrnahm … Sie war das Abbild der gemimten Wut, die ohnmächtig oder übertrieben ist. Ihr Arm sank herab, ihr ganzer Körper neigte sich eine Sekunde lang zur Seite, als wankte sie oder als erblindete sie … Plötzlich trat sie nach hinten ab, ein verblassendes Gespenst, beinah eine Täuschung meiner Augen, dachte ich in erneuter Verwirrung.

Mir bleibt nur noch die sitzende, massige Gestalt von Touma, die endlich ruhig schläft, unter dem ausdruckslosen Blick Aïchas mit dem Kind im Arm … Und du, François, wo schläfst du, wo träumst du von mir? Seit ich in dieser Stadt bin, Nabel Europas für die Handvoll Menschen, die ich umkreise – in einer Choreographie des Zufalls, die sich ganz natürlich um Eve und mich anordnet, da wir fast Zwillingsschwestern sind. Eve endlich hier verwurzelt, ich dagegen bewege mich langsam wie im Kreis. Aber welch seltsame Verschiebung ist eingetreten, seitdem ich meine Nächte in Straßburg verbringe, noch bevor die letzte begonnen hat? Welche verborgene Gewalt wurde von dieser Konstellation entfesselt? Warum liegt Jacqueline am Boden? Bin ich denn von so weither gekommen, nicht von Paris, eher aus Algerien oder aus der Oase bei Tebessa, in der ich geboren wurde, nur um dem tödlichen Sturz dieser Elsässerin beizuwohnen, die doch im Überfluß Liebe und Anteilnahme um sich verbreitete?

»Morgen«, sage ich mir (aber ich wende mich auch an dich, François), »morgen sollte die Vorpremiere ihres Stückes sein! Wo verbirgt sich in dieser Nacht Djamila, die Gestalt des fliehenden Schmerzes?« Danach habe ich Ihren Namen ausgesprochen, ein-, zweimal oder noch öfter. Schließlich schlummerte ich ein, trieb im Schlaf, bis ich wieder am schon fortgeschrittenen Morgen an die Oberfläche kam. Eve bedeckt mir die Füße mit einer weichen Wolldecke.

Ich öffne die Augen, lächle der Freundin zu und bitte sie kraftlos um eine Tasse heiße Milch. Sie begrüßt mich mit einem traurigen Blick – sogleich springt mich das Unglück wieder an, wie wenn Staub aus einem Schal aufgewirbelt wird.

Eves Finger sind dicht vor meinem Gesicht. Sie hält mir ein paar Datteln hin und stellt ein Glas Milch vor mich. Es sind noch die gleichen morgendlichen Gesten wie in unserer Kindheit, als wir mal bei der einen, mal bei der anderen übernachteten.

Ich denke auch, ich habe Hunger, als hätte ich mich mit dir geliebt, die ganze Nacht, François. Ich trinke langsam die heiße Milch, die Datteln liegen noch in meiner Hand, und die schwangere Eve hockt sich zu meinen Füßen nieder.

IX. Elsagerien

1

Im Theater beleuchteten nur zwei Scheinwerfer die kleine Bühne. Draußen war ein Plakat einfach an die Tür geklebt, darauf stand: »Zur Ehrung von Jacqueline, die Schauspieler der Smala«. Der Satz war rasch mit schwarzem Filzstift hingeschrieben worden.

Es war vier Uhr nachmittags. Thelja hatte François am Telefon gesagt, sie würde ihn kurz vor Beginn der Vorstellung erwarten. Er traf ein und schloß sie in seine Arme, beide waren offenkundig bewegt. Sie betraten den dunklen Saal, wo etwa dreißig Zuschauer bereits Platz genommen hatten.

Thelja konnte Hans und Eve nicht finden: Hans, der am Vortag eilig von Heidelberg hergekommen war, wollte am Morgen mit Eve zum Arzt gehen.

»Wenn alles in Ordnung ist«, würden sie sich anschließend hier treffen …

Die Bühne blieb leer, doch es war offensichtlich, daß sich alle Schauspieler hinter den Kulissen befanden. Ein junger Mann, dann ein anderer, traten ein paar Schritte auf die Bühne hinaus, verließen sie dann aber wieder. Offenbar hatte ein dritter sie von der Seite zurückgepfiffen. Die Truppe war sich wohl noch nicht einig über die Abfolge der Auftritte.

Schließlich erklang Musik, nostalgische Variationen einer andalusischen Laute: »So überspielen sie ihre Diskussion um den Ablauf der Veranstaltung!« bemerkte jemand.

»Nachdem Jacqueline weg ist, fehlt ihnen die führende Hand!« bedauerte François.

Das Publikum wartete geduldig, bis endlich zwei Schauspieler gemeinsam die Bühne betraten.

Der erste sagte ein Gedicht auf, das er am selben Morgen über »ihre Schwester, ihre Mutter« und so fort verfaßt hatte.

Thelja hörte nicht zu bei der naiven Lyrik des jungen Mannes. Der zweite zog es vor, eine alte Elegie in Hocharabisch vorzutragen, »der Verstorbenen zu Ehren, der Schönen unter den Schönen«. Seine Stimme klang würdig und sinnlich, nur wenige der Zuschauer verstanden die arabischen Verse eines Dichters aus alten Zeiten. Die meisten dachten, der Schauspieler improvisierte auf eigene Weise seinen Schmerz ...

Die Laute, die im Hintergrund zu hören war, brach ab. Die beiden Schauspieler traten zur Seite, dann kamen alle anderen in Kostümen auf die Bühne. Zum Schluß stellten sich die Jünglinge vom Chor und als letzter der alte Teiresias in einem Halbkreis auf. Schweigen trat ein, als Djamila-Antigone, in Weiß und noch größer als sonst erscheinend, auftrat. Sie ging entschlossen an den vorderen Rand der Bühne und richtete ihre kräftige Stimme an die Zuhörer: »Bis zum Schluß haben wir darüber diskutiert: Einige waren der Meinung, die beste Ehrung von ... (ein kaum merkliches Zögern) unserer lieben Verstorbenen wäre, das Stück von Sophokles von Anfang bis Ende zu spielen. Unsere Regisseurin hatte ihre Arbeit mit uns beendet, als sie das letzte Mal auf diese Bühne kam, das war vorgestern morgen zur Kostümprobe ... Sie war zufrieden. Wir hätten heute abend vor Ihnen spielen können und sollen und uns dabei vielleicht vorgestellt, sie säße mit Ihnen im Saal ... und schaute uns zu!

Einige von uns hatten nicht den Mut, ohne sie aufzutreten ... Das bedaure ich. Man hat mich, die ich die Antigone spielen sollte, gebeten, über sie und für sie zu sprechen ... Ich will es versuchen.«

Sie unterbrach ihre Rede und begann, in großen Schritten die Bühne in ihrer ganzen Breite zu durchmessen, einmal, zweimal, mit gesenktem Kopf und gesammeltem Gesichtsausdruck. Sie hatte das Publikum vergessen, sie suchte nach Worten oder bemühte sich, einen Schatten wieder auferstehen zu lassen. Jemand hatte die Platte mit der arabischen Laute wieder aufgelegt, sehr leise, wie um sie daran zu erinnern, daß die Stille unerträglich war ...

Tatsächlich blieb sie stehen und stellte sich, mit einer ruckartigen Bewegung des Oberkörpers, wie eine Löwin vor das Publikum, aber eher wie eine verwundete Löwin: »Ich möchte zunächst euch allen sagen« – mit einer ausladenden Handbewegung in Richtung der Schauspieler, die sie umringten –, »wenn ich hier spreche, dann sicher nicht als Antigone! O nein! (Ihre Stimme zitterte vor Wut oder gar Schmerz.) Ich stehe hier nur als Djamila« – sie zögerte – »und die geopferte Antigone? Ich bin zwar noch hier und wohlauf, doch hatte ich von Anfang an eine Gefahr gespürt. Es handelte sich nur um Proben einer Vorstadttruppe, und doch hatte ich das Gefühl, daß Jacqueline und ich mit dem Feuer spielten, daß sich hinter diesem Vorhang irgendeine dunkle Bedrohung verbarg!

Welches seltsame Gesetz wollte es, daß man gerade sie opfert? Dieses ›man‹ schließt natürlich uns alle ein, nicht nur uns, ihre Schauspieler, ›ihre Kinder‹, wie sie sagte, aber uns zuallererst ... als ob wir die Bedrohung, oder sogar den Haß, den wir manchmal über uns schweben spüren – über uns, den ewigen Migranten –, als ob wir das alles auf ihr abgeladen und uns dadurch von ihm befreit hätten. Sie, ihre Freunde, werden nicht verstehen, was geschehen ist, wo dieser verrückte Mörder herkommt, dieser abgewiesene ehemalige Liebhaber, der sie gewissermaßen vor unser aller Augen aus dem Leben gerissen hat! Auch daß er sich sofort gestellt hat, ändert nichts daran: Er hat uns unsere Freundin genommen! Morgen wird man es ein ›Verbrechen aus Leidenschaft‹ nennen, aber ich weiß, daß der Grund für dieses Verbrechen nicht nur eine fatale Leidenschaft war!

Wir, Jugendliche meistenteils aus Hautepierre, sollten eine Tragödie aufführen: für Jacqueline und dank Jacqueline. Der Geist der Tragödie hat sich mit ihr aufgelöst ... Es bleibt nur das Drama, und das ist natürlich eine Angelegenheit der Polizei und Justiz! ... (Sie lachte bitter.) Bald werden die anderen, meine Mitschauspieler, sich hinter den Kulissen wieder anziehen, wieder in ihre Haut schlüpfen, und ich ganz allein werde hier, weiß gekleidet, meine Rede halten! ... Im Weiß der Jungfrau Antigone!«

Djamila verstummte, ihr Lachen schien weiterhin über uns zu schweben.

Einer der beiden Scheinwerfer wurde schwächer, ein Beleuchter hatte wahrscheinlich die Anweisung erhalten, das Ende der Zeremonie anzuzeigen, den Abschied zu beschließen. Das Halbrund der stummen Figuren in ihren Kostümen schickte sich auf ein Zeichen des alten Teiresias an, die Bühne langsam zu verlassen. Der Ernst, der vor uns entfaltet worden war, schwand allmählich ... Nur Djamila, in dem ganzen Schweigen und der Leere, stand aufrecht da!

»In diesem Moment hatte ich das Gefühl, jetzt könnte das Ganze umkippen!« erzählte Thelja Eve eine Stunde später, denn diese hatte das Theater, auf Hans gestützt, vorzeitig verlassen müssen. »Djamila hat sich umgedreht und bemerkt, daß die Bühne leer war ... Daß der Schein des letzten Scheinwerfers aussah wie der Mond in einer Winternacht ...

Bekam Djamila Angst? Wurde ihr jetzt erst bewußt, daß Jacqueline wirklich tot war? Sie nahm ihre Rede in einem völlig anderen Tonfall wieder auf, als wäre sie nun selbst zu einem Gespenst geworden. (Thelja brach ab, sie war immer noch sehr bewegt.) Bei ihren letzten Worten kam das junge Mädchen in Weiß mir vor, als wäre sie in dieser Stadt als eine der schönsten Statuen seines Münsters aufgetreten, in einem Straßburg, das ich mir nur vorstellen kann. Ja, Djamila-Antigone, die verzweifelt versuchte, etwas von der flüchtigen Präsenz Jacquelines zurückzuhalten, hat sich für mich in eine Stimme aus dem alten Straßburg verwandelt!«

»Eine Stimme!« wiederholte die liegende Eve schwach.

»Sie sagte – den Zuschauern, die sich in dem noch dunklen Saal schon erhoben hatten und stehenblieben, zuhörten, bevor sie sich davonmachten wie Diebe – sie sagte: Ich fühle mich nicht wie eine aus Hautepierre, auch nicht wie eine aus meinem Viertel Neudorf. Jacqueline ist tot, ihr habt sie getötet, und ich bleibe jetzt nicht mehr am Stadtrand! Nein, ob ihr es wollt oder nicht, ab heute gehöre ich ins Herz eurer Stadt! Hör mich an, meine Jacqueline, ich stelle mich jetzt regungslos auf die Schwelle eures erhabenen Münsters, das ewig währt, das aus eurem Mittelalter stammt und davor, die Kathedrale der Krypta und des Turms, der sich in den Himmel reckt, ja ich sehe mich vor dem Portal stehen, bevor die beiden Flügel zum allerersten Mal geöffnet werden: Denn ich kenne eure Geschichte gut, glaubt mir, ich habe sie studiert, und jetzt, da Jacqueline ermordet wurde, mache ich eure Vergangenheit zu der meinen. Ihr habt den Tag der Einweihung des Münsters vergessen, es war im 13. Jahrhundert, 1270 und nochwas, ich erinnere mich, daß wir damals nicht März hatten wie heute, sondern September!‹

Im Dunkeln flüsterten ein paar Zuschauer: ›Was erzählt sie da? – Sie spinnt!‹ Sie fuhr fort, als ersann und spielte sie ein neues Stück, als probte sie es eben vor ›ihrer‹ Jacqueline.

Ja, diese Einweihung hat mich tief beeindruckt. Ich erinnere euch daran, es war am Tag von Mariä Geburt. Ein Bischof (Straßburg war damals nicht deutsch und nicht französisch, sondern eine ›freie Stadt‹, das wäre zu unterstreichen), nachdem dieser Bischof also, gefolgt von einer machtvollen Prozession, dreimal um das Münster herumgegangen war, klopfte er dreimal mit seinem Stab an das Hauptportal. Und die ganze Prozession sang dazu.

Vorher, so geht die Geschichte, hatte sich ein Priester einsperren lassen müssen. Denn sehen Sie, dieser kleine Priester, wahrscheinlich der unbedeutendste, niedrigste unter ihnen, mußte an jenem Tag … die Rolle des Teufels spielen … Ja, des Teufels!

Als die Prozession um Einlaß bat, fragte eine Stimme aus dem Inneren: ›Wer ist der König der Könige?‹, und die Leute von der Prozession antworteten im Chor: ›Der Herr der Hostien ist der König der Könige!‹

Da öffneten sich die Tore, ein Schatten – der arme kleine Priester mit der undankbaren Rolle – schlüpfte ins Gedränge und verschwand darin. Aber Hauptsache, die Tore sind geöffnet, der Bischof zieht ein, um das neue Münster zu weihen, und zwar indem er mit der Spitze seines Bischofsstabs das doppelte Alphabet, die Zeichen Alpha und Omega, in die Asche schreibt ... Wie seltsam!

Dann, sie sank fast zu Boden, fing sie an zu delirieren und schaute verstört um sich, ohne etwas zu sehen, auch uns nicht: ›Wo bin ich? Wer bin ich? Bin ich der kleine Priester, der den Teufel spielen muß, damit die Pforten sich öffnen? Und warum dieses doppelte Alphabet, sind das etwa wir, die Kinder der Vorstadt, eure Doppelgänger, die Doppelgänger des hochwürdigen Erzbischofs mit seiner Prozession?‹«

Thelja erzählte schmerzerfüllt weiter: »Als die Scheinwerfer langsam verloschen, wurden Stimmen laut: ›Man soll sie wegbringen!‹ – ›Die Arme ist verrückt geworden!‹ Und tatsächlich kam der alte Teiresias, er war gar nicht mehr so alt, da er schon halb abgeschminkt war, es war eigentlich ein magerer junger Schauspieler mit geschwärztem Gesicht, der Antigone von der Bühne holte ... Aber was erzähle ich, der Djamila, ganz in Weiß, ins Dunkle zog ...«

2

Sie saßen im Wohnzimmer, während Eve sich ganz allmählich wieder erholte (die kleine Mina mit ihrer Katze tauchte nicht mehr auf, Aïcha hatte sie mit nach Mulhouse genommen). Da begann Hans, im Schneidersitz auf dem Boden, zu sprechen: »Djamila mußte zugleich vom Theater und von Jacqueline Abschied nehmen, und sie hat es auf ihre Weise getan! Ich würde auch gern über unsere ermordete Freundin sprechen, von einer Szene, die sich hier draußen abgespielt hat, nicht sehr weit vom Béatrice-Ring ... Es war vor etwa zwei Monaten, im Winter. Thelja war damals noch nicht bei uns«, fügte er sehr leise, an Thelja gewandt, hinzu. »Natürlich hätte ich es niemandem erzählt, nicht einmal Eve, denn es ging nur Jacqueline etwas an, aber jetzt, wo sie tot ist ... Bei mir ist die

Szene im Gedächtnis geblieben, bei euch wird sie vielleicht auch eine Spur hinterlassen!«

Hans hielt einen Moment inne, Eve, im Sessel ausgestreckt, lächelte ihn an: »Es war an einem Samstag nachmittag oder Sonntag. Ich hatte den Wagen zweihundert Meter von hier geparkt. Ich mußte noch schnell etwas besorgen. In dem Moment, als ich losfahren wollte – ich saß schon am Steuer –, sah ich mir gegenüber auf dem Trottoir ein Paar in erregtem Gespräch. Sie stand mit dem Rücken zu mir, der junge Mann war sehr dunkelhäutig, ich wußte damals noch nicht, daß es der Sohn unserer Nachbarin Touma war, ich war ihm aber schon ein-, zweimal im Treppenhaus begegnet ... Er redete heftig auf sie ein ... er packte die schmalen Schultern der Frau mit beiden Händen. Er schüttelte sie, während er weiterredete, ich wußte nicht, ob er sie anflehte oder bedrohte ... Sie riß sich los, mir schien, sie war wütend, und als sie sich umdrehte, erkannte ich sie: ›Das ist ja Jacqueline!‹ Sie war einmal abends bei uns gewesen. Ohne nachzudenken, stieg ich aus dem Wagen, denn ich war plötzlich sicher, daß Jacqueline bedroht wurde und sich wehren mußte ... Ich stand vor den beiden. Ich lächelte Jacqueline zu und schlug ihr ganz ruhig vor: ›Ich bin mit dem Auto hier ... Ich kann Sie in die Stadt zurückbringen.‹

Ich nahm sie am Arm. Ich schaute dem verblüfften Mann in die Augen. Er sagte nichts. Ich nahm Jacqueline also mit. Im Auto stellte ich ihr keine Fragen.

›Ich weiß es noch, Sie wohnen in der Innenstadt!‹

Sie nickte schweigend, und während wir fuhren, begann sie zu weinen ... Lautlos schluchzend wischte sie sich mit beiden Händen das Gesicht ab, sie wirkte plötzlich wie ein kleines Mädchen. Ich dachte, es ist besser, wenn ich mit ihr in eine Winstub in der Nähe von Klein-Frankreich gehe, ich wußte, um diese Zeit war da nicht viel los ... Sie trank ein Glas Glühwein, und dann, etwas ruhiger und auch ein wenig bitter geworden, begann sie mir von ihrem Vater zu erzählen.«

»Von ihrem Vater?« fragte Eve erstaunt. »Mir gegenüber hat sie manchmal von ihrer Kindheit in Straßburg, in Robertsau gesprochen ...«

»Ja«, fuhr Hans fort, »ihr Vater war Deutscher. Er hatte ihre Mutter während der deutschen Besatzung geheiratet. Es war echte Liebe auf den ersten Blick gewesen ... Er hatte eine Ehefrau mit Zwillingstöchtern in Deutschland zurückgelassen ... 1944 war er, erzählte sie, aus der Armee desertiert. 1945 blieb er in Straßburg, er hatte eine bescheidene Anstellung in einem Kaufhaus. ›Er war schweigsam‹, sagte Jacqueline und fügte hinzu: ›Wahrscheinlich der einzige Besiegte in der Stadt!‹

Jetzt, in der Kneipe, saß sie wieder entspannt lächelnd da und konnte sich locker unterhalten. Zuerst hatte sie ironisch gesagt: ›Wahrscheinlich weil Sie ebenfalls Deutscher sind und wegen einer Frau, die Sie lieben, nach Straßburg kommen, habe ich jetzt das erste Mal seit vielen Jahren mit Ihnen über meinen Vater gesprochen ... Ich stamme aus Straßburg, doch egal, was ich tue, ich fühle mich immer, als wäre ich nicht von hier! Vielleicht verliebe ich mich deshalb in den letzten Jahren immer in ausländische Freunde! Ich habe meinen Mann, er war Psychiater, verlassen, obwohl wir uns viele Jahre gut verstanden haben, aber er hielt es nicht mehr aus, daß ich immer mit ›Marginalisierten‹ arbeitete, wie er sagte, ›mit Zigeunern und Gauklern!‹ (Sie lachte) ›Er nannte es meine ›Seitensprünge‹. Er war in seinem Beruf sehr erfolgreich, seine Patienten gehörten zu den angesehenen Bürgern dieser Stadt. Als ich sein schönes Haus und seine schöne Sicherheit verließ, war er am Ende sogar erleichtert. Ich hatte ihn nur gestört! ... Danach kam Didier, ein Korse, er wollte, daß ich mit ihm nach Montpellier ging. Niemals! Und Ali haben Sie gesehen, eine Geschichte, die kaum länger als drei Monate gedauert hat. (Sie zuckte die Schultern.) Er wird darüber hinwegkommen, das hoffe ich jedenfalls!‹«

»Sie hat mit Ihnen also über ihren Vater gesprochen«, warf Thelja ein, als eine kurze Pause eintrat.

»Sie sagte, als sie ein Kind war und in der Schule Deutsch lernte, konnte sie mit ihrem Vater dennoch nie Deutsch sprechen … Mit seiner Frau sprach er Elsässisch und ansonsten nur gebrochen Französisch … ›Einmal‹, so erzählte sie, ›hatte ich zu seinem Geburtstag einen deutschen Text auswendig gelernt. Ich hatte ihn geübt. In der Schule war ich die Beste im Gedichtaufsagen. Ich glaube, ich war damals zwölf oder dreizehn. Ich rief ihn morgens in mein Zimmer. Er kam herein. Ich wollte … den Schluß der Novelle ›Lenz‹ von Büchner aufsagen‹ – und Jacqueline zitierte dann den Originaltext auswendig:

Am folgenden Morgen bei trübem regnerischem Wetter traf er in Straßburg ein. Er schien ganz vernünftig, sprach mit den Leuten; er tat Alles wie es die Anderen taten, es war aber eine entsetzliche Leere in ihm, er fühlte keine Angst mehr, kein Verlangen …

An dieser Stelle angelangt, fing Jacqueline an zu weinen, wie vorher im Auto, indem sie sich beide Hände vors Gesicht hielt …

Ich war tief erschüttert, auch weil sie einen meiner Lieblingstexte auswendig aufgesagt hatte!

Ihr wißt vielleicht, Lenz hat tatsächlich in Straßburg gelebt, zur gleichen Zeit wie Goethe – er gehörte zu seinem Kreis und verliebte sich später selbst in Goethes elsässische Verlobte. Der Text handelt von Lenz, wie Büchner ihn sah, auch er schrieb in Straßburg, aber fünfzig Jahre später. Nun nahm der unglückliche Lenz die Züge von Jacquelines schweigsamem Vater an … Und Jacqueline mußte darüber weinen.

Sie beruhigte sich wieder. Sie erzählte, als ihr Vater an jenem Tag in ihrem Zimmer stand, konnte sie schließlich nur auf Elsässisch stammeln: ›Alles Gute zum Geburtstag!‹ Sie sagte, es sei die Erinnerung, die sie am meisten schmerzte, und verbesserte sich dann: ›Außer dem Tag, als ich vom Tod meiner Eltern erfuhr. Sie hatten mit ihrem Kleinwagen eine Reise gemacht, das erste Mal … nach Bayern!‹

Das ist alles«, schloß Hans, »ich wollte die zwei, drei Stunden meiner Freundschaft zu Jacqueline gemeinsam mit euch noch einmal durchleben.«

Um die allgemeine Betroffenheit zu durchbrechen, stand Thelja auf und erinnerte François daran, daß sie einen Besuch in der Altstadt geplant hatten.

Thelja und Eve umarmten sich lange, Eve wußte als einzige, daß sie Thelja längere Zeit nicht wiedersehen würde.

Thelja hatte den Plan gefaßt, als sie aus dem Theater kamen.

»Der einzige Ort, den ich in Straßburg noch nicht von innen gesehen habe, ist das Münster. Djamila hat mich mit ihrer Totenklage daran erinnert. Wir wollen kurz Eve besuchen und dann schnell hingehen, bevor es Nacht wird!«

»Wir könnten sogar in dem kleinen Hotel genau gegenüber schlafen!« schlug François vor. »Mit etwas Glück bekommen wir das schönste Zimmer. Dann ist die ganze Westfassade und sogar ein Teil des Turms direkt vor Ihrem Fenster, wenn Sie erwachen.«

Er hatte nun seinerseits wieder angefangen, Thelja zu siezen, sie fragte sich, ob er dies tat, weil er wußte, daß ihre neunte Nacht die letzte sein würde …

3

»O bringen Sie mich weg von hier! Ich würde gerne weinen und kann es nicht, bringen Sie mich so weit weg wie möglich!« hatte sie in den Armen von François geschluchzt, nachdem sie aus dem Theater gekommen waren.

Thelja hatte es Djamila fast ein wenig übel genommen, daß sie nur ihren eigenen Schmerz zur Schau gestellt hatte und die Präsenz von Jacqueline nicht greifbarer hatte werden lassen – in Worten, im Schweigen, im Gefühl. Oder, dachte sie, es hätten alle, wenigstens einmal, die Tragödie von Sophokles spielen sollen. Wenn Djamila vor dem Publikum nur als antike Heldin aufgetreten wäre, hätte sie ihrer aller Schmerz besser ausdrücken können. Ob in Theben oder Straßburg, die Ohnmacht vor dem Tod war überall gleich lähmend …

Nachdem Hans in einfachen Worten an Jacqueline erinnert hatte, war Thelja beschwichtigt und sagte, als sie mit François allein im Auto saß, mit ruhiger Stimme: »Mit Ihnen also werde ich zum ersten Mal das Innere des Münsters betreten!«

Sie kamen aber gerade an, als das Doppelportal für Besucher geschlossen wurde.

Hand in Hand, fast wie Touristen, gingen sie dann im schwindenden Licht des Abends einmal um das gesamte Gebäude herum. François ließ aus seinem Gedächtnis Goethes Ankunft aufleben, im Jahr 1770, der zwanzigjährige Student war gleich nach seiner Ankunft auf diese Esplanade gestürzt, auf der sie standen:

Als ich nun erst durch die schmale Gasse diesen Koloß gewahrte, sodann aber auf dem freilich sehr engen Platz allzunah vor ihm stand, machte derselbe auf mich einen Eindruck ganz eigner Art, den ich auf der Stelle zu entwickeln unfähig, für diesmal nur dunkel mit mir nahm, indem ich das Gebäude eilig bestieg … zitierte François und erklärte, daß sich Goethe noch lange Zeit später diesen überwältigenden Eindruck in seiner Autobiographie zu erklären versuchte. – »Ich erinnere mich, etwas weiter unten formt er den Satz«, und François zeigte mit einer Armbewegung zum hohen Turm, »daß *›das Ungeheure … als ein Geregeltes faßlich und als ein Ausgearbeitetes sogar angenehm‹* sei.«

Bei dieser Vorstellung – sie hatten zusammen die Statue der Synagoge mit verbundenen Augen betrachtet und waren zum großen Portal zurückgekommen – hörte sich Thelja selbst sagen, daß sie nach ihrer Rückkehr in Paris bestimmt Victor Hugo noch einmal lesen würde. Der hatte beschrieben, wie er die 365 Stufen bis zur Laterne in der Turmspitze hinaufgestiegen war. Vor allem aber wollte sie Gérard de Nerval lesen, der ihr von allen Schriftstellern, die sich in der Vergangenheit von dem Meisterwerk gotischer Kunst hatten faszinieren lassen, offenbar am nächsten stand.

»Weil er nach seiner Reise in den Orient auf dem Rückweg nach Straßburg kam?« scherzte François, während er die Freundin in ein genau der Westfassade gegenüberliegendes Straßencafé führte.

»Nicht nur deshalb«, antwortete Thelja, »von allen französischen Dichtern ist Nerval sicher ›meinem Orient‹ am nächsten, aber auch den deutschen Romantikern, nicht wahr?«

François merkte noch an: »Ihre Freundin Irma, deren Lieblingsautor Canetti ist, wird sicherlich auch das kleinste Detail seines Aufenthalts in Straßburg kennen. Er stieg nämlich jeden Tag bis in die Turmspitze hinauf, gewissermaßen in täglicher Pilgerschaft.«

François flüchtete sich in diesem Augenblick in literarische Bilder, denn er konnte die Worte Theljas nicht vergessen: »Nach meiner Rückkehr in Paris ...«

Ein Schweigen breitete sich aus. Draußen vor der Fensterscheibe standen Touristen noch zahlreich in Gruppen zusammen.

»Ich habe auch nicht vergessen, wie sehr Herrad von Landsberg Sie interessiert. Nachher, wenn wir wieder gehen, können wir uns drüben die klugen Jungfrauen ansehen, die dritte Statue links vom göttlichen Gemahl stellt angeblich die Äbtissin dar ... Vielleicht haben wir morgen noch Zeit, das Innere des Münsters zu besichtigen, ich glaube, einige der Glasmalereien sind Illuminationen aus dem ›Garten der Wonnen‹ nachgebildet.«

Thelja hörte ihm plötzlich gebannt zu: Die von der Äbtissin geschaffenen Bilder waren also doch nicht alle verschwunden? War also doch ein wenig von der Kreativität dieser Frau bei den Steinmetzen, Glasmalern, vielleicht auch Goldschmieden von einst übriggeblieben?

»Angeblich wurde die Fensterrose, die Sie von dort aus so gut sehen können, ursprünglich von einem Goldschmied entworfen: Er soll in seine Glasmischung Staub von Diamanten und Edelsteinen gemengt haben.«

»Zu welchem Zweck?«

»Auf diese Weise fängt die große Rose das Licht besser ein, und da sie es im Stein gefangenhält, gibt sie es an das Innere bis hin zum Chor und zum Altar weiter, so daß der ganze Kirchenraum in Licht getaucht ist.«

Sie erhoben sich. Nachdem sie durch die benachbarten Gassen gewandert waren, hörte Thelja sich selbst den Vorschlag machen, denn es war ihr unmöglich, daran zu denken, daß sie in aller Frühe am nächsten Morgen wegfahren würde: »Wir wollen heute nicht mehr ins Hotel gehen. Nach dem Essen würde ich gerne die Nacht in Ihrem Elternhaus verbringen.«

Neunte Nacht

»Elsaß, Algerien … nein, vielmehr Elsagerien!«

»Elsagerien, was ist das für eine Sprache? Deine oder meine?«

»Sag dieses Wort noch einmal in das Dunkel dieses Zimmers!«

Das Fenster ist zum Garten hin geöffnet, der in der erleuchteten Nacht duftet.

»Ich glaube, ich duze dich jetzt nur noch im Dunkeln, oder, wenn wir miteinander schlafen, auch am Mittag. Sag mir das Wort noch einmal langsam, ganz langsam … als würdest du mich damit streicheln.«

»El za ge rien!«

»Das Wort oszilliert!«

»Sag es noch einmal. Ich erinnere mich, vor langer Zeit, oder irgendwann einmal, womöglich in einer fernen, ganz fernen Zukunft werde ich mich irgendwann erinnern – in einem meiner Träume, von denen mir beim Erwachen oft nur ein Laut bleibt –, wie du meine Sprache gelernt hast! … Und wenn wir sie erfunden hätten, würdest du weder in deiner noch in meiner, sondern in beiden Sprachen zugleich sagen: El za djé rien!«

Sie lacht, ihr perlendes Lachen kurz vor der Stille.

»Ich spreche das Wort wie du aus, oder nein, nicht ganz: Elssagerien! Ich halte mich bei dem s auf, ich verdoppele es, denn ich höre etwas Weiches ... deine Weichheit!«

»Ich höre einen Schmerz: Elsagerien! Ich teile es in zwei, um schnell zu dir zu kommen!«

»Du, mein guter Geist, meine Egeria! ... Aber kurz davor ist ein z-Laut.«

»Im Alphabet meiner Kindheit hat das z keine Spur von Schmerz. Das z geht der Schönheit und dem Glanz voraus: z wie zina, als Adjektiv heißt es ›schön‹. Als Substantiv bedeutet es Paarung. In Elsagerien ist also ein Paar enthalten, ein glückliches Paar bei der Liebe. Wie wir in diesem Augenblick, im Halbdunkel vor dem offenen Fenster ...«

»El oder Al, s oder z, deine Stimme soll es nochmal sagen: Elsagerien ...«

»Warum sage ich nur du in der Nacht, in der zina? Hast du das Gefühl, Liebster, daß sich bei dem Wort Elsagerien eine Wunde auftut? ... Vielleicht wegen der Spannung? Alza oder Elssa, man verliert kaum Atem bei einem Viertelton, und dann endet es schon in einem Murmeln.«

»Elssagerien, verdoppelt in einem Zisch- oder einem Summlaut, es scheint für mich durch eine Lücke zu entschwinden, und dann, welcher Horizont eröffnet sich langsam dahinter? ... Hör noch mal hin; die Musik des Wortes neigt und öffnet sich, und wenn es verhaucht, ist es im dunstigen Himmel oder über einer Wüste.«

»Soll ich das Licht einschalten?«

»Nein! Halt mich fest, schau mich an!«

»Ich höre dir zu.«

»Elsagerien, taste meine Lippen ab, wenn ich das Wort noch einmal ausspreche, das uns beide vereint ... Deine Finger kennen mich, sie betrachten mich!«

Vorsichtige, sorgfältige Liebkosungen. Tastendes Zwiegespräch. Die Fingerspitzen an den Konturen des anderen Gesichts, das aufgerichtet ist.

»Ich würde es dir hundertmal sagen, dieses Wort, das nur uns gehört, aber dann sage mir eines ... nennen wir es ein Geständnis ...«

»Welches?«

Ihre Stimme klingt beinah verzweifelt, schwankt, bricht, schwindet ...

»Ich würde dich so gerne lieben!« seufzt sie.

Die Finger des Geliebten beginnen wieder ihr blindes Tasten, der halboffene Mund der Geliebten. Sie schläft ein.

Vor dem Fenster – sie liegen im Zimmer der Mutter, im Haus der Mutter, in einem Dorf zwischen Straßburg und dem Rhein – verbreitet der blühende Pflaumenbaum seinen säuerlichen Geruch ... Den beiden nackten Körpern ist plötzlich kalt unter der zerknüllten Decke.

Aber die Morgendämmerung naht, der erste Frühlingstag von 1989 wird bald beginnen.

Epilog

Schnee oder Zerstäuben

»Die Schönheit macht die Leere – schafft sie –
… statt des Nichts eine qualitative Leere,
versiegelt und rein zugleich,
Schatten des Antlitzes der Schönheit,
wenn sie aufbricht.«
Maria Zambrano: Waldlichtungen

1

Sechs Monate vergingen. Im Laufe des Sommers 1989 hörten Theljas Freunde nicht viel von ihr, sie meldete sich nur zwei-, dreimal.

Ende August, oder vielleicht war es auch in den ersten Septembertagen, verschwand sie.

2

Keine Spur von Thelja in Paris. Sie hatte bis Ende Juli die Miete für ihr Zimmer bezahlt und nicht angekündigt, daß sie ausziehen wollte, auch nicht die Kaution für zwei Monate auszulösen versucht.

Bei der Pariser Anwältin, wo sie seit Juni drei Nachmittage in der Woche die Akten ordnete, wurde sie ebenfalls nicht mehr gesehen.

Die Anwältin, die sich zur Ruhe setzen wollte, war froh gewesen, als sich auf ihre Anzeige hin eine algerische Studentin gemeldet hatte. Mit ihrer warmen, leicht rauchigen Stimme hatte sie zu Thelja gesagt: »Algerien, zumindest zur Zeit des Unabhängigkeitskriegs, war eine meiner großen Leidenschaften, als ich jung war!«

Thelja hatte in der riesigen Wohnung am Quai de Béthune während der ersten beiden Juliwochen rasch und schweigsam gearbeitet. Dann hatte Thérèse, die Anwältin, ihr die Schlüssel der Wohnung überlassen und ihr einen Vorschuß gegeben, denn sie wollte bis Ende August nach Südfrankreich fahren.

Sie war es, die bei ihrer Rückkehr Alarm schlug. Die ganze Arbeit war erledigt. Aber während des gesamten Monats August hatten sich die Briefe, die aus Frankreich und aus Algerien für die »dunkle Studentin« ankamen, wie die Concierge sie nannte, hinter der Tür angehäuft.

Nachdem Thérèse Halim in Algerien angerufen hatte – sie fand seine Nummer in einem Heft, das Thelja mit ihrem Regenmantel bei ihr hatte liegenlassen –, hielt sie es für angebracht, die Polizei zu benachrichtigen.

Obwohl der Kommissar skeptisch war (»Wenn ich Ihnen sagen würde, wie viele Leute, das geht in die Hunderte, von einem Tag auf den anderen ihren Angehörigen kein Lebenszeichen mehr geben!« hatte er geseufzt), blieb Thérèse hart: »Ich fürchte, hier handelt es sich nicht um eine normale Abwesenheit, sondern um das Verschwinden einer Person!«

Thérèse hatte die junge Frau ins Herz geschlossen. Sie wußte nichts von ihr, außer daß sie Mann und Kind in Algier zurückgelassen hatte. Und sie wußte, daß Thelja eine Arbeit über das Meisterwerk einer Frau verfaßte, einer Äbtissin aus dem Mittelalter, deren Namen Thérèse vergessen hatte …

Was für ein Unterschied besteht zwischen der Abwesenheit und dem Verschwinden einer Person?

Welcher Unterschied besteht zwischen dem Licht, das von den Glasmalereien gebrochen wird, über den nach Osten gelegenen Chor in das Hauptschiff des Münsters strahlt, dessen Inneres ich noch nicht betreten habe – und dem flirrenden Licht draußen, an einem gleißenden Sommertag, in der Knoblochgasse oder auf der Rabenbrücke, von der man angeblich früher die Frauen, welche der Hexerei überführt, oder die anderen, die des Kindsmords angeklagt waren, in die Ill warf?

Aber ich möchte Straßburg nicht bei Tag wiedersehen, nur bei Nacht … nur im Leuchten jeder Sommernacht. Ich, die als Umherirrende, Bettlerin, »Barfüßige« in die Stadt zurückgekehrt bin …

3

Halim konnte erst in acht Tagen nach Paris kommen. Er ermutigte Thérèse dazu, nachzuforschen, Leute zu befragen … Er hatte nur die Adresse des Doktorvaters von Thelja, doch der weilte im Augenblick, Ende Sommer, noch im Ausland. Er nannte ihr auch »Freunde in Straßburg«, die er jedoch nicht kannte. Die Anwältin sollte alle ihr nützlich erscheinenden Maßnahmen treffen, denn so konnten sie Zeit gewinnen.

Drei der ungeöffneten Briefe waren im Elsaß abgestempelt und trugen den gleichen Absender: So konnte Thérèse am selben Abend noch mit François telefonieren. Sie stellte sich vor und begründete ihre Befürchtungen ...

»Seit ihrem Besuch im März hier«, sagte der Mann aus Straßburg, »habe ich sie zweimal in Paris wiedergesehen, als ich dort war ...«

Thérèse fragte ihn nach dem Datum ihres letzten Treffens. »Ende Juni, oder nein, es war Anfang Juli!« François war verwirrt, gerade war ihm aufgegangen, daß Thelja vielleicht tatsächlich verschwunden war.

»Ich muß Ihnen sagen«, fügte die Anwältin nach einem Zögern hinzu, »daß Ihre letzten Briefe noch hier liegen, ungeöffnet ...«

François empfand eine kurze Erleichterung, denn er hatte befürchtet, daß Thelja ihm nicht einmal mehr schreiben wollte.

»Könnte sie nicht vielleicht verreist sein? Möglicherweise hat sie ein plötzliches Fernweh gepackt, das geht uns allen ja manchmal so!«

»Ich habe ihre Familie in Algier angerufen. Sie erkundigte sich jeden Sonntag telefonisch nach ihrem Sohn. Aber seit ein paar Wochen herrscht auch da Funkstille!«

Als wäre er plötzlich wach geworden, bat François die Anwältin um ihre Adresse. Er versprach ihr, seinerseits Nachforschungen anzustellen, zuallererst bei einer Freundin aus Theljas Kindheit, die im Elsaß lebte. »Ich denke, daß sie von Thelja Neues weiß.«

Er sagte, er würde sie am nächsten Tag zurückrufen.

Als er auflegte – er befand sich gerade im Haus seiner Mutter, er hatte angefangen, es zu renovieren –, empfand er das Bedürfnis, hinauszugehen und mit dem Auto durch die Gegend zu rasen. In einer Stunde würde es dunkel werden ... Ohne nachzudenken, so wurde ihm erst später klar, hatte er der Stadt den Rücken gekehrt, er preschte auf den Rhein zu, in Richtung Deutschland. Er fuhr über die Rheinbrücke, als säße Thelja neben ihm, er hörte plötzlich wieder, wie sie in amüsiertem Ton die drei Prinzessinnen heraufbeschworen hatte, die nach Straßburg gekommen waren, um zu heiraten und danach Königinnen von Frankreich zu werden. Er hielt vor einer Gaststätte in Kehl an. Er wußte nicht, wovor er floh. Was war Thelja wohl zugestoßen? Versteckte sie sich vor ihnen, vor ihm und den anderen ... Aber wenn es so war, warum?

Er fing an, Bruchstücke aus den letzten Briefen, die er ihr geschickt hatte, zu hören. Es war, als hätte er tagelang zu einer Taubstummen gesprochen, ohne es zu wissen! ... Er hatte ihr eine Reise nach Lissabon vorgeschlagen. Er hatte ihr viele Seiten geschrieben, um sie dafür zu begeistern. Wieder verspürte er für einen kurzen Moment diese Erleichterung, daß er von dem Unbehagen befreit war – der Bitterkeit und dem Unbehagen, das ihn im letzten Monat ergriffen hatte!

Ich gehe jede Nacht umher ... Bruchstücke von Worten umschließen mich und hüllen mich ein, manchmal sind es die Worte von François ... Er sprach so viel, in jenen Nächten im vergangenen Frühjahr, halblaut, ich wußte nicht, ob er zu mir oder zu sich selbst redet. Manchmal glaubte ich, nicht hinzuhören. Aber es war anders.

So ist es im Halbschlaf, einer murmelt etwas, und der andere läßt es sein Gehör nicht aufnehmen, öffnet es kaum, läßt sich davon in den Kurven und Windungen des wachenden Wartens, noch im Zwischenreich von Wachen und Schlaf, nur streifen, zwischen dem Halbdunkel der Lebenden und dem Elysium der Toten – (der Fährmann ist nicht weit, ich sehe ihn über einen Fluß aus schimmerndem, leuchtendem Öl fahren) murmelt die Worte des »Da-zwischen«, des Paars, das sich nicht mehr umarmt hält, nur ruht, sie, die beiden tiefen Hälften der kaum geöffneten Auster, sie liegen in einem durchscheinenden Dunkel, mit verschlungenen Beinen und von Ermattung geschwächtem Gehör – doch dann diese Vogel-Worte der Liebesnacht, diese Worte tropfenweise, die schwarzen oder grauen Perlen des Geflüsters, Worte nach den behutsamen Spielen der Körper, die entschlummert sind und sich dem Vergessen zuneigen! Worte von beiden auf diesem Abhang, diesem Sand, dieser gleitenden Düne des Liebesvergessens, in der Stille der leeren Liebkosungen krümmen sich die Stimmen und verbinden sich über den Liebenden ... Auszüge aus Reden, die gerade eine Masche, ihren roten Faden fallen lassen: ein Vortasten der allmählich erschöpften Körper, es bleibt nur eine Musik der Worte, die auf den Lippen vergeht, kaum einen Atemhauch hinterläßt, im Moment, in dem der Schlaf, der Dieb des Eros, sie lähmt.

Es gab eine Zeit, in den Wochen nach ihrer Abreise im Frühjahr, da antwortete sie ihm noch mit kurzen, höflichen, manchmal freundschaftlichen Schreiben auf seine ellenlangen Briefe ... Als er das erste Mal nach Paris kam – da war tatsächlich ein Kongreß, ein ganzer Tag ermüdender Diskussionen, François erwartete Thelja abends in seinem Hotel am Boulevard Raspail, seiner gewohnten Unterkunft ... Sie kam verspätet, ganz außer Atem, es war schon neun. Sie nahm seine Einladung zum Abendessen nur zögerlich an. Er erkannte, daß sie hinterher nicht bleiben, daß sie weder sein Zimmer noch sein Bett teilen würde. Sie kam als Besucherin. Sie aßen zu Abend und waren beide müde und verkrampft. Am Ende, und er nahm es sich selbst übel, schlug er nicht einmal vor, daß er noch einen oder mehrere Tage bleiben könnte. Beim Abschied lächelte sie, doch von ferne.

Beim zweiten Mal kam er nur um ihretwillen. Ein paar Tage vorher sagte er ihr am Telefon, mit dem Du ihrer Zeit in Straßburg: »Ich bitte dich, versuche dich diesmal freizumachen, für ... für uns beide!«

Sie zögerte, schwieg einen Moment, und antwortete dann sehr rasch: »Ich werde sehen! Ich hinterlasse Ihnen eine Nachricht in Ihrem Hotel.«

Sie legte auf. Kurz zuvor hatte sie ihm gesagt, sie würde während des Sommers halbtags als Sekretärin arbeiten.

Als er die Woche darauf in Paris ankam, fand er eine Nachricht von Thelja vor: »Ich habe kein Telefon mehr, übrigens auch keine eigene Wohnung. Ich habe beschlossen, jeden Tag bei der Anwältin zu arbeiten, die mich eingestellt hat, so kann ich in zwei Wochen bewältigen, was eigentlich für einen Monat vorgesehen war. Danach ...

Kommen Sie zur Ile St. Louis an den Quai de Bourbon. Sie werden an drei Stadthäusern aus dem 18. Jahrhundert vorbeigehen, an jeder Fassade befindet sich eine Inschrift. Die erste betrifft Philippe de Champaigne, ›Maler und Kammerdiener der Königinmutter‹, die zweite den Maler und Dichter Emile Bernard, der zu Anfang dieses Jahrhunderts in Ägypten lebte, aber am wichtigsten ist die dritte, sie erinnert an Camille Claudel, mit einem sehr bewegenden Zitat von ihr selbst ...

Ich gehe dort jeden Tag vorüber, daher gebe ich Ihnen diese Anweisungen aus dem Gedächtnis. Am Ende des Kais befindet sich zur Seine hin eine steinerne Bank. Erwarten Sie mich dort, am besten am Tag Ihrer Ankunft um siebzehn Uhr (vielleicht müssen Sie fünf oder zehn Minuten auf mich warten) ... Ihr Pech, wenn es an diesem Tag unglücklicherweise regnet.«

Sie hatte mit arabischen Schriftzeichen unterschrieben.

Er kam und wartete auf der Bank am Quai de Bourbon, den Blick auf den Kirchturm von St. Jacques gegenüber gerichtet, den drei Inschriften hatte er den Rücken zugekehrt. Er hatte sie gelesen, als er herkam, aber seine Gedanken waren ganz bei Thelja, er wußte, sie beendete gerade ihre Arbeit nicht weit von hier, am Quai de Béthune ... Sie ließ auf sich warten, es machte ihm nichts aus, da durchzuckte ihn plötzlich ein Schmerz, eine ferne, sehr ferne Erinnerung, es war fünfzehn Jahre oder noch länger her ...

Damals war er schon einmal an diesem Kai spazierengegangen mit ... seiner Verlobten Laura, und sie hatten zusammen die Inschrift gelesen, die besagte, daß Camille Claudel in diesem Haus (er sagte sich wieder die Daten vor) »1899 bis 1913« gewohnt hatte. François erinnerte sich, 1913 war das Jahr, in dem die Unglückliche in die Irrenanstalt eingewiesen wurde!

Thelja (diese Wiederkehr an denselben Ort war doch ein seltsamer Zufall!) fand das Zitat »bewegend«, es stammte aus einem Brief der Bildhauerin an Rodin: »Es gibt immer etwas Abwesendes, das mich quält.« Dieser Satz, der ihre Verletzlichkeit und ihr Martyrium in geradezu prophetischer Weise vorwegnahm, war dort für die Bildhauerin für immer in den Stein geritzt.

François dachte an all dies, während er auf Thelja wartete. Er versuchte dabei, Laura zu vergessen, stellte aber gleichzeitig fest, daß diese Erinnerung für ihn wohl immer eine offene Wunde bleiben würde. Denn er hörte noch, wie die Tote den Satz las: »Es gibt immer etwas ...«

Es war an einem Abend, einem Winterabend, er erinnerte sich noch an den riesigen schwarz-roten Schal, den Laura wegen des feuchten Nebels umgelegt hatte. Sie, die tote Laura, hatte mit ihrer verschleierten, leicht schleppenden Stimme wiederholt: »Etwas Abwesendes, das mich quält!«, und, indem sie ihm einen Kuß stahl, denn sie gingen Arm in Arm, und er hielt sie an sich gepreßt – er erinnerte sich, als sei es gestern, wie überaus verliebt sie waren, jung, aber auch verliebt –, hatte sie hinzugefügt, mit jener Ironie, die er später als schneidend bezeichnen sollte:

»›Etwas Abwesendes‹, das würde dir nicht gefallen! Aber du kannst beruhigt sein, du wirst nicht enden wie Claudels Schwester ...«

Er war weiter in seine Erinnerungen vertieft, ihn suchte plötzlich wieder diese Stimme heim, die nun ihrerseits »abwesend« war, mit der Ironie, die ihn später verletzte, manchmal war es sogar, als ob sie ihn zerfleischte. Ja, er war ganz in

Gedanken, als eine kalte Hand ihm auf die Schulter klopfte und ihm dabei flüchtig über Hals und Nacken streifte.

Er drehte sich freudig um: »Schnee«, sagte er leise und öffnete die Arme.

»Sind Sie zu früh oder bin ich zu spät dran?« fragte sie in seinen Armen, sie ließ sich von ihm umschließen und löste sich dann wieder.

Sie setzten sich, aber er nahm ihre beiden Hände und hielt sie fest. Ihm schien, als wäre von dem Erinnerten noch etwas Unbestimmtes geblieben. Vielleicht war es seine vergangene Jugend, die jetzt in unerwarteten Schüben zu ihm zurückkehrte.

Tatsächlich schien François, wie er so auf der Steinbank saß, ohne Theljas Hände freizugeben, fast redselig. Als könnte eine Hoffnung unerwartet in Erfüllung gehen.

»Schnee ... o ja, mein glühender Schnee, du fehlst mir!«

Sie hatte ihm sanft die Hände entzogen. Er versuchte sie zu küssen. Er zog mit seinem Arm, den er unter Theljas Haare hatte gleiten lassen (sie trug sie jetzt länger), ihr Gesicht zu sich her. Sie leistete fast keinen Widerstand.

Er trank einen Kuß, der zunächst gepreßt war, sich ihm dann aber nach und nach öffnete.

»Der letzte Kuß«, dachte sie, mit weit aufgerissenen, plötzlich tränenerfüllten Augen.

Sie befreite sich langsam aus der Umarmung.

Jetzt, zwei Monate später, befragte François diesen Blick und die Tränen. Aus dem brennenden Kuß war etwas aufgestiegen wie aus einem kalten Gewässer, doch war er dem nicht nachgegangen, hatte nur verwirrt gedacht: »Hat sie Kummer?« Aber nun versuchte er diesen verlorenen Blick, diese Traurigkeit zu deuten (sie hatte also gedacht: »Der letzte Kuß«), es war demnach zu spät, wegen dieses »Abwesenden« in ihm, seiner zerstreuten Langsamkeit gegenüber anderen, nur Laura hatte es mit ihrer Schärfe damals auf den Punkt gebracht – damals, gestern, im letzten Juli am Quai de Bourbon, als Thelja in seinen Armen lag ...

Einen Moment lang blieb sie eng an ihn geschmiegt, sein Gewicht lag auf ihrer linken Schulter und ließ ihn zerstreut über ihre Haare streichen. Da sie das Haar nicht mehr so kurz trug, wirkte sie nicht mehr ganz wie ein wildes Mädchen (»Hatte sie abgenommen?« Er wagte es nicht zu fragen.), ihm fiel ihre verletzliche Blässe auf, die jedoch durch ihre üppigen Locken im Nacken etwas weicher schien.

Eine lange Weile verging, ohne daß sie redeten – verbunden in der melancholischen Erinnerung an ihre Nächte in Straßburg.

Die Nacht, als ich um eine Pause oder vielleicht auch um Ruhe bat ... ein See zwischen uns, aus Glückseligkeit oder Wohlbehagen. Ich erinnere mich, ich blieb in jener Nacht in François' Armen liegen ... Eine Nacht in der Schwebe, in der er sprach, schwieg, mir einen Kuß in die Ohrmuschel fließen ließ – er hallte in meinem tiefsten Innern nach, weckte mich für einen Moment –, dann, als das Verlangen wiederkam, fuhr François fort ...

Er sagte (ich erinnere mich, während ich umherirre, das Ohr in die heitere Nacht gerichtet, die befreit ist von menschlichen Gestalten, nur ein streunender Hund hier und da, fliehende Katzen, Schatten von Weiden oder Linden im dunklen Wasser) – François sagte: »In der Zeit, als ich zurückkehrte, um hier an der Universität zu studieren, hielt ich mich viel in den äußeren Stadtvierteln auf, setzte mich neben die untätigen Alten, neben die Angler an den Ufern der Ill, neben Landstreicher, die in lachenden Gruppen oder stumm dasaßen ... Ich wanderte umher, Schnee, ebenfalls auf der Suche. Ein gewisser Martin, ein Rentner, führte öfter Gespräche mit mir, wenn wir nebeneinander auf einer Bank saßen ... Durch Zufall kam er auf den Winter 1939/40 zu sprechen: ›Er wird der strengste des Jahrhunderts bleiben‹, behauptete er. Er erklärte mir, daß er zu der Truppe gehörte – er war bei der Feuerwehr –, die bis zum 14. Juni 1940 in Straßburg blieb, kurz bevor die Deutschen kamen und alle äußeren Brücken, die ins Zentrum der Stadt führten, gesprengt wurden. ›Es war ein wahnwitziges Getöse!‹« erzählte er.

Ich wollte in jener Nacht wirklich schlafen. François redete weiter, kam wieder auf die Geschichte des Rentners auf der Bank zu sprechen, es war, glaube ich, am Stephansplan: »›Nachdem Straßburg geräumt war, junger Mann (so erzählte Martin), war das seltsamste, wie still es überall war, die fehlende Geräuschkulisse, die totale Leere im Herzen Straßburgs … Alle Turmuhren und alle Glocken der Stadt hatten ihre Funktion eingestellt (Martin pflegte sich so auszudrücken) … Die Leere … erstreckte sich zum Horizont, es war ein beeindruckender Stillstand aller Geräusche‹«, das war erneut François, der die Erinnerung des alten Mannes wiedergab.

Obwohl ich so schläfrig war, ließ ich mich von François' Stimme wiegen, die manchmal auch barsch und schneidend klang. Ich hörte ihm zu, ich vergaß ihn, ich höre ihn jetzt, Monate danach, es kommt mir vor, als suchte ich in seinem Gefolge diese jungfräuliche Leere, diese Stille »bis zum Horizont«, wie François Martin zitierte …

Als wir nach dieser Nacht erwachten – ich erinnere mich, wir schliefen nicht miteinander –, fiel es François wieder ein: »Weißt du noch, was der Feuerwehrmann erzählt hat, alle Turmuhren und alle Glocken der Stadt hatten während der monatelangen Einöde ›ihre Funktion eingestellt‹, wie er es ausdrückte!«

»Ich weiß es noch, als hätte er es uns beiden erzählt!«

»Doch es gab eine Ausnahme: Alles war ausgestorben, wie gelähmt, außer als wir uns (das erzählt wieder Martin) der Thomaskirche näherten. Die Turmuhr mit dem großen Zifferblatt schlug weiterhin die Stunden. Als einzige in der ganzen Stadt … Sie ging immer fünf Minuten vor, das war eine alte Gewohnheit von ihr …« Dreißig Jahre nachdem er sie als junger Mann auf dem Stephansplan selbst gehört hatte, berichtete mir François von der Geschichte des Feuerwehrmanns: ein kleiner Teil von Straßburgs gefrorenem Gedächtnis …

Die Thomaskirche mit ihrer Uhr, die fünf Minuten vorgeht, ich sollte jetzt auf dem Zifferblatt der Turmuhr nachsehen, ich darf eigentlich keine Uhr mehr hören, nicht einmal um zehn Uhr abends das feierliche Geläute der Münsterglocken – auch sie, das habe ich über den Feuerwehrmann erfahren, waren monatelang verstummt, als Straßburg verlassen war!

Doch jetzt werden mich weder der alte Martin noch François begleiten: Ich bin die einzige Lebende in dieser Nacht, ich bin die Augen der Nacht in Straßburg!

4

Irma verbrachte die Nächte in diesem Sommer mal bei sich, mal bei Karl. Dadurch geriet der Alltag ihrer Vögel, der Unzertrennlichen, durcheinander. Eines Morgens, als sie bei Tagesanbruch nach Hause kam, fand sie den Käfig offen, und Sokrates flog im runden Zimmer hin und her. Sie schloß die Tür und ließ ihn fliegen, er hatte nur einen hochnäsigen Gruß für sie übrig. Wenn er einschlief, würde sie ihn wieder in den Käfig stecken, das war gewiß.

Leicht amüsiert über ihre Schuldgefühle, verließ sie eine Stunde später die Wohnung ... Sie ging um diese frühe Zeit zu Fuß über den Fischmarkt, sie hatte vor, so bis zum Krankenhaus weiterzugehen (der Fall von Lucienne lag ihr immer noch am Herzen, die Patientin hatte zwar aufgehört, unaufhörlich zu schreien, aber ihr Zustand besserte sich nicht). In einem Winkel des Platzes glaubte sie plötzlich, jemanden von hinten zu erkennen, sie eilte hin und rief: »Thelja!«

Thelja drehte sich um, sie stand interessiert vor einem der Fischstände. Sie zögerte einen Augenblick, begrüßte dann Irma und lächelte ihr ruhig zu: »Ich bin gestern angekommen«, sagte sie, »um Eve und das Baby zu sehen.«

»Fahren Sie schon wieder zurück?«

Thelja antwortete nicht, drehte sich um und betrachtete die ausgestellten Fische, zwang dann mit einer gewissen Anstrengung ihre Gedanken zurück zu Irma (»Offenbar habe ich sie gestört!« dachte diese rasch.) und fuhr fort, als hätten sie das Gespräch am Tag zuvor begonnen: »Ich suche Barben ... Wie sehen sie aus?«

»Wie Barben!« sagte Irma unwillkürlich.

»Ja, seit ich wieder hier bin, muß ich immer an ... Sie werden es nicht erraten, an Georg Büchner denken! Er kam ein zweites Mal nach Straßburg. Er war damals nicht mehr Medizinstudent, er hatte sich in Deutschland an riskanten politischen Aktivitäten beteiligt. Er wurde verfolgt, seine Freunde wurden verhaftet, er war in Gefahr. Als politischer Flüchtling kam er nach Straßburg ... Er hatte Schwierigkeiten wegen seiner Papiere – wir würden heute sagen, mit seiner Aufenthaltserlaubnis!«

»Und die Barben?« Da besann Irma sich wieder. »Aber ja, jetzt fällt es mir ein, seine naturwissenschaftlichen Studien, sie waren damals von großer Bedeutung!«

»Ja, er kaufte auf dem Fischmarkt die Fische, die nicht ganz so teuer waren, und untersuchte ihr Nervensystem ... Was mich fasziniert, ist das Umfeld, in dem dieser junge Dichter sich mit zweiundzwanzig Jahren in die naturwissenschaftlichen Studien stürzte ... Er arbeitete monatelang daran ... Im gleichen Jahr noch, nicht lange danach, ich glaube, es war 1836 (Sie dachte: »Im Grunde fast gestern!«), schrieb er seinen Roman ›Lenz‹, und dann (sie schloß schmerzlich) ... starb er im Jahr darauf, in Zürich, in größter Verzweiflung!«

Irma schaute die junge Algerierin an. Die Erregung hatte ihr Gesicht gerötet. »Lenz«, Eve hatte ihr von Hans' Erinnerung an Jacqueline erzählt ... Sie hatte als kleines Mädchen ihrem Vater einen Text von Büchner auf deutsch aufsagen wollen. Thelja brach verwirrt ab.

»Heute morgen, ich weiß nicht, warum, haben mich die Schatten der Abwesenden ... gequält.«

Irma mußte sich zurückhalten, um sich nicht an Jacqueline zu erinnern, die nun tot war. Sie hörte sich lebhaft den Vorschlag machen: »Kommen Sie heute abend zu mir zum Essen: Ich bereite für Sie frischen Lachs! Wenn Sie bei Eve wohnen, könnten wir alle ...«

Doch Thelja schüttelte den Kopf, sie murmelte gedankenverloren: »Ich habe Eve gesagt, daß ich heute nachmittag abreise.«

Sie umarmten sich. Irma ging weiter, sie mußte sich beeilen, hatte sich verspätet ... Ein unerklärlicher Zweifel hatte sie befallen: War Thelja wirklich auf der Durchreise? Sie sagte sich dann, daß sie am Abend bestimmt eine Verabredung mit François hatte und daher von der unerwarteten Einladung peinlich berührt worden war ...

Ich habe mich erwischen lassen, und warum? Sobald die Morgendämmerung mit ihrem blauen Dunst die engen Gassen der Innenstadt ein wenig erleuchtet, verkrieche ich mich – wie bei meinem ersten Besuch wechsle ich täglich das Hotel und schlafe lange am Morgen. Sie glauben, ich sei gerade mit dem Flugzeug oder dem Zug angekommen, dabei bin ich die ganze Nacht durch das dunkle Straßburg gestreift. Die Stadt, die sich nur mir allein anbietet: »Die Stadt der Straßen« hieß sie ursprünglich, meine Straßen, die sich hier ineinanderverschlingen.

Nur dies eine Mal vergaß ich, daß die Sonne aufging, ich war so gebannt von dem Gedanken an den Dichter, der zweimal Rhein und Ill überquert hatte, um, nachdem er eine Unterkunft in der Alten Zollhausgasse gefunden hatte, sich hier endlich sicher zu fühlen, dabei mußte er sich aber immer noch Sorgen um seine hessischen Freunde in den Gefängnissen machen. Weil ich ganz in dem vergangenen Jahrhundert gefangen war, habe ich an jenem Morgen Irma auf dem Fischmarkt getroffen, die völlig überrascht war.

Ich habe gelogen, ich habe Eve lange nicht mehr gesehen, der Besuch wegen des Babys liegt schon mehrere Wochen zurück, die Ausrede kam mir gelegen ... Nachdem Irma fort war, beschloß ich, den Dominikanerpater de Marey zu besuchen. Ich würde nicht von Jacqueline sprechen, ich werde ohnehin ihre starke Präsenz fühlen ... Der Pater hat mich vor ein paar Tagen am Telefon gefragt: »Was ist mit dem Archiv in der Polygonstraße?« ... »Ich habe Interesse daran, ich werde es auswerten!« und dachte dabei: »Warum nicht?« Mich wieder an die Orte meiner Kindheit begeben, noch dazu in Straßburg, weil es hier viele, schon fast verwischte Spuren des Exils gibt: eine Migration, die sicher von Hunger, Schweiß und damals auch von Angst ausgelöst wurde.

Irma war wieder bei Lucienne – die alte Elsässerin hatte abgenommen, ihr Körper war eingefallen, sie schrie allerdings nicht mehr, seufzte manchmal vor sich hin, schlief ganze Tage – und betrachtete das zerfurchte, abgemagerte Gesicht, das fast friedlich vor sich hindöste, dabei hatte sie Thelja und ihre Begegnung am frühen Morgen völlig vergessen.

5

Als Eve von François am Telefon hörte, daß Thelja verschollen war, ging sie auf einmal mit zugeschnürter Kehle ziellos in ihrer Wohnung umher.

Das Baby schlief den ganzen Morgen ruhig, allzu ruhig, dachte sie manchmal. Tatsächlich fühlte sie sich von ihm nie gestört, und es bereitete ihr keine Sorgen, weder wenn es schrie, noch wenn es brabbelte. Es war, als lebte es woanders, im eigenen Reich seiner Wiege; schaute manchmal seine kleinen Hände an und drehte sie im geringsten Lichtschein hin und her.

Hans würde erst spät abends aus Heidelberg zurückkommen. Eve hatte François eingeladen, den Abend bei ihnen zu verbringen. Wenn sie zusammen von ihrer Freundin sprächen, würden sich vielleicht Wege zeigen, wie man sie suchen konnte.

Sie ging weiter durch alle Zimmer, ihrer Verwirrung ausgeliefert …

O meine Freundin, meine Zwillingsschwester, die mir nicht ganz gleicht,
O die du die Kindheit mit mir teiltest, meine Verbündete vergangenen Lachens, vergessener Spiele,
Quellengeist meines unbeschädigten Südens.

O meine Mitverschworene, mit der ich alle Geheimnisse teilte, die du magische Formeln kanntest, Riten zum Schutz und sogar meinen Schmerz.
O meine Vagabundin der Übergänge, die alle Abkürzungen, alle Grenzen nimmt.
O du Befragerin meines Glücks und meines Feuers, du sprühtest, benetztest dich mit unserem Gelächter,
O die du meinen Weg von der Vergangenheit her beleuchtest, in welchem Irrgarten muß ich dich in Zukunft suchen?

Unsere Demeter von Hautepierre, die jetzt spurlos verschwunden ist, sie hat immer gesagt, bevor sie uns durch einen Mord genommen wurde:

»Antigone geht allein ins Grab und bekennt sich dazu!«
Schnee, der sich in uns zerstäubt, läßt du mich etwa zurück?
Du rennst voraus, du stürzt, aber wohin? …

Eve war in Tränen aufgelöst, unaufhörlich schluchzte sie wie die Stegreifdichterinnen in ihrer Heimat, mit zerzausten offenen Haaren, zerkratzten Wangen, zum Himmel und zu den Göttern gereckten Händen, flehend, ja, wie die Dichterinnen, die zwei kleine Mädchen in Tebessa fasziniert und erschrocken auf den Wegen des Friedhofs beobachtet hatten.

Wenn die Nacht angebrochen ist, warte ich, bis die Busse nicht mehr fahren und die Autos seltener werden, bis die letzten Fußgänger aus den Restaurants, dem Kino, der Oper nach Hause gehen, bis die Nachtwandler sich zerstreuen und alles seine Unberührtheit zurückgewinnt. Dann verbreitet die Stadt ihre Leere bis zum Morgen. Das Straßburg von einst taucht wieder auf, das nie ganz verschwindet, die Stadt von François, als er fünf Jahre alt war … Es ist wieder der 2. oder 3. September, wir nähern uns dem Herbst. Ich bin sicher, dieses Jahr wird der Winter nicht wieder mit Rauhreif und Eis einkehren!

An unserem letzten Abend im März war es zu spät, um ins Münster hineinzugehen ... Als wir uns in ein Straßencafé vor dem großen Westportal setzten, entfuhr mir ein Schrei: »Heißt das, daß ich wiederkomme? Nur um ihr Inneres zu sehen?« Und François erwiderte traurig: »Es wäre schön, wenn Sie auch ein wenig wegen mir wiederkämen!« – Dann verbesserte er sich: »Aber das wichtigste ist, daß Sie wiederkommen!«

Ich erinnere mich an jenen Abend: vor allem an den Himmel mit den roten Flecken und an das Abendlicht, flüssiges Grau, das um uns herunterrieselte ... Er erwähnte die Vorhalle, wo wir einen Moment hätten stehenbleiben können: Er erzählte, wenn man früher hineinging, nicht ohne sich vor der Maria auf dem Mittelpfosten zu verneigen, standen da zwei Wachen die ganze Nacht in den Ecken. Später ließen sie in dem nächtlichen Schiff ihre Hunde los.

In diesen meinen Nächten wäre ich gern in einen dieser Hunde verwandelt, die frei herumliefen und unter den Augen des Volks der Engel, der Heiligen und der zwölf Apostel suchend umherschnüffelten. Ich wäre gerne Wächterin der letzten Überfahrt ... Kurz vor dem Morgengrauen würde ich dann zum letzten Mal hinaufsteigen, an der Südfassade hinauf bis zum Turm. Ich würde Angst vor dem Abgrund bekommen, wenn ich, wieder Atem schöpfend, die Spirale des achteckigen Turms von Meister Ulrich beträte und danach den Turmhelm selbst, entworfen von Meister Johannes Hültz. Auf den letzten Stufen der Wendeltreppe im durchbrochenen Türmchen angelangt, würde ich dann dem ersten Morgenwind kurz vor der Dämmerung standhalten, reglos gegen den Himmel, in der Spitze des erleuchteten Turms, des riesigen erhobenen Zeigefingers auf dem höchsten Dach Europas.

Ich würde nicht wieder hinabsteigen. Die Nacht ist vorbei, es ist gleich Tag, da unten ist die Leere, aufgerichtet, dann ein Schrei, der hineintaucht in das Blau ...

Anmerkung der Übersetzerin

Vielleicht wird es manche Leser befremden, daß die Straßennamen auf deutsch erscheinen. Trotz der Bedenken, daß dies als »imperialistisch« aufgefaßt werden könnte, was mir, als Kind einer Elsässerin, fern liegt, habe ich mich dafür entschieden, weil so auch dem deutschen Leser die Poetik dieser Namen eröffnet wird. An einigen Straßen der Altstadt wurden sie übrigens wieder angebracht. Ihre Richtigkeit ist verbrieft, sie stammen aus einem offiziellen Adreßbuch Straßburgs aus dem Jahr 1910, als die Stadt mal wieder deutsch war, gehen aber auf das Mittelalter zurück, entsprechend der wechselvollen Geschichte dieser »Durchgangsstadt«.

Liebesgeschichten im Unionsverlag

Tschingis Aitmatow *Dshamilja*
Die Geschichte von Dshamilja und Danijar wurde »zur schönsten Liebesgeschichte der Welt«.

Nagib Machfus *Die Nacht der Tausend Nächte*
Am Morgen der Tausendundersten Nacht übernimmt Nagib Machfus von Scheherazade den Faden und erzählt weiter: vom grüblerisch gewordenen Sultan, vom Widerwillen Scheherazades, von Geistern und Dämonen, die mit den Menschen spielen und sie auf die Probe stellen.

Yaşar Kemal *Das Lied der tausend Stiere*
Seit Jahrhunderten ziehen türkische Nomaden aus den Bergen hinunter in die Ebene. Aber wo sie einst lagerten, erstrecken sich jetzt Reisfelder und Baumwollplantagen. Dieser Winter wird der letzte des Stammes.

Nizami *Leila und Madschnun*
Leila und Madschnun entbrennen schon als Kinder in Liebe zueinander, doch ihre Familien widersetzen sich der Heirat. Verzweifelt zieht Madschnun in die Wüste. Seine Verse, in denen er Leila besingt, dringen auf den Karawanenwegen der Wüste bis in die Gassen und Bazare der großen Städte – und schließlich auch zu Leila.

Das große romantische Epos des persischen Dichters Nizami wurde zum Vorbild für alle Liebesgeschichten des Orients.

Mehmed Uzun *Im Schatten der verlorenen Liebe*
Memduh Selim, ein Wegbereiter der kurdischen Erneuerungsbewegung zu Beginn des Jahrhunderts, wird zermürbt zwischen Verantwortung und Liebe. Der moderne Schlüsselroman der kurdischen Geschichte.

Das Zuckerrohr der Königin
Unbefangen berichten diese Märchen und Mythen nur von dem einen: von der Liebe, ihrem unbeschwerten Genuß und der phantasievollen Beseitigung ihrer Hindernisse.

Black Erotica
Über die Bedeutung von Lakritze und Schokocreme, über Rauch, Lilien und Jade – ein Fest der sinnlichen Genüsse. Hier ist zusammengetragen, was schwarze zeitgenössische Autorinnen und Autoren über Liebe, Sex und Erotik schreiben.